实用儿童文学教程

主　编　王晓翌
副主编　杨庆茹　韩歌萍
编　委　郭惠玉　余庆丹　梁惠娟

陕西师范大学出版总社有限公司

图书代号　JC13N0866

图书在版编目(CIP)数据

实用儿童文学教程/王晓翌主编.—西安：陕西师范大学出版总社有限公司,2013.8(2017.6 重印)

ISBN 978-7-5613-7084-1

Ⅰ.①实… Ⅱ.①王… Ⅲ.①儿童文学理论 — 师范大学 — 教材 Ⅳ.①I058

中国版本图书馆 CIP 数据核字(2013)第 109417 号

实用儿童文学教程
SHIYONG ERTONG WENXUE JIAOCHENG

王晓翌　主编

总策划 /	雷永利
策划编辑 /	王东升　钱　栩
责任编辑 /	赵荣芳
责任校对 /	王红凯
封面设计 /	安　梁
出版发行 /	陕西师范大学出版总社有限公司
	(西安市长安南路 199 号　邮编 710062)
网　　址 /	http://www.snupg.com
印　　刷 /	陕西省富平县万象印务有限公司
开　　本 /	787mm×1092mm　1/16
印　　张 /	11.75
字　　数 /	286 千
版　　次 /	2013 年 8 月第 1 版
印　　次 /	2017 年 6 月第 4 次印刷
书　　号 /	ISBN 978-7-5613-7084-1
定　　价 /	25.00 元

读者购书、书店添货或发现印刷装订问题，请与本社高教出版分社联系、调换。
电话:(029)85303622(传真)　85307826

自　序

　　说起来,这本教材应该是一个自然产的婴儿:从想法落地到印刷出厂,算起来已有近四年的时间。在这机械复制的时代,用四年的时间做出一本教材,简直不可想象!但是,四年里,带着从北师大访学归来的满满自信,带着对儿童文学热情的坚守,带着学生们热切的期盼,以及各位同行多年积聚的教学经验,我们还是把它编写出来了。虽然它可能依然稚嫩,依然粗糙……

　　我们所有的自信首先来自在北师大一年的访学生活。2009年,我们几个来自不同城市的教师聚集在北师大儿童文学导师王泉根老师的门下,开始了一年充实而又紧张的访学生活。来自古都西安隽秀内敛的王晓翌老师,来自石家庄颇有大姐风范、莺声童语的梁惠娟老师,和我这个风风火火、热情四溢的哈尔滨老师组成了一个快乐、互补的团队。在王老师的耐心指点下,我们听课,开会,听讲座,参加各种儿童文学活动……开阔了眼界,增长了见识,结识了中外同行,拜访了各位前辈。还有幸走进北师大陈晖老师、吴岩老师、张国龙老师的课堂,倾听他们或真情细腻,或活泼有趣,或童心无限的讲解……一年下来,我们每个人都觉得收获颇丰。北师大访学之旅是我们的文化乐旅,从中我们也真正理解了什么是儿童文学。

　　我们所有的坚守也来自那些热爱儿童文学课程的学生。从开设儿童文学这门课程以来,几位老师都有这样一个共同的感受:喜欢学习这门课的学生大大超出了我们的想象!每每在课堂上看到学生们饥渴的眼神,看到他们陶醉在儿童文学经典中的神情,听到他们在课堂上发出一阵阵快乐的笑声,感受他们讨论作品时的精彩场面,享受着他们重温童年美好记忆的画面,我们都感到由衷的欣慰!尽管我们的讲解还有诸多的不如意,但是我们欣欣然:这个世界上最美好的东西总是有人能识!至今我还清楚地记得15年前在东北师大学习时,导师高帆(高云鹏)在送我的那本薄薄的诗集《小学生朗诵诗》的扉页上,用淡淡的笔墨写了四个字:"永葆童心"。简单的四个字,在儿童文学被文学边缘化的今天,却在我们这几个同行心里被一遍遍地默记。我们一直在默默地准备着、积聚着。因为我们知道:一切真善美、假恶丑的认知都是从童年开始的。没有儿童的族群是没有希望的族群,没有儿童文学的文学是残缺的文学。所以,我们必须坚守!何况,我们是那样热爱它!

　　我们所有的积聚还来自多年的儿童文学教学实践以及为人父母的幸福。三位访友都在儿童文学教学岗位上授课多年,也尝试开设过学前教育和中文专业的相关专业课与专业选修课,并有一定的科研经历。其他几位参编的老师也是儿童文学教育热情的同行者。我们愿意把自己多年的教学与研究成果(如果还能算成果的话)奉献给更多的同行,让我们互通有无,取长补短,为儿童文学课程的建设再添正能量。有趣的是,我们三位访友在交流时几乎都不自觉地谈到了自己的孩子——儿童文学教育的最初对象。2009年访学的时候,梁老师的女儿刚在北大上二年级,快乐阳光,充满智慧!我的女儿刚上小学三年级,也是个爱读书的小调皮——一年访学回去,她已经成为懂事且自理能力很强的大调皮!王晓翌老师的儿子当时正上初中,同样非常优秀。四年过去了,他们更加优秀。我们没有令人羡慕的大富大贵,但是我们有令人夸赞的好儿女。我们都这样想,如果一个儿童文学教师连自己的子女都没有教育好,都没有把优秀的儿童文学作品让他们赏读过,那我们就无法有效地去实施自己的儿童文学教学。所以,我们都感谢自己的儿女!他们是我们编写这本教材的原动力。

献给所有选修这门课的同学们——

我们想说,这是一本专门为你们编写的书。我们敢说,教材中出现的很多作品都特别优秀,它们都是人类最好的儿童文学作家或者就是我们周围那些你熟悉的或许你还不够熟悉的人写的。它们会让你们快乐、感动,并且我们相信随着时光的流转,它们会依然令你们继续快乐和感动很多年。正像著名的儿童文学作家梅子涵所说的那样:"这样的作品,每写出一篇,人类的惊异就会持续很久;这样的作品,每诞生一篇,人类的自豪就增添得更多。它们是不同的国家的人写作出来的,不同国家的人又把它们译成了适合自己本国人阅读的文字,他们在做着这一件事情的时候,都兴奋得有点慌慌忙忙,就好像不赶快做,自己的生活就不符合美好的规定,自己国家的孩子,就缺掉了世界规定的幸福。谁也不想在这一件事情上慢慢腾腾的,被儿童怪罪,让你们不高兴了!"所以,多阅读一些儿童文学作品,就是回望童年,就是种植童话,就是把你的奇思妙想和美妙的心愿——善意的怜惜、分明的爱憎……统统装进自己的心里。有一天,它们会变成一群活泼的鸟儿栖上你心灵的枝头,然后快乐地舞蹈和歌唱。于是,阳光下就有了真,有了善,有了美……我们还想说,这些作品其实也是你们学习中文专业、学前教育专业的大学生应该知道和阅读的。虽然每一篇作品都很优秀,可是我们很多人真正完整地阅读过几篇呢,还是几乎每一篇都很陌生?在儿童文学的世界里,它们会最简单地把深刻说完,最幽默地讨论艰辛、危难,甚至是生命的告终,乃至哲学。你阅读了这样的文学,知道了它们,你便知道了,在童年来阅读有多么美好!因此,我相信它们不会让你们望而生畏,更不会让你们觉得生涩难懂。在轻松的学习和阅读中,你们会体味到阅读的快感!你们会发现,阅读儿童文学作品会让自己变得简单、乐观和浪漫,让你们处在最简单的人性模样里,很单纯地喜悦,很单纯地流泪。于是,你们就会把它们自觉地安排进自己的作息表——这些作品的魅力让我们拥有这样的自信!如果你们相信了我们,那从现在起,就开始阅读和学习!并因此而热情地互相转告和纷纷行动。这样我们就会看见一个民族未来的诗意和优雅,看见集体的幽默和明朗,看见天空的纯净、大地的温厚、河流的清澈、鸟鸣的婉转……

也献给亲爱的孩子们——

女作家池莉的《来吧孩子》的封面题记这样写道:"我希望我的女儿,首先能够从真实不虚的生活中懂得生命意义。如果她慢慢懂得了衣食是一种大事,勤俭是一种美德,心静是一种大气,宽容是一种真爱,知晓是一种最好,那天下还有什么功课她拿不到 A 的呢?"对于一个在现代都市里长大的孩子,这种愿望真的像童话一样美好,可是也像童话一样令人憧憬而难以兑现。然而,在儿童文学阅读的世界里,我们的儿女却都能找到这些元素。即便你身无所长的妈妈渴望为你准备天下最好的衣食而不得,即便你性格温和的妈妈偶尔也会对你大发雷霆,即便你时而宽容时而计较的妈妈做不到完完全全、彻彻底底的宽容,即便你糊里糊涂、丢三落四的妈妈有时也会露出知识上的盲点,但是,聪明的孩子们,我们这些老师妈妈相信你们会在自己的阅读世界里找到最好的答案!——这就是阅读的力量!这就是童心的力量!这就是儿童文学的力量!

最后,我们想把这本小书送给我们共同敬仰的各位导师——

蒋风先生,高帆先生,韦苇先生,郑光中先生,王泉根老师,吴其南老师,梅子涵老师,曹文轩老师,朱自强老师,陈晖老师……当我们历数这些灿若星辰的名字的时候,我们几乎可以清楚地看到,在儿童文学这片纯净的天地里,因有了你们的开拓与引领,我们才得以辨明儿童文学路在何方。为此,我们谨以此书向你们表达最真诚的敬意!希望我们的努力能让你们倍感欣慰!

敬爱的导师,亲爱的学生,亲爱的宝贝,谢谢你们!谢谢你们对童年的热爱与展示!谢谢你们对儿童文学的敬重与阅读!让童心永驻!让我们永葆童心,共同创造迷人的童话!

杨庆茹
2013 年初春于文心斋

内容提要

本书内容分为上下两部分。上部为儿童文学理论编,主要阐述了如何认识儿童,如何认识儿童文学,包括儿童文学的本质、儿童文学的功能、儿童文学与儿童教育三大点。下部为儿童文学实践编,在以儿童文学文体分类的基础上,以七章的篇幅分门别类地加以论述,融合了国内各类儿童文学、幼儿文学教材中的新观念、新方法,并在每一章加进具体的教学设计,体现了实用性和可操作性。本书可供普通高等院校、高等职业院校儿童文学课程教师教学和学生学习使用,也可供幼儿园、小学一线教师开展文学教学活动参考及儿童文学爱好者自学使用。

目 录

上部　理论编

第一章　儿童文学概说 ……………………………………………（ 3 ）
 第一节　儿童文学的本质 ……………………………………（ 3 ）
  一、儿童与儿童观 ……………………………………………（ 3 ）
  二、什么是儿童文学 …………………………………………（ 7 ）
  三、儿童文学的特征 …………………………………………（ 10 ）
  四、儿童文学的本质 …………………………………………（ 18 ）
 第二节　儿童文学的功能 ……………………………………（ 20 ）
  一、儿童文学的认知功能 ……………………………………（ 20 ）
  二、儿童文学的教育功能 ……………………………………（ 22 ）
  三、儿童文学的娱乐功能 ……………………………………（ 24 ）
  四、儿童文学的审美功能 ……………………………………（ 26 ）
 第三节　儿童文学与儿童教育 ………………………………（ 28 ）
  一、儿童文学与幼儿园、家庭教育 …………………………（ 28 ）
  二、儿童文学与语文教学 ……………………………………（ 29 ）
  三、儿童文学与校园文化教育 ………………………………（ 30 ）

下部　实践编

第二章　儿歌 ………………………………………………………（ 33 ）
 第一节　儿歌概说 ……………………………………………（ 33 ）
  一、儿歌的概念和功能 ………………………………………（ 33 ）
  二、民间儿歌 …………………………………………………（ 33 ）
  三、儿歌的审美艺术特点 ……………………………………（ 36 ）
  四、儿歌的分类和特殊艺术形式 ……………………………（ 38 ）
 第二节　儿歌鉴赏 ……………………………………………（ 43 ）
  一、儿童文学鉴赏的概念 ……………………………………（ 43 ）
  二、儿歌鉴赏的步骤 …………………………………………（ 43 ）
 第三节　儿歌创作 ……………………………………………（ 44 ）

第四节　儿歌的功能 …………………………………………（49）
　　第五节　儿歌教学活动的基本方法 …………………………（50）
第三章　儿童诗 ……………………………………………………（57）
　第一节　儿童诗概说 ……………………………………………（57）
　　一、儿童诗的概念及发展 ………………………………………（57）
　　二、儿童诗与儿歌的异同 ………………………………………（58）
　　三、儿童诗的艺术特征 …………………………………………（59）
　　四、儿童诗的类别 ………………………………………………（66）
　第二节　儿童诗鉴赏 ……………………………………………（69）
　　一、儿童诗鉴赏的必要性 ………………………………………（69）
　　二、儿童诗鉴赏的方法 …………………………………………（69）
　　三、作品鉴赏 ……………………………………………………（71）
　第三节　儿童诗的创编 …………………………………………（73）
　　一、儿童诗创编时应注意的问题 ………………………………（73）
　　二、儿童诗的写法 ………………………………………………（74）
　第四节　儿童诗歌的阅读活动设计 ……………………………（83）
　　一、吟诵与朗读 …………………………………………………（84）
　　二、聆听欣赏 ……………………………………………………（84）
　　三、诗配画欣赏 …………………………………………………（84）
　　四、阅读拓展 ……………………………………………………（84）
　　五、阅读与写作 …………………………………………………（84）
第四章　童话 ………………………………………………………（86）
　第一节　童话概说 ………………………………………………（86）
　　一、童话的概念和种类 …………………………………………（86）
　　二、童话的发展概况 ……………………………………………（87）
　第二节　童话的审美特点及意义 ………………………………（88）
　　一、童话的审美特点 ……………………………………………（88）
　　二、童话的意义 …………………………………………………（92）
　第三节　童话的艺术表现手法 …………………………………（93）
　　一、拟人 …………………………………………………………（93）
　　二、夸张 …………………………………………………………（94）
　　三、象征 …………………………………………………………（94）
　　四、变形 …………………………………………………………（94）
　　五、魔法 …………………………………………………………（95）
　　六、宝物 …………………………………………………………（95）
　　七、幻境 …………………………………………………………（95）

第四节 童话的阅读活动设计 …………………………………………（96）
　　一、童话阅读活动的主体设计 ………………………………………（96）
　　二、童话阅读的基本活动 ……………………………………………（96）
第五节 童话和寓言 ……………………………………………………（98）
　　一、寓言概说 …………………………………………………………（98）
　　二、寓言的特征 ………………………………………………………（98）
　　三、寓言和童话的异同 ………………………………………………（99）
　　四、怎样为儿童改写寓言 ……………………………………………（100）
第六节 童话的改编 ……………………………………………………（102）
　　一、主题明确 …………………………………………………………（102）
　　二、脉络清楚 …………………………………………………………（102）
　　三、语言生动 …………………………………………………………（103）

第五章 儿童故事 …………………………………………………………（106）
第一节 儿童故事概说 …………………………………………………（106）
　　一、儿童故事的概念 …………………………………………………（106）
　　二、儿童故事的艺术特征 ……………………………………………（106）
　　三、儿童故事的分类 …………………………………………………（107）
第二节 儿童生活故事 …………………………………………………（109）
　　一、儿童生活故事的功能 ……………………………………………（109）
　　二、儿童生活故事的特点（艺术特点） ………………………………（109）
第三节 儿童故事的鉴赏 ………………………………………………（111）
　　一、儿童故事的鉴赏 …………………………………………………（111）
　　二、儿童故事鉴赏的意义 ……………………………………………（111）
　　三、作品鉴赏 …………………………………………………………（112）
第四节 儿童故事的创作 ………………………………………………（114）
　　一、儿童故事的创作要求 ……………………………………………（114）
　　二、儿童故事的创作方法 ……………………………………………（116）
第五节 儿童故事的阅读活动设计 ……………………………………（116）
　　一、故事阅读活动的主体设计 ………………………………………（116）
　　二、故事阅读的基本活动 ……………………………………………（117）
　　三、故事作品阅读设计范例 …………………………………………（117）
　　四、讲故事时需要注意的问题 ………………………………………（118）

第六章 图画书 ……………………………………………………………（120）
第一节 图画书的概况 …………………………………………………（120）
　　一、图画书的概念 ……………………………………………………（120）
　　二、图画书的发展概况 ………………………………………………（121）
　　三、图画书的独特价值 ………………………………………………（122）

· 3 ·

　　　　四、图画书的分类 …………………………………………（123）
　　第二节　图画书的艺术特点 …………………………………（126）
　　　　一、图画书的图文关系 ………………………………………（126）
　　　　二、图画书的艺术表现 ………………………………………（126）
　　第三节　儿童图画书的创作和改编 …………………………（129）
　　　　一、文字要求 …………………………………………………（129）
　　　　二、绘画要求 …………………………………………………（129）
　　第四节　图画书的讲读活动设计 ……………………………（130）
　　　　一、封面 ………………………………………………………（131）
　　　　二、环衬——蝴蝶页 …………………………………………（132）
　　　　三、扉页 ………………………………………………………（132）
　　　　四、人物形象 …………………………………………………（133）
　　　　五、核心场景画面 ……………………………………………（134）
　　　　六、图画细节 …………………………………………………（134）
　　　　七、不同图文关系图画书讲图的处理 ………………………（134）

第七章　儿童散文 …………………………………………（138）
　　第一节　儿童散文概说 ………………………………………（138）
　　　　一、儿童散文的概念 …………………………………………（138）
　　　　二、儿童散文的分类 …………………………………………（138）
　　第二节　儿童散文的美学特点 ………………………………（141）
　　第三节　儿童散文的创作 ……………………………………（142）
　　　　一、选材 ………………………………………………………（142）
　　　　二、构思 ………………………………………………………（143）
　　　　三、开篇 ………………………………………………………（143）
　　　　四、语言 ………………………………………………………（143）
　　第四节　儿童散文的阅读活动设计 …………………………（144）
　　　　一、儿童散文阅读活动的主体设计 …………………………（144）
　　　　二、儿童散文阅读的基本活动 ………………………………（145）

第八章　儿童戏剧文学及儿童影视文学 ………………（147）
　　第一节　儿童戏剧概说 ………………………………………（147）
　　　　一、儿童戏剧的概念 …………………………………………（147）
　　　　二、儿童戏剧的发展概况 ……………………………………（147）
　　　　三、儿童戏剧的作用 …………………………………………（147）
　　第二节　儿童戏剧的艺术特征 ………………………………（148）
　　　　一、戏剧的基本艺术规律 ……………………………………（148）
　　　　二、儿童戏剧的艺术特征 ……………………………………（148）

第三节　儿童戏剧的种类 ……………………………………（152）
一、儿童歌舞剧 …………………………………………………（152）
二、儿童话剧 ……………………………………………………（152）
三、儿童木偶剧 …………………………………………………（152）
四、儿童皮影戏 …………………………………………………（153）
五、儿童广播剧 …………………………………………………（153）
六、故事表演 ……………………………………………………（153）

第四节　儿童戏剧的创编与表演 ……………………………（153）
一、儿童戏剧的创编方法 ………………………………………（153）
二、戏剧表演 ……………………………………………………（154）

第五节　儿童戏剧的教学活动设计 …………………………（165）
一、集体角色扮演和分组角色扮演 ……………………………（166）
二、教师入戏和教师出戏 ………………………………………（167）

第六节　儿童影视文学 ………………………………………（168）
一、儿童影视文学的含义 ………………………………………（168）
二、儿童影视文学的基本特点 …………………………………（168）
三、儿童影视片教育活动的指导策略 …………………………（169）

参考文献 ……………………………………………………………（172）
后记 …………………………………………………………………（174）

上部

理论编

第一章 儿童文学概说

第一节 儿童文学的本质

了解儿童文学的本质,首先应从追问"儿童是什么"开始。因为儿童研究是儿童文学研究的前提,对儿童的认知决定了对于儿童文学的认知。反过来,对于儿童文学的研究也能启发我们加深对儿童的了解。

一、儿童与儿童观

儿童,《现代汉语词典》(第5版)给出的定义是:较幼小的未成年人(年纪比"少年"小)。联合国《儿童权利公约》中对儿童规定:"儿童系指18岁以下的任何人。"中国的《宪法》《未成年人保护法》等法律中也指出儿童是指0—18岁的未成年人。那么到底什么是儿童呢?

朱自强在《儿童文学概论》[①]中提到,研究儿童应该意识到有"两个儿童"的存在,一个是现实生活中的儿童,一个是成人的意识形态中的儿童。前者是客观存在,后者是主观意识;前者是个性化的存在,后者是普遍的假设。儿童研究的理想,当然是要使"后一个儿童"与"前一个儿童"走向重合。

儿童观则是社会看待和对待儿童的看法或观点,涉及儿童的特性、权利与地位、儿童期的意义以及教育和儿童发展之间的关系等问题。古今中外,不同地域、不同时期具有不同的儿童观。在中国传统社会中,儿童被视为家庭和家族的隶属品、父母的私有财产,儿童没有自己独立自主的人格,只有对长辈的依附关系。在古巴比伦、古希腊和古罗马时代,儿童被看做是上帝的仆役,在家庭和社会中没有独立的地位,甚至还处于受迫害的地位。在中世纪居统治地位的儿童观是基督教的原罪说。文艺复兴运动中,人文主义者提倡从儿童自然本性看待儿童,从抽象的人性出发肯定儿童的权利和要求,但把儿童看做是成人的雏形的观点仍占统治地位。20世纪以后,随着对儿童研究的深入,人们才开始了解儿童具有的特性、儿童的发展潜能,早期教育开始受到重视。

在中外儿童文学发展史上,对儿童的认识主要有以下一些观点。

(一)被"发现"的儿童

1.在儿童文学的史前期,普遍认为儿童只是作为成人的附庸而存在

在漫长的人类历史上,儿童的概念在很长时间不被注意,儿童独特的世界不被重视。在原始氏族时期,由于当时生产力水平低下,部落族人急切地希望儿童加入成人行列,因此他们没有把儿童作为儿童看待,而仅仅当做氏族部落的未来成员,当做缩小的成人。即使在四大文明发祥地之一的古希腊,人们对于儿童的社会存在仍然视而不见。所以,最初的儿童观即"儿童就是大人的缩小版"。

[①] 朱自强:《儿童文学概论》,高等教育出版社2009年版,第3页。

5—15世纪是欧洲的中世纪。在这段时期,教会是维护封建制度的强大精神支柱,他们认为人生而有罪,自然而然地认为儿童也是具有原罪的。因此,中世纪的儿童观是"儿童原罪说"。所以,儿童当然不可能成为文学描写对象,作家也当然不会从儿童身上汲取创作素材,特意为儿童创作的文学作品当然不可能产生。

14—16世纪,欧洲文艺复兴的余光照进了儿童观领域,迎来了散发着人文精神的全新儿童观。人文主义者主张以"人"为本,对封建和神权主义发起了大胆而猛烈的挑战,使禁锢人们一千多年的封建专制体系得以解体,基督教会的神权统治也随之走向消亡,代之而起的是人性、人道和人权的高扬。在这一时期,捷克思想家和教育家夸美纽斯的第一本幼儿百科知识大全《世界图解》,认为在人的身上自然地播有知识、道德和虔诚的"种子",通过教育便可以让它们"生长"出来。从中我们发现,文艺复兴晚期产生的儿童观是从新人类观(即肯定人的价值、尊严及人在大千世界中的主体地位)中推导出的新儿童观。尽管这一时期人们承认了儿童的兴趣与自由,但是并未意识到儿童本身便是具有自身的独特价值的存在,并不否定儿童对于父母的绝对服从关系。因此,"把儿童作为父母的所有物"的儿童观依然占统治地位。

2. 17世纪以来几种主要的儿童观

(1)"白纸"之喻。17世纪启蒙运动兴起,英国出现了一种新的儿童观和教育观,认为儿童生来就是没有原罪的纯真无瑕的存在,反对体罚,主张激励和竞争的教育。最有代表性的是英国教育家约翰·洛克的"白纸说",认为可以把儿童"看成是一张白纸或一块蜡,可以随心所欲地描画或铸造成时髦的式样。"①洛克明确提出发展儿童文学的重要性,认为儿童应该有欢乐的童年,应该让他们读一些如《伊索寓言》《列那狐的故事》那样轻松、幽默的好书,并认为儿童的求知欲是从好奇心开始的,教材要尽可能有趣,可以通过儿童感兴趣的故事或游戏的形式来对其进行教育。这种见解对社会进一步发现儿童、尊重儿童起到了有力的推动作用,也为儿童文学的出现开辟了充满希望的道路。

(2)"种子"之喻。如果说洛克提出的是理性的较为开放的教育方式,那么卢梭提出的则是一套革新的教育方法。他提倡儿童期的存在是自然规律,提倡自然、单纯、心灵的语言、"高贵野蛮人"的理想。他提出,大自然希望儿童在成人以前就要像儿童的样子,人们应当尊重儿童,尊重儿童期,如果我们打乱了这个次序,就会造成一些早熟的果实,它们长得既不丰满也不甜美,而且很快就会腐烂,我们将造就一些年纪轻轻的博士和老态龙钟的儿童。他指出,孩子身上未经损毁的那种"自然"是最宝贵的,为了保持孩子"自然人"的本性,应该让儿童到空气新鲜的野外去欢跑、去爬树、去玩水,而不应该读书,即使要读,也只能读《鲁滨孙漂流记》这类没有道德教谕倾向、让儿童可以从中学习"自然技艺的运用"的作品。儿童长大为成熟的儿童,应该是在获得他那样年纪的理智的同时,也获得他的体质许可他享有的快乐和自由。由此可以看出,卢梭已经否定了儿童期仅仅是"为将来的成人生活做准备"这一观念,而指出儿童也有独立存在的价值。这种观点影响了欧洲100多年。所以,人们常常把"儿童的发现"与卢梭联系在一起。他的《爱弥儿》是世界儿童文学史上第一部把儿童作为

---

① [英]约翰·洛克:《教育漫话》,河北人民出版社2001年版。

具有独立人格的人来描写的小说。

（3）"成人之父"之喻。达尔文的生物进化观点认为人的胚胎发育是人类产生以前整个生命史的复演。而黑格尔的精神进化论认为个体儿童期的十几年时间复演了人类的文明史，完成了人的本能、潜意识层面的形成，该观点在其后马克思、恩格斯的学说中得到了进一步的肯定。既然儿童的发展是我们祖先发展的一个缩影，那么儿童期实际上是由成人的历代祖先构筑而成的，我们的童年来自于我们的每一位祖先。基于这个层面，18世纪中叶，欧洲兴起了儿童"成人之父"说。华兹华斯在诗歌《虹》中写出了振聋发聩的诗句："儿童是成人之父。"大教育家蒙台梭利在《童年的秘密》①中也重申"儿童是成人之父"。很多人都有恋乡情结和故土情结。故乡是童年生活的所在地，回到故乡，正是回到我们的童年，从童年中寻找父辈的精神慰藉。同样，童年的无意识、天性也是拯救人类异化的一个工具。《皇帝的新装》中，是一个纯真的小孩揭开了大人世界共同维持的骗局。无意识、本能的东西总是强大于意识的东西，正如精神分析学家荣格所认为的那样：当文化的发展偏离了正途，偏离了一定程度的时候，出来纠偏的总是集体无意识，总是人类深层的天性。所以，"如果整个文化全面被异化了，我们就回到儿童那里去"②。

（4）"未完成品"之喻。发端于19世纪，流行于20世纪的实证主义，是以客观性为核心的儿童心理学研究，其用"发展"这一尺度来衡量儿童与成人之间的区别，将成人作为儿童"发展"的最终目标，将儿童看成是走在"发展"途中的"未成熟"的生命形态，其教育的目的就是让儿童"发展"和"社会化"，即逐渐转变成为成熟、理性、有能力、社会化和自主的成人。受实证主义影响的心理学家只重视外部观察的客观心理现象，而忽视了人的内部心理生活和主观体验，否定了心理生活和主观体验，走入了一种完全按照成人自己的人生预设去教训儿童的道路。这种观点是以成人状态为最高完成态，以成人为本位的"童年"概念。它没有看到，从童年走向成年，并不是只有理性能力这一条人生的曲线，而是还有感性能力这条曲线的。

3. 关于"童年的消逝"问题

1982年，美国的尼尔·波兹曼出版《童年的消逝》③一书，书中举例说明了印刷术如何有效地将儿童与成人分离，导致了童年概念的出现，而电视媒介又如何模糊了两者的界限，导致了童年概念的消逝。尼尔·波兹曼指出，儿童或童年的概念既然是文化对儿童的普遍假设，那么它就既可以诞生，也可以消逝。2000年，英国的大卫·帕金翰出版了《童年之死》（英文题目为"After the Death of Childhood"，更准确的翻译应该是"在童年死亡之后"④）一书，针对童年的即将消逝提出具有前瞻意义的建构性意见。与波兹曼鲜明甚至是有些偏颇的观点不同，帕金翰持一种中立的态度，既没有像波兹曼那样持悲观态度，认为电子媒介导致了童年的消逝，也没有乐观地认同电子媒介解放了儿童，将会给儿童带来更多的权利。相

---

① [意]蒙台梭利：《童年的秘密》，京华出版社2001年版，第38页。
② [瑞士]荣格：《回忆·梦·思考——荣格自传》，辽宁人民出版社1988年版。
③ [美]尼尔·波兹曼：《童年的消逝》，广西师范大学出版社2004年版。
④ [英]大卫·帕金翰：《童年之死》，华夏出版社2005年版。

比波兹曼,帕金翰的观点显然谨慎得多,从而也加入了更多复杂情境的思考。

需要说明的是,童年的概念在中国似乎更多地停留在表层的理解上,传统文化中对于儿童的一些观念,至今依然有着深远的影响。在中国,社会上似乎更加倾向的是一种尽量缩短童年历程的论调,人们更加期盼孩子快快长大,退去不成熟的一面。当儿童表现得像一个大人那样思考和评论成人世界时,更多的人表现出的是喜悦和赞叹,而没有意识到童年是应该加以捍卫和保护的。他们没有意识到儿童期不仅是成人生活的准备阶段,其自身还有不可替代的价值。可以说,儿童期是童年生命的展开,是人生中享受童年乐趣的阶段。儿童最终要长大成人,而成人是经由儿童期、经过儿童的努力创造出来的。从这个意义上说,是"儿童创造了成人",儿童真的是"成人之父"。催促儿童尽快成熟、缩短儿童期本质上是对儿童期自身价值的否定。

(二)一种新观念——文化意义上的儿童

基于上述对儿童概念的认识和理解,我们有理由相信,儿童作为人类文化的一道风景,需要被一双特殊的眼睛来发现。儿童是与成人完全不同的人,儿童身上具有其特有的心理、感觉和情感,对此,成人必须给予理解和尊重。儿童也应该成为儿童文化独一无二的拥有者,朱自强先生曾把儿童生命所呈现的主要精神特质归纳为以下三个方面。

1. 儿童是"本能的缪斯",这体现了儿童文化的艺术性

"本能的缪斯"这个词来自挪威的布约克沃尔德教授一本名为《本能的缪斯——激活潜在的艺术灵性》[①]的书。书中提到"本能的缪斯"是儿童与生俱来的一种以韵律、节奏和运动为表征的生存性力量和创造性力量。

儿童对美的事物产生愉悦、激烈的情感反应,这本身就带有艺术创造的性质。比如,日常生活中,我们可能会看见一个小女孩吹泡泡,她会把吹出的泡泡托在手中,然后将其想象成一个个小精灵;如果是在海边吹泡泡,她又会想象成是小人鱼变成的泡泡。在这个过程中,儿童会感受到生命的创造性快乐。

儿童的语言也是文学语言艺术的呈现。天气太寒冷,他(她)会说是地球钻进冰箱了;看到电线上的燕子,他(她)会说那是"五线谱上跳动的音符";看见一片落下的树叶,他(她)会说"飞下一只美丽的蝴蝶"……这说明儿童语言本能地运用文学修辞手法,使我们看出儿童语言中文学艺术手段呈现的程度。可以说,这些修辞都是自然出现或偶然的出现,儿童在说到它们时明显感受到快乐。文学与音乐或绘画艺术一样,是儿童制作、感受与知觉所容易达到的。

儿童普遍的日常行为往往也是艺术创造行为。比如,儿童把碗碟排成乐器状击打,把纸卷当做道路铺开,给椅子腿穿上鞋子……这类生活场景不胜枚举,这都是地地道道的艺术创造行为。

2. 儿童是"游戏者",这体现了儿童文化的游戏性

动物学和人类行为学专家莫里斯在他的《人类动物园》[②]中陈述了儿童游戏与创造力的

[①] [挪威]布约克沃尔德:《本能的缪斯——激活潜在的艺术灵性》,上海人民出版社1997年版,第58页。
[②] [英]莫里斯:《人类动物园》,文汇出版社2002年版,第209、210页。

联系。他说:"许多人不理解创造力究竟是什么。在我看来,创造力从根本上说就是儿童品性在成年时期的延续。""培养创造力可能不是儿童做游戏的主观目的,但却是它的基本特性,也是它为人类带来的最大好处。"

游戏在儿童的生活中一直起着举足轻重的作用,它是一种精神的体现,也是儿童理解、体验、超越生活的方式,是一种存在的形式。与成人的游戏相比,儿童游戏具有不同的意义。成人把游戏当做消除生活疲惫,忘记人生忧愁的途径,他们无法为游戏而游戏。而游戏对于儿童来说则是其生活本身,游戏的意义即儿童生活的意义,游戏是纯粹的生活,生活就是纯粹的游戏。

3. 儿童具有"天真的生物性",这体现了儿童文化的生态性

儿童是纯净的,是没有污染的。"天真的生物性"是指儿童文化具有天真、自然、完整的生态性。这一概念是与文明和社会化相对应的概念,揭示儿童走向文明和社会化之前及其过程之中,其文化的独特性,以及成人所代表的文明和社会在促使儿童"成长"的过程中,为此付出了代价,使儿童的自身品性失落了一些可贵的东西。

儿童与自然有着天然的交集。人作为大自然的一部分,成人对自然的认识是出于理性的,而在儿童身上,却是出于其自然、本真的生活。儿童面对自然界没有成人的妄自尊大,相反,天真的儿童总是把自己的同情分赠给自然万物。幼儿甚至会怜悯孤独的洋娃娃,儿童的这种"天真的生物性"会一直遗存到少年期。

综上所述,儿童文化的艺术性、游戏性、生态性是相互联系的,这三个方面有机地构成了儿童文化的整体。对儿童文学而言,继承童年的文化传统,珍视儿童心性中不可替代的人生价值,守护儿童不丧失儿童的视角,这正是儿童文学肩负的任重而道远的使命,也正是儿童文学在人类发展进程中所作的独特的历史性贡献。

因此,我们有理由认为,儿童是自然的存在,是社会的存在,更是精神的存在;儿童是人,是发展中的人,更是权利的主体。所以,正确的儿童观应该是:尊重儿童的人格和权利,以儿童为本位,尊重其学习规律和身心发展特点,尊重其个别差异,使儿童成为与成人平等、独立的发展中的个体,其生存和发展均应受到社会的保障。

二、什么是儿童文学

认识了儿童的本质,再来说说什么是儿童文学。本书认为,儿童文学是以0—18岁的少年儿童为读者对象,为吸引他们对文学的兴趣,培养他们对文学的鉴赏力而制作或改编的文学类型。

对儿童文学的定义,不同的教材大同小异。"所谓儿童文学,是以通过作品的文学价值将儿童培育引导成为健全的社会一员为最终目的,是成年人适应儿童读者的发育阶段而创造的文学。"[①]这是日本学者的定义。其实,儿童文学就广义而言,是指适应不同年龄阶段少年儿童的需要,专门为他们创作的,适合其心理特点、审美要求和阅读欣赏水平,有利于少年儿童身心健康发展的各种文学作品。因此,儿童文学是幼儿文学、儿童文学(狭义的儿童文学)、少年文学的总称。一般说来,这一概念包括以下四个方面的含义:①作品要具有较高的

---

① [日]上笙一郎《儿童文学引论》,四川少年儿童出版社1983年版。

文学价值；②要与儿童的年龄阶段相适应；③需要成年人的成熟把握；④目的是要把儿童培养成健全的社会人。

在整个文学系统中，儿童文学是与成人文学密切相关同时又相对独立的子系统。它既有与成人文学共有的普遍规律，又有区别于成人文学而自成一格的特殊规律。作为一门独立的学科，人们对于儿童文学的认识也是不断发展和深入的。从中我们可以看到儿童文学区别于成人文学的特殊含义和特殊性。

观点之一：儿童本位论。这一观点流行于五四时期。周作人在《玩具研究一》(1914年)一文中提出了"以儿童趣味为本位，而又求不背于美之标准"。同年，他在《学校成绩展览会意见书》中又说："故今对于征集成绩品之希望，在于保存本真，以儿童为本位，而本会审查之标准，即依此而行之……"而蔡元培、俞子夷、志厚、耕辛诸人均在民国初年提出类似的儿童观——"立于儿童之地位""学童之地位"为"学校之中心""儿童中心主义""儿童本位"。"儿童本位论"既是"儿童文学观"，更是一种儿童教育观。这种观点在当时的特定时期是有积极历史意义的，它发现并强调了儿童作为生命主体的独特心理世界和精神需求特征，在某种意义上讲为中国儿童文学的现代自觉提供了观念上的巨大推动力。但另一方面，"儿童本位论"的儿童文学观在理论和实践上都有明显的缺陷和不足，忽视了成人作者的主体性地位，忽视了儿童生活与整个社会生活之间存在的千丝万缕的必然联系。因此，这种对儿童文学的理解，既有一定的合理性，又有难以避免的理论缺陷和历史局限性。

观点之二：儿童文学专指为儿童创作的文学作品。这种观点是从创作动机和接受对象的角度来界定儿童文学的，它在一定程度上符合现代儿童文学创作的一般情况，但仔细考察就会发现，今天进入世界儿童文学宝库的许多作品当初并非专为儿童读者所创作。以中国古典文学中的诗词为例，比如骆宾王的《咏鹅》、李白的《静夜思》以及邵康节的《山村咏怀》均适合儿童阅读，其创作之初也并非专为儿童而写，但以"适合儿童欣赏"的观点来看，这些诗作均可以涵盖在广义的儿童诗范围内。再比如《西游记》，还有《伊索寓言》《列那狐的故事》《巨人传》《鲁滨孙漂流记》《格列佛游记》等作品，最初也不是专为儿童创作的，但是都深受儿童喜爱。

观点之三：儿童文学是写儿童的文学，是教育儿童的文学。此观点认为，作家创作的作品要以儿童生活为题材，创作作品的最终目的是为了让儿童从中受到教育。本书认为，这种观点存在一些问题。例如，儿童文学的确常常是以儿童和儿童生活为主要描述对象，但是儿童文学也常常表现更为广阔的社会生活画面。反过来，专门写儿童的作品也不一定就是儿童文学作品。例如，曾获得诺贝尔文学奖的英国作家威廉·戈尔丁的长篇小说《蝇王》，描写的是一群流落荒岛的儿童冒险的故事。从故事层次看，这是一部儿童可以理解的作品，但是其内涵却是作者对人性的思考、对人类前途的忧虑。因此，从整体上看，它并不是一部儿童文学作品。因此，是不是写儿童并不是区别儿童文学与非儿童文学的根本标准。另外，说儿童文学是教育儿童的文学，是从儿童文学功能的角度来阐述儿童文学这个概念的，但是，儿童文学的功能不止教育功能，教育也不是其主要功能，因而停留在教育层面来谈儿童文学显然是不够的。如果不抓住"审美"的功能，如果不尊重儿童游戏的天性，如果不深入"艺术"的深度，那么儿童文学与一般思想教育、知识教育亦无区别。那样的话，儿童文学作品也可以被知识读物、教育读物所取代。

以上关于儿童文学概念的界定和说法虽有不同,但它们却不约而同地都注意到了儿童这一群体在儿童文学活动中的重要存在,它们都是围绕儿童来谈论儿童文学的。这在一定程度上也提醒我们:离开了儿童,就无法说清儿童文学的概念。

因此,儿童文学应该表现为以下四种存在状态。

首先,被儿童占为己有的"儿童文学"。即那些既为儿童所阅读又影响儿童文学发展的成人读物,如笛福的《鲁滨孙漂流记》、斯威夫特的《格列佛游记》、格林兄弟的童话集以及优秀成人读物的改写本如德·拉马雷的《圣经故事集》、各种民间故事和神话传说等。

其次,儿童文学是写儿童的文学。明确地以儿童为读者、为对象而创作的文学作品,是专为儿童创作的文学。这类作品在整个儿童文学作品中占据最为核心最为重要的地位。如安徒生童话、张天翼童话、曹文轩的成长小说、秦文君的儿童小说、沈石溪的动物小说等。童话大王安徒生就曾说过:"我现在要开始写为孩子们看的童话。你要知道,我要争取未来的一代。"

再次,"自我表现"的儿童文学。很多作家的创作只是想写出自己认为有趣的东西,是为了使自己得到乐趣,而不是专门为了儿童而创作,但他们的作品却被儿童读者接受并喜爱。这类作品主要是作家以青少年生活为题材的自叙传。这类作家大都是具有儿童文学作家资质的人,如马克·吐温的《汤姆索亚历险记》和《哈克贝里·费恩历险记》、任大霖的《童年时代的朋友》等。

最后,专为"儿童创作"的儿童文学。即那些作品就是儿童的文学作品,如田晓菲13岁以前创作的诗集《绿叶上的小诗》、郁秀的小说《花季·雨季》、蒋方舟的小说《正在发育》等。

根据3—18岁的少年儿童在心理、生理、经验、审美活动存在的差别,我们可以把儿童文学相应地划分为三个层次。

儿童文学各年龄段儿童特点如下表所示。

分期	年龄段	基本活动	读物	特点
幼儿文学	3—6岁	游戏	儿歌、儿童诗、童话、生活故事、图画书	儿童身心刚开始发育,学前儿童文学对其进行"人之初"的启蒙教育,是"人之初"中"习"的教育,培养他们良好的行为习惯和道德品质
童年文学	7—12岁	学习	童话、儿童小说、儿童诗、科学文艺	处于这一阶段的孩子,对外界有一定的了解,兴趣更为广泛,求知欲望、探求精神非常强烈。这一阶段的孩子,尤以男孩子最难管理,"淘"是其主要特征

续表

分期	年龄段	基本活动	读　物	特　点
少年文学	13—18岁	学习	少年小说、诗、散文、报告文学、寓言	这一阶段的孩子正处于从童年期向青年期的过渡时期,正逐步摆脱幼稚心理而又不够成熟。突出特点是:性特征发育,情绪不稳定(喜欢幻想、冒险,有逆反心理,甚至认为自己无所不能、世界任我主宰)。对这一阶段的孩子要注意思想引导、美育教育

幼儿文学、童年文学、少年文学三者具有不同的特点,同时又相互渗透、相辅相成,又有相互一致的共同特点,即注重题材选择,注重语言的规范和多样化。总之,以上三个层次的分期,其担负的使命是一样的。在这三个层次中,儿童文学的特征逐层递减,成人文学的特征越来越明显。这是年龄变化的必然结果。

所以,现代意义上的儿童文学是现代社会为满足儿童的独特精神需求和成长需要而专为儿童创作和提供的特殊文学样式,"儿童文学"概念的基本含义应该包括以下几层意思:

(1)儿童文学是为儿童创作的各类文学作品的总称;
(2)儿童文学是适合于儿童接受并为他们所喜闻乐见的文学作品;
(3)儿童文学是具有独特艺术个性和审美价值的语言艺术;
(4)儿童文学对儿童具有认知、教育、娱乐、审美等多种功能。

三、儿童文学的特征

一般说来,儿童文学的特征包括儿童文学的年龄特征、民族特征和艺术特征。我们在把握儿童文学年龄特征和民族特征的基础上,重点掌握其艺术特征。

(一)儿童文学的年龄特征

儿童文学的年龄特征,是指作为儿童文学创作的反映对象和接受对象的儿童心理特征。它是以儿童读者的文学接受能力的特点及其阶段性作为划分的客观依据的。

1. 不同年龄阶段儿童的心理特征

心理学上把人在0—18岁这一阶段划为儿童期。一般把儿童时期划分为三个阶段:0—6岁的学龄前期,也称婴幼儿期;7—12岁的学龄初期,也称童年期;13—18岁的学龄中期,也称少年期。在这十几年的成长过程中,处于不同年龄阶段的儿童会表现出不同的个性心理特征。

在婴幼儿期,儿童的思维带有明显的具体形象性,以直观的形式认识世界,注意力不易集中和持久;有意想象开始发展,但无意想象占主要地位;已开始形成最初的个性倾向以及与一些概括性的道德标准相联系的道德感;语言和理解力正处于发展阶段。游戏是此阶段儿童的主要社会实践活动。

童年期是儿童进入学校,开始正规、有系统的学习时期,此时他们对外界事物的感知能力和语言表达能力在提高;抽象思维与各种心理过程的有意性和自觉性在发展;个性倾向、自我评价的独立性在增长,自觉运用道德意识评价和调节道德行为的能力逐步形成;逻辑思维带有很大的具体形象性。但由于儿童的知识结构、生活阅历和理解能力的局限性,他们对是非、善恶、美丑的判断常常从表面现象出发,所以对客观事物愿意表态,求知欲增强,甚至醉心于那种与他们距离很远的东西。

少年期是儿童向成人过渡的时期,处在"最动荡、最易变化、最不稳定的一个时期"(克鲁普斯卡娅语)。在这一时期,他们的抽象思维和语言能力迅速发展;有强烈的"成人感"和"独立感";生活经验、文化知识日益增多;自我意识逐渐增强;渴望理解和友谊,希望受到重视和注意,希望得到信任和尊重,并力求从对大人的依赖中摆脱出来。

可见,不同年龄阶段儿童的心理发展是从不成熟到成熟的,既有阶段性,又有持续性。

2. 不同年龄阶段儿童对儿童文学的要求

儿童在不同年龄阶段所体现出来的心理特征决定了他们对儿童文学的接受是一个由简单到复杂,由低层向高层过渡的过程,由此形成了儿童文学接受伴随年龄发展的动态性特点。具体说,各年龄段儿童对儿童文学的要求如下。

不同年龄段的儿童文学	主题内容	形象塑造	表现方法	语言	形式、结构	体裁
婴幼儿文学	着重阐述初步的道德观念或某些必要的知识,具有浓郁的娱乐性和趣味性	以塑造拟人化的动植物形象为主,人物形象主要是低龄儿童	以反复和对比为主	既要浅显、口语化和规范化,又要形象有趣、富于动感	以图为主,图文并茂	儿歌、小诗、图画书、生活小故事、短小的童话等
童年文学	主题单一、明朗、富于教益,遵循循序渐进、由浅入深的原则;内容上以表现正面为主,力求做到真善美的统一	人物形象多是有理想、有追求、勇于开拓进取、具有奉献精神的先进的成人形象或儿童形象,允许出现否定性人物	塑造人物形象多用外貌刻画和动作描写,少用静止的心理描写和细节描写	生动、富于趣味性;基调明朗、乐观	情节生动、单纯,具有浓郁的故事性;结构紧凑、完整	儿童故事、童话、寓言、儿童诗和儿童影视剧等
少年文学	主题丰富且多义,题材广泛且有较为深刻的内涵,既集中描写、赞颂生活中美好、光明的一面,也不回避客观存在的消极、阴暗的一面	在人物刻画方面,以写少年为主,也不冷落对成人形象的描绘	表现手法和艺术风格趋于多样化,人物刻画较有深度和力度	语言丰富,修辞多样,富有一定的思考性	情节设计既可曲折完整,也可"淡化"处理	小说、动物小说、科幻作品、散文、游记、报告文学、传记体作品、少年诗歌、影视剧等

总之,"儿童读者从幼年、童年到少年,在这一年龄增长的过程中,其总体的儿童特征逐渐淡化、消失,而总体的成人特征逐渐强化、明显。供给他们阅读欣赏的儿童文学作品也相应地出现这种变化,即儿童文学自身的总体特点愈来愈淡化以至于消失……儿童读者的年龄愈小,儿童文学的特点愈鲜明"。[①]

(二)儿童文学的民族特征

儿童文学的民族特征是指民族的独特性在儿童文学作品内容、形式上的总体反映,即某个民族儿童文学所独有的个性特征。一个民族自身浓郁的儿童文学民族特性是由其特有的儿童心理、语言、环境、生活状况等因素决定的。具体说,儿童文学的民族特征表现在以下几个方面。

1. 题材

优秀的儿童文学作家总是善于从本民族儿童的审美角度选取、提炼特定民族生活内容的题材。他们都有对给予自己生命和精神的民族的生活形态、历史文化传统的深切关注和对本民族儿童生活的现在形态和未来形态的责任感和使命感,加以儿童文学本身的教化义务,使得他们在选择题材时首先从本民族儿童的审美角度出发。例如,同样写动物小说,描写狼,加拿大作家西顿的《狼王洛波》和我国动物小说大王沈石溪的《狼王梦》就有所不同。在西顿笔下,狼王洛波曾经不可一世,让猎人们恨之入骨。狼王洛波凭着自己的丰富经验与矫健身姿与那些捕捉它的猎人和猎狗展开了一次次搏斗,结果总是以洛波的胜利而告终。最后,费尽心机的猎人在经历了种种失败后想出了一个办法——他们捉住了洛波的爱妻布兰卡。失去了妻子的洛波,变得十分急躁,最终陷入了猎人精心设置的圈套,这只伟大的狼王,最终败在了人类手中。其实,它何尝不是心甘情愿地败给了自己的爱情呢?书中洛波矫健的身手与超群的智慧令人叹服,但猎人对洛波绝食而死后又将它与爱妻布兰卡安葬在一起的高尚做法同样令人赞叹。而作家沈石溪以自己在云南插队的经历为素材,通过对狼王黑桑一家经历的描写,将一个个关于亲情、爱情、勇敢、智慧的故事娓娓道来。小说并不像一般儿童读物那样轻松、欢快,而是带着一些生命的沉重感,无论是狼妈紫岚的坚韧,还是几个狼崽的不同遭遇,都让孩子们得以了解到人生的各种色彩,是适合我国儿童的审美习惯和审美要求的。这些都是作家从各自民族儿童的审美角度出发而选取、提炼的富有民族特色的题材。

2. 审美意象

儿童文学作家笔下浸透着富有浓重民族精神积淀的审美意象。例如,同样是写虚构的魔幻世界,英国作家詹姆斯·巴里的童话《彼得·潘》中充满自由、虚幻、远离现实的永无岛就浸透着绅士帝国——英国及其整个民族对传统道德伦理解构欲望的心理积淀的童话意象。故事借助这个自由的永无岛,渗透出童年的纯真与成年人的责任之间的冲突。而《西游记》中,天宫的神仙世界、深山僻壤的妖魔鬼怪都烙有汉民族思想文化的印记,是浸透着汉民族独特精神积淀的文学意象。这些意象不同程度地反映出中华民族以儒家为核心、儒释道

[①] 黄云生:《一个被误解的文学现象——关于幼儿文学及其理论的思考》,载《浙江师范大学学报(社会科学版)》1990年第4期。

互渗互补融汇合流的思想文化特征。

3.民族形式

民族形式是指作品具有符合本民族儿童欣赏习惯,又能激发其他民族儿童新鲜感的民族形式。不同民族的儿童文学都具有自己独特的民族形式。

(1)民族语言。经过锤炼的具有独特风格的民族语言是儿童文学民族形式的第一要素。语言是思想的物质外壳,是文学的第一载体。高尔基说过:"文学就是用语言来创造形象、典型和性格,用语言来反映现实事件、自然景象和思维过程。"[①]我国"五四"以来优秀的汉语儿童文学作品都明显地体现出汉民族语言特有的概括力和表现力,它们在结构上对称、和谐、均称,特别是诗歌语言的简练和精致,构成汉民族儿童文学的显著特征。像金逸铭的儿童诗《字典公公家里的争吵》:

  字典公公家里吵吵闹闹,
  吵个不停的是标点符号。
  看它们的眼睛瞪得多大,
  听它们的嗓门提得多高。
  感叹号挂着拐杖,
  小问号张大耳朵,
  调皮的小逗号急得蹦蹦跳。
  首先发言的是感叹号,
  它的嗓门就像铜鼓敲:
  "伙伴们,我的感情最强烈,
  文章里谁也没有我重要!"
  感叹号的话招来一阵嘲笑,
  顶不服气的是小问号:
  "哼,要是没有我来发问,
  怎么能引起读者的思考?"
  小逗号说话头头是道,
  它和顿号一起反驳小问号:
  "要是我们不把句子点开,
  文章就会像一根长长的面条。"
  学问深的要算省略号,
  它的话总是那么深奥:
  "要讲我的作用么……
  哦,不说大家也知道。"
  水平高的要数句号,
  它总爱留在后面作总结报告:

[①] [苏联]高尔基:《论文学》,北京:人民文学出版社1983年版。

"只有我才是文章的主角,
　　没有我,话就说得没完没了。"
　　大家争得不可开交,
　　字典公公把意见发表:
　　"孩子们,你们都很重要,
　　少一个,我们的文章就没这样美妙。
　　滴水汇成了大江,
　　碎石堆成了海岛,
　　大家不要把个人作用片面强调,
　　任何时候都不要骄傲!"
　　小朋友,你听了字典公公家里的争吵,
　　心里想的啥,能不能让我知道?

　　全诗一韵到底,一气呵成,在用标点符号形象构筑的童话世界里,用诗歌的形式诙谐、幽默地讲述了标点符号的知识,同时也告诉儿童团结的重要性,使知识性、教益性和趣味性融为一体,令人赞叹。

　　(2)幻想。幻想是儿童文学民族形式的特殊表现形态。每一个有着悠久历史的民族都有洋溢着民族审美意识的神话般的童年时期,对于世界,都有着本民族的自我原始诠释——通过幻想的方式去描述未知世界,诸如天堂、地狱、神仙、鬼怪,等等。随着时代的发展,承袭着原始思维的民族审美意识也在发展,作为民族审美意识(审美理想、审美趣味、审美感受等)的特殊表现形态——幻想,就成为区别不同民族儿童文学的一种独特的表现形式。例如,同样是童话中的幻想人物,"稻草人"的形象在叶圣陶和美国作家鲍姆的笔下,就体现出不同的审美形态。在中国这个有着悠久历史的农业古国,对于土地的依恋深植于中华民族的审美意识中,因此,叶圣陶笔下的"稻草人"便具有了有感觉、有思想、有感情,但不能说话、植根土地、不能走动的特点。而几乎是同时期的鲍姆的童话《奥茨国的魔术师》中的"稻草人",则同人一样,能说话,会走路,反映了美利坚民族在形成和发展过程中漫长的迁移历史情结。世界各国"从民间文学发端"①的儿童文学史表明儿童文学思维方式承袭着幻想——这种特殊表现形态的必然性。

　　(3)文学表现手法。儿童文学民族特征的具体表现还在于作家为表现民族题材的需要而采用的独特的文学表现手法。以我国作家任德耀的童话剧《马兰花》为例,其采用了我国传统文学的民族形式——写意的风格。写实与写意本是东西方文学在表现手法上的一个重大区别。而瑞典的阿·林格伦的童话、法国的儒勒·凡尔纳的科学幻想小说等,则采用了欧洲古老的"三部曲"的形式来叙述故事、结构全篇。

　　总之,儿童文学民族特点的形成,根本的决定性因素是这个民族的社会生活的综合作用及其民族传统、民族心理对它的培育。儿童文学的民族特点一经形成就具有相对的稳定性,但也不是一成不变的。随着社会生活的变革和民族心理素质的发展、变化,它也将不断地丰

---

① 韦苇:《西方儿童文学史》,北京:少年儿童出版社1994年版。

富、发展、嬗变。

（三）儿童文学的艺术特征

在儿童文学作品中,其艺术特征主要表现在题材、主题、形象、情节、结构、语言和手法几个方面。

1. 题材显明,主题明朗

(1)儿童文学的题材,是儿童文学作家从现实生活中选取出来、经过提炼加工而成为塑造儿童文学形象、表现儿童文学主题的生活材料。在一部具体的儿童文学作品中,题材就是作品中能够表现主题的具体的人物和事件。

儿童文学对题材的要求是:广泛新颖而且要有比较明显的感情倾向性。现实生活内容是极其广泛的,儿童文学的题材范围不仅包括远古的历史和神话,也包括现实的、学校生活的和家庭生活等多方面的内容,在儿童文学题材的选择与处理上,必须考虑要以儿童能够理解为前提。因而,虽然儿童文学作品的题材是广泛的,但是文学界一般把儿童文学的题材主要归为四大主题,即爱的主题、顽童的主题、自然的主题和成长的主题。

(2)儿童文学的主题是通过作品描述的现实生活所表现出来的中心思想,也称主题思想。例如,儿童文学作家秦文君的系列小说就是贯穿了"爱孩子"的主题。她在《秦文君小说系列·代后记》中谈到:"我觉得之所以写儿童文学,是因为我很喜欢孩子。小时候,我就喜欢比我更小的孩子,这也是一种缘分、一种天性。后来,生活经历又决定、加强了我与儿童的关系。"

儿童文学对主题的要求是:明朗而富有意义,培育引导儿童健康成长。这都是由儿童文学的本质和功能所决定的。当然,主题明朗并不等于说教,它是针对隐晦、模糊、费解而言的。"有意义"也并不排斥趣味性较强、健康的、积极的儿童文学作品。

2. 形象鲜明

儿童文学的形象是指儿童文学作家所创造出来的具体、生动、可感、与儿童接受特点相吻合,又对儿童有着极大吸引力的社会生活画面,包括人物、景物、场面、环境及作品中一切有形的物体,还包括抒情性作品中的意境和神话、童话等作品中的幻想境界,而其中人物形象是最重要的,即儿童的形象。儿童形象的单纯美渗透在儿童文学的各类体裁中。活跃于儿童故事中的那一个个稚气可爱的人物,占据着童话世界里那一个个富有灵性的动植物。展现在儿童诗歌中那一幅幅色彩鲜亮、意味隽永的图景,出入于儿童小说乃至更多文学体裁中众多的文学形象,无不以它独一无二的纯净美给读者以美的享受。

儿童文学对形象的要求是:要体现个性化、形象化、拟人化和儿童化相融合的特点。而儿童形象作为整部儿童文学作品中矛盾冲突的主体,是设置环境、结构故事的主要依据。主人公性格的形成和发展,直接体现一部儿童文学作品的题旨和形象化的程度。作品中其他人物的出现及其活动,都要以主人公及其活动为中心,并对主人公的形象起一定的映衬作用。这样,作品中的人物形象才能鲜明突出。

3. 情节性强,结构清晰

(1)儿童文学的情节是指儿童文学作品中所描写的人物之间的相互关系以及由此而衍生的一系列生活事件,由开端、发展、高潮、结局四部分组成。情节性是儿童文学区别于一般文学的重要标志之一,即使是抒情类的儿童文学作品也普遍存在着情节性。情节需要通过讲故事的方式呈现。喜爱故事是人的欣赏特性,因此,讲故事无论在东方还是在西方都古已有之。日本、欧洲各民族都有"讲谈"的传统,阿拉伯民族更是以"夜谈"而闻名于世。在中国,早在周朝就出现了以讲故事谋生的人,至唐朝时讲故事已成为一种专门的职业。由此可见,很久以来,故事与人们的精神生活就有着密切的联系。对于儿童来说,喜爱故事、热衷于了解故事情节是其阅读的天性。动物小说作家沈石溪就认为,他的作品从来都是以故事吸引读者。被称为20世纪最具想象力的故事大王达尔也很注重情节性、故事性,他曾专门就童话的故事性发表过意见:"儿童书籍作者首要的职责,是写这样的书,它应该是引人入胜的、激动人心的、有趣的、通畅的和优美的。只要孩子一读到它,就爱不释手。我发现为儿童写书并不容易。对我来说,同写给成人看的小说一样难,或许还要更难些,因为构思一个色彩分明、十分奇丽而又十分新鲜的情节,是一件苦差事。我可能不得不花费许多时间,甚至一年才想出一个情节。我绕着房子、花园、村子和村里的街道溜达,一次又一次地寻觅那鲜明、独特的新构想……"①两位作家的看法都说明,写出故事是为儿童创作作品的重要一环,倘若故事平淡、情节缺少曲折和波澜,就难以吸引儿童读者。

儿童文学对情节的要求是:活泼、单纯、完整、统一,有浓郁的故事性。年龄和天性决定了儿童喜欢读单纯、完整、故事性强作品,而且急于知道事件与人物的结局。因此,故事性强、情节曲折生动以及悬念设置巧妙的儿童文学作品格外引人入胜。比如,我国儿童十分喜爱的从民间文学和古典文学中选择出来的具有浓郁故事性的作品:民间神话《精卫填海》《女娲补天》;民间传说《大禹治水》《十二生肖》;民间故事《牛郎织女》《田螺姑娘》《老虎外婆》;中国古典文学《水浒传》中的"武松打虎"故事、英国小说《格列佛游记》中的"大人国""小人国"故事等。今天,这些情节生动、故事性强的作品已经成为儿童文学的经典。

(2)儿童文学的结构是指根据儿童创作的需要,儿童文学作家从现实生活中选取一定的题材,在构思作品主题的同时,组织人物与其环境的关系,安排情节的次序。新奇、巧妙的结构是儿童文学作家艺术创造力的表现。儿童文学创作实践中为适应儿童读者的审美需要常运用的结构方式有:纵式结构,即按事件发生、发展的自然进程来安排情节;横式结构,即把若干生活场景平列起来安排,从各个侧面来表现主题;纵横交错的复式结构。还有三迭式结构,如深受儿童读者欢迎的中国古典小说《西游记》中的"三打白骨精"便是用三迭式结构来组织故事情节的。此外还有连环式结构、对立式结构,等等。

儿童文学作品的结构不是一成不变的模式。因此,儿童文学对结构的要求应遵循以下几点:第一,结构要服从主题的需要;第二,结构要服从作品人物性格塑造的需要;第三,结构要符合文学作品完整、和谐、统一的艺术形式的基本规律的需要;第四,结构要符合不同文学体裁的特殊需要;第五,结构还要照顾到民族的艺术欣赏习惯。同时,儿童文学作品的结构要考虑到儿童的理解能力和接受水平。因此,作家在写文学作品的结构时,要严谨,要脉络清晰、层次分明,避免太复杂的结构方式。

---

① 韦苇:《外国童话史》,河北少儿出版社2003年版。

4. 语言简明生动，富于形象性

高尔基认为："文学的第一要素是语言。"①优秀的儿童文学作品都以优美而精粹的语言构成诗歌、故事、小说、童话等形式，其语言不仅准确、精练、鲜明，而且生动、形象，富于情趣和想象，它在提高儿童认知能力、思维能力、分析和概括能力方面，能使儿童学到准确的发音，掌握大量新鲜的词汇和富于表现力的句式，从而提高他们的口语表达和书面表达能力，成为儿童学习语言的范文。

儿童文学创作要使用"儿童语言"，但"儿童语言"并非"娃娃腔"。"娃娃腔"就是强化孩子性的叠音。在儿童文学创作中也时有所见。如"饭饭""觉觉"等，这种现象在低幼儿童文学作品里出现较多。"娃娃腔"的使用在无意中肯定了儿童语言发展过程中产生的短时的非规范成分的合理性，不能为儿童提供正确用词的典范。而儿童语言源于儿童口语，应略高于儿童，以帮助儿童丰富和学习语言，所以应尽量避免直接使用这类"娃娃腔"。儿童语言要根据儿童的年龄特征，根据儿童的阅读和理解能力，选用规范的词语。

儿童文学对语言的要求是：以简明为前提，以生动为根本。简明，就是要尽量选用意义简单明了的常用词语，既不深奥晦涩，也不生编硬造。可适当使用重叠形容词、重叠语气助词、重叠拟态词（象声词、象形词）等，以此增强语言的形象性。生动是指儿童文学作家要在有限的语言范围内写出活泼而富有韵味的作品来，因此儿童文学是一种高难度的语言艺术。儿童文学语言以其特殊性来体现文学语言准确、鲜明、生动这一共同要求。同时，儿童文学作品中作家的叙述语言应该与作品中人物的语言风格保持一致。

5. 充满幻想，富于儿童情趣

（1）幻想。幻想是指一种想象过程，是以社会或个人的理想和愿望为依据，虚构对还未发现或实现的事物的具体形象的想象过程。就其本质而言，幻想是客观事物在人们意识中的反映。

幻想是儿童的天赋和本能。因此，以儿童为审美主体的儿童文学尤其需要幻想。充满丰富奇妙的幻想是儿童文学重要的艺术特征。由于儿童尚处于自我中心思维的阶段，面对变幻莫测的大千世界，他们常常物我不分，把主观意愿投射于客观对象上。因此，在儿童的想象世界中，流水与他们嬉戏，花儿为他们开放，动物和他们交友，鸟儿为他们歌唱……他们的想象在自由王国中任意驰骋。在儿童文学作品里，"幻想是起主要作用的力量，创作过程只有通过幻想而完成。"②所以说，幻想性是儿童文学创作思维的核心，也是评判一部文学作品是否属于儿童文学的重要标志之一。

因此，儿童文学对幻想的要求是：必须尊重儿童的心理需要，在创作作品时不仅要为儿童提供充满幻想的文学内容，更要注重对儿童新的幻想的引发。同时，儿童文学的幻想还必须植根于现实生活，即使是最富于幻想的童话也是如此。例如，童话《快乐王子》写王子雕像在小燕子的帮助下用身上的珠宝金子救济穷人的故事，就是通过幻想反映人类的现实生活，阐明人类生活的一个真理——真正的快乐要拥有一颗善良美好的内心世界。这也印证了歌

---

① [苏联]高尔基：《和青年作家谈话》，人民文学出版社1983年版。
② [俄]别林斯基：《别林斯基论文学》，满涛、辛未艾译，上海译文出版社1979年版。

德在《歌德自传·诗与真》一书中的论断:儿童文学的幻想是"通过幻觉产生一个更高于真实的假象"。

总之,幻想是人们进行各种创作的基础,是人类创造的开端。对于儿童来说,幻想在他们的游戏里、阅读里,在他们的日常生活里。所以,反映儿童生活的儿童文学创作,必然要具备儿童式的幻想,并且通过儿童文学艺术形象的创造,唤起儿童的幻想,发展儿童的幻想。

(2)儿童情趣,即儿童文学的趣味性,是指儿童的想象、思想、感情等心理状态及与之相适应的行为和语言在文学作品中的艺术反映。它是儿童文学作品在形象地反映生活、体现儿童独有的某种特点时,从儿童的审美需要出发,通过艺术形象和艺术境界表现出来的情调趣味。富有儿童情趣,是儿童文学各种文体的普遍要求。实质上,儿童情趣是儿童文学作家通过儿童文学形象而传达给儿童的审美情趣。它是人的审美意识的一个组成部分,是人的审美情感、审美观点、审美理想、审美态度、审美能力的一种表现,并且是他们的结果。

儿童情趣的生成,实际是美感效应的过程。"一般说来:新奇,活动,变异,勇敢,惊险,美丽的色彩,亲密的友谊,热闹的场面,有节奏的声调,有趣味的重复,成功而又快乐的结局,等等,都是幼童文学作品中酝酿兴趣的酵母。"(陈伯吹语)所谓"酵母"正是儿童文学情趣生成的条件,落实到作品中就会生成为情趣,就会使作品产生艺术魅力,受到儿童的欢迎和喜爱。

儿童情趣的魅力,是儿童文学情趣在作品的情节、结构、语言、表现手法等方面的具体体现。情趣是使作品具有独特艺术魅力的重要原因。甚至可以说,儿童文学无"趣"不成书。儿童情趣是儿童心理的反映,具有鲜明的儿童年龄特征。所以,作家只有深入儿童生活,根据不同年龄段儿童的不同兴趣和要求,经过新颖的想象和精巧的构思而创作,其作品才能吸引儿童的注意力和好奇心,从而使儿童开心地走进作品的艺术境界,获得真正的美感。

儿童文学对情趣的要求是:生动、活泼、形象、幽默、有吸引力,寓教于乐,使儿童喜欢阅读,从而受到感染和教育。

四、儿童文学的本质

蒋风在他的《儿童文学原理》中对儿童文学的本质作出了这样的解释:"儿童文学是成年人与儿童在审美领域的生命交流,它说明儿童文学是由成人与儿童共同编织的生命之梦"现代儿童文学的美学特质也就在于成人的与儿童的两种审美意识的融合与协调。

同一般文学一样,儿童文学活动(包括儿童文学创作——儿童文学作品——儿童文学欣赏)主要是一种审美的精神活动。审美活动是欣赏美的事物和创造美的作品的活动。因为,文学是作家对社会生活能动的审美反映的产物,也就是说作家所塑造的艺术形象是具有审美意义的。同样,儿童文学是作家按照美的规律,运用适应儿童的艺术手段而创作的,呈现给儿童乐于接受的,有优美形式的作品样式,以激起小读者的美感,满足小读者多样的审美要求。反映儿童生存于现实生活的美丑属性,表现儿童文学作家对现实生活美丑属性的审美意识(情感、趣味、观点、理想),呈现为儿童乐于接受的、有优美形式的艺术形象体系,以激起儿童读者的美感,满足不同年龄阶段小读者多样的审美要求,引导小读者提高审美的能力、趣味和情操。一句话,儿童文学从本质上说是"供儿童审美的文学"(刘绪源语)。

正是儿童文学的审美本质,引出儿童文学反映社会的形式是具体的、概括的、具有审美意义的艺术形象,并进一步引出其文学形象的质量——儿童文学的真实性、倾向性、形象性等问题。很多儿童读者读过一些优秀儿童文学作品后首先是记住了书中的人物形象。比如,瑞典作家林格伦的作品《长袜子皮皮》中的皮皮,《疯丫头马迪根》中的马迪根,《小飞人卡尔松》里的卡尔松,都成为经典的顽童形象留在小读者的心里,让他们感受到生活的真实与艺术的魅力。

也正是儿童文学的审美本质,决定了儿童文学创作必须从作家对生活中以儿童为主体的人和事的感受和经验出发,而不应从某种概念、思想出发,其艺术构思要经历形象的触发、酝酿和完成的阶段,并且创作的过程是典型化的过程、形象思维的过程。比如曹文轩的《根鸟》,就叙说了一个关于"寻找"的故事,隐喻着凯鲁亚克式的"在路上"的哲学意蕴,是一部影射了"性"之成长的长篇少年小说。如同弗洛伊德所云,力比多冲动是人的创造性之原动力。情欲萌动的少年根鸟,身体里生长着的旺盛的性张力,迫使他义无反顾地踏上了漫漫寻找之旅——寻找一个时常出现在他春梦中的美丽女孩。少女思春、少男燃情,无疑是青春期的一种普遍征候。根鸟对梦中女孩的追寻,与经典意义的少女找寻春闺梦中的白马王子这一意象异曲同工。少年根鸟恍惚、迷离、清醒、执着、痛苦、欢乐的找寻历程,亦再现了其性成长的真实图景。当根鸟的梦中开始出现女孩的身影时,他在现实生活中便表现出了对自己身体的"耻感":不愿意让别人看见自己身体的隐秘,包括与他相依为命的父亲。当那个依稀出现在梦中的女孩的形象不断出现,且越来越清晰,他不敢和她的眼睛对视,虽然渴望和她长久地近距离"接触"。而且,她总是在他害怕她突然消失的时候消失。作者刻意营造出少年根鸟情欲萌动的诗意、浪漫的意境,细致捕捉心灵的颤音,穷尽了少年潜隐情欲的圣洁、优雅、高贵。曹文轩对"成长之性"诗意化和纯美化的书写,是建立在对少年"成长之性"的正视的前提之下的,这就使得这样一个敏感而又合理存在的现实具有了合法性和有效性。《根鸟》的写作的确是一种突破和超越。

同样,儿童文学的审美本质,也决定了儿童文学欣赏的过程包括形象感受、审美判断和体验玩味等阶段,其特点是审美享受和艺术形象的再创造。比如,英国女作家 J. K. 罗琳创作的系列小说《哈利·波特》。此书一经问世,哈利·波特的形象便备受儿童的喜爱。印度新德里一名 12 岁的小学生希姆拉特给哈利写了封动人的信:

亲爱的哈利:
你能不能和邓布利多谈谈,看看霍格沃茨的新生名单里有没有我?
我马上就 13 岁了。

菲律宾一名 15 岁的学生卡伦也给哈利写了封信:

亲爱的哈利:
我的父母也并非时时刻刻陪在我身旁。你是个孤儿,对吧?我的父母都还健在,可是爸爸在国外工作,一年才回家一次,真的特别想他,尤其是圣诞节期间,爸爸也很想我。但我知道你比我更想爸爸妈妈,因为任何魔法也无法让他们重返人间了。

还有位叫凯莉的 14 岁美国女孩这样写道:

哈利:
不管你将遇到什么困难,或是要攀登什么样的高山,世界上总有一个爱你的人在那儿等你回来。

在孩子们的世界中,真善美的阅读体验同成人世界的"一千个人眼中有一千个哈姆雷特"是一样的。

并且,儿童文学的审美本质也决定了儿童文学批评必须从形象分析入手,是包含着社会批评的美学批评。比如,童话大王安徒生在他的代表作《海的女儿》中这样写道:"在海的远处,水是那么蓝,像最美丽的矢车菊花瓣,同时又是那么清,像最明亮的玻璃。""当海是非常沉静的时候,你可瞥见太阳:它像一朵紫色的花,从它的花萼里射出各种色彩的光。""她看到一些美丽的青山,上面种满了一行一行的葡萄。宫殿和田庄在郁茂的树林中隐隐地露在外面;她听到各种鸟儿唱得多么美好,太阳照得多么暖和,她有时不得不沉入水里,好使得她灼热的面孔能够得到一点清凉。"作家笔下,小人鱼生活的环境是那样美好,但同时这也为她悲剧的命运做了具有巨大反差的铺垫。作家郑振铎评价说:"安徒生的童话美丽而富有诗趣,他有一种不可测的魔力,把我们从忙忙的人世间带到和平的花的世界,虫的世界,人生的世界里去,能使我们忘掉一切艰苦的境遇,随了他走进幽静的方池的绿水,优美地挂在黄昏天空的雨后弧虹的天国里去。"其实,在童话中,在爱与付出之间,小人鱼毫不犹豫地选择了为爱而付出。这样的故事也许在现实中难以出现,但越是难得越成为人们的渴望与召唤。小人鱼的形象也因此穿越了古今中外而成为人们心中爱与美的永恒的象征。

儿童文学的审美本质还体现在儿童文学的社会本质、社会作用及儿童文学的内容、形式、发展规律等理论中。如儿童文学特殊性问题、认识教育作用要依靠美感作用实现的问题、儿童文学的结构和语言问题、创作方法与世界观矛盾问题以及儿童文学发展的自身规律等,都和儿童文学的审美本质有直接关系。可见,审美是儿童文学的本质。

综上,我们认为,儿童文学的审美本质表现在儿童文学作品中的应该是这样一种美学品格:在反映生活上,主要以欢快明朗、蓬勃向上的美为主流;在表达感情上,常常带有一种天真无邪的美;在表现儿童情趣上,有一种幽默、诙谐的美。在这一点上,国外很多儿童文学大师做到了:安徒生、阿·林格伦、詹姆斯·巴里、J.K.罗琳……当代很多优秀的儿童文学作家也做到了:曹文轩、秦文君、常新港、周锐、郑渊洁……

第二节 儿童文学的功能

儿童文学是孩子一生中最早接触的文学形式,对孩子的精神成长具有深远的影响。一般来说,文学具有认知、教育、娱乐、审美的功能,儿童文学自然也不例外。但是,由于儿童文学读者对象的特殊性,其功能与成人文学又有不同之处。

一、儿童文学的认知功能

儿童文学的认知功能是指具有较高思想性和艺术性的儿童文学作品在帮助儿童认识社会、认识历史、丰富生活经验、增长知识、启迪心智时所发挥的作用。儿童文学的这一功能可以增长儿童的知识,培养儿童的求知兴趣。儿童在成长过程中,对自然和人类社会充满好奇,凡事爱问"为什么"。儿童文学以其丰富的知识性,满足了儿童的求知欲望,这既是儿童主观的需要,也是社会客观的需要。

例如《十二月菜》：
　　一月菠菜刚发青。
　　二月出土羊角葱。
　　三月芹菜出了土。
　　四月韭菜嫩青青。
　　五月黄瓜大街卖。
　　六月茄子紫英英。
　　七月葫芦弯似弓。
　　八月辣椒满树红。
　　九月大瓜面又甜。
　　十月萝卜瓷丁丁。
　　十一月白菜家家有。
　　十二月蒜苗水灵灵。

这是流传在内蒙古的一首时序歌，按十二个月的顺序介绍了十二种蔬菜，在介绍菜名的同时，也简要描写了它们的特征，让儿童熟悉季节时序的同时，也了解了不同时节产何种代表性的蔬菜。

儿童的生活圈相对狭窄，从生活中获得的直接经验很有限，而儿童文学恰好对此予以补充，让儿童在作品中获得知识、经验，扩大眼界。儿童文学在增长儿童知识、扩大儿童眼界的同时，还能培养儿童的求知兴趣。我们要努力激发儿童的好奇心，不断扩大他们的知识视野。需要强调的一点是，儿童文学的认知功能必须以作家反映生活的真实性为前提，以作品中艺术形象的生动性为条件。因为儿童文学的形象本身既保存了生活本身的生动性、丰富性，又在一定程度上反映了生活的某些本质，并顺应了儿童的心理需要。那些违背生活的真实性，一味去迎合儿童的娱乐心理或编造故事情节、知识上错漏百出的低劣作品是经不住时间来考验的。像《卖火柴的小女孩》揭露的是19世纪中叶丹麦社会贫富悬殊的黑暗现实，但作品是以一个可怜的小女孩四次美丽的幻想和悲惨生活、悲剧命运的强烈对比来反映的，易于儿童读者接受。因此，对于儿童来讲，儿童文学的认识价值是独到的，不仅会使儿童拓展认识领域、提高认识能力，还能给他们留下生动而难忘的童年记忆。

儿童文学还可以丰富儿童的语言，提高其思维和想象能力。

儿童的语言正处于快速发展之中，儿童文学在丰富儿童语言方面比其他艺术门类更具有优势，因为儿童文学中相当一部分是专为儿童所创作，故语言浅显明白，而且准确生动，儿童可以从中学到大量词汇、语言规则和多样的表达方式。儿童会将自己所学语言运用于口头。那么，儿童文学是如何丰富儿童语言，提高他们的思维和想象力呢？这可在具体作品中分别不同获取。例如，儿童文学中的儿歌、儿童诗、童话、故事等文体都能从不同的侧面给儿童以帮助，让他们从中得到启发和思维，获取丰富的文学知识。

儿歌中的绕口令帮助儿童正确掌握字音。例如《十和四》，帮助儿童分清平舌和卷舌音。通过让儿童念诵儿童诗，可以培养其表达情感的能力。例如滕毓旭的校园朗诵诗系列。讲故事也可以让儿童说话，发展他们的连贯性语言。例如《小蝌蚪找妈妈》，整个故事共有三个部分。第一部分交代了小蝌蚪的外形特点,第二部分介绍小蝌蚪找妈妈的经过,第三部分是故事的结果。这个童话故事脉络清晰,在第二部分小蝌蚪找妈妈的过程中,碰到鸭妈妈、鱼妈妈、乌龟、白鹅等动物时叙述方法基本相同,不仅有利于儿童把握故事情节,也有利于儿童识记。读过故事、讲过故事后,使儿童能够清楚地了解从小蝌蚪变成小青蛙的详细过程。

儿童在接受儿童文学时,语言得到充实,思维能力也不断提高。如童话、神话、民间故事、科幻小说等给儿童思维留有巨大的空间,也给儿童留下极大的想象空间,让儿童的想象力得到发展。

二、儿童文学的教育功能

儿童文学的教育功能在于帮助儿童健康成长,使儿童在阅读、欣赏儿童文学作品的过程中,潜移默化地受到思想、品德方面的启发和教育,以及情感、情操、精神境界等方面的感染和影响。儿童文学的这一功能引导儿童从自然人向社会人发展。人从自然人向社会人转变的过程,就是人的社会化过程。所谓社会化,是指一个人学习某一群体和社会的生活技能与行为规范,以使自己取得社会生活适应性并在其中发挥作用的过程。儿童来到这个社会,为了适应社会进而服务于社会,就有一个社会化的问题,要完成这个过程,儿童文学起着至关重要的作用。

凡优秀的儿童文学作品都具有强大的教育感染力量。别林斯基说过:"文学有巨大的意义,它是社会的家庭教师。"[①]儿童文学的教育作用是以认识作用为基础的。当读者从儿童文学作品中获得某种认识之后,必然在一定程度上引起情感、情绪的变化,即由认识而动情,再由动情而移性,在不知不觉中,性格情操得到陶冶,思想感情得到净化,道德行为得到规范。正如贝洛在《鹅妈妈的故事》的序文中说的:"一则童话就好比一颗种子,最初激起的只是孩子们喜悦或悲哀的感情。可是,渐渐地,幼芽便冲破了种子的表皮,萌发、成长,并开出美丽的花朵。"显然,作者在这里说的所谓"花朵",是指儿童通过阅读童话而加强的对于"真理的理解能力"。事实上,这种理解能力就是把童话作为儿童文学所产生的教育作用的具体体现。儿童文学作品能激起儿童情感的波涛,而最终在他们的心灵世界中发生感应。因而作品对儿童的影响是最内在、最本质的影响,是一种思想的、品德的、精神世界的影响。

儿童文学教育作用的大小取决于作品中思想性与艺术性相统一的程度,它寄寓于美感作用之中,并通过美感作用来实现。只有这样,儿童文学才能有力地促进儿童快速健康地成长。一味说教的儿童文学作品是不受儿童欢迎的,也起不到潜移默化的教化作用。

具体说,儿童文学的教育功能可以体现在以下几个方面。

1. 儿童文学要向儿童传达日常生活知识

日常生活知识,儿童除在父母处直观接受一些外,更多地还要在儿童文学中获取。例如,儿歌《洗手》:

  伸出两只手,
  挽起小袖口。
  亲亲小水花,

[①]《别林斯基选集》第二卷,辛未艾译,上海译文出版社2005年版。

关上水龙头。
香皂手中转，
白白泡沫现，
用力冲干净，
香香和你玩。

这首诗把洗手的方法、步骤和益处通过儿歌传递给幼儿，还一并告诉孩子们要注意节约用水，培养孩子的环保意识。

2. 儿童文学要向儿童传递社会的道德规范

儿童在成长过程中，所接受的道德规范内容是广泛而细致的。很多儿童文学经典作品中都有关于"爱心""无私""宽容""诚实""虚心""勇敢""文明""礼貌"等道德主题。儿童文学通过作品故事，形象运用多种修辞手法，将道理贯穿其中，进而对儿童产生潜移默化的影响。例如，文学巨匠托尔斯泰的作品《李子核》，讲述了小男孩瓦尼亚偷尝李子不敢承认，后听到爸爸说吞吃了带核的李子会死人而被吓哭并道出将核吐到窗外的真相，生动再现了一个天真幼稚、顽皮又不失可爱的孩童形象。许多儿童在瓦尼亚的身上可以找到自己的影子，在故事中明白：犯了错误并不可怕，不敢承认错误才最可怕，而勇敢承认错误是多么可贵！

3. 儿童文学要注意不可对儿童进行直截了当的说教

儿童文学是文学，要避免把教育理解为道德灌输，不可在作品中直接显示某种道德观念。儿童文学创作要遵循艺术的规律。例如，金近的《最糊涂的同学》：

我有个同学叫曾清楚，
做起事来可糊里糊涂，
你要请他帮一点忙，
不是忘记，就是做错。

先说开学的那天，
我约他一块儿到学校，
他在半路上突然想起，
假期作业要回家去找。
我在门口等了半天，
他跑出来说，找到一本，
可那一本是张明的，
他自己的怎么也没有找到。
张明拿着他的假期作业，
在学校门口等着要跟他调换，
原来有一天两个本子摆在一起，
他要回家，就随手抓了一本。

有一次写信给他哥哥，
还有一封写给爸爸，
他把信纸套错了信封，

贴上邮票就拿去寄发。
哥哥读了信觉得奇怪，
为什么管他叫爸爸，
爸爸写回信骂他，
不应该闹这样的笑话。

星期天妈妈上街买菜，
叫他一个人在家待着，
他感到有点儿寂寞，
要出去溜达溜达。
他想找个伙伴，
到北海公园去玩，
"啪"的一下锁上房门，
却把钥匙锁在里面。

班主任领到三张电影票，
不知道分给谁好，
奖励早操好的同学，
他拿到一张，高兴得直跳。
第二天去看电影，
他不能走进影院的大门，
翻遍了衣袋找不到票，
这场好电影就没有看成。
回家做功课摊开课本，
那张票就夹在里面，
他站起来再要去看，
时间却过了两个钟点。

班里有好多同学，
糊里糊涂的人就是曾清楚，
我们要他记住自己的缺点，
送他一个名字叫"真糊涂"。

这首儿童诗读来让人忍俊不禁，诗中对"曾清楚"的马虎缺点没有刻薄地讽刺和挖苦，而是婉转而间接地提出批评，用幽默的语气描述"曾清楚"马马虎虎的缺点，让孩子们在笑声中懂得做事情不应该糊里糊涂，起到了寓教于乐的效果。

三、儿童文学的娱乐功能

儿童文学的娱乐功能是一种客观存在。实际上，一切文学作品在它们发挥审美教育功能的同时，都能给人以精神上的愉悦，儿童文学同样如此。寻找快乐是儿童的共同特点，儿童文学多样的形式和丰富的内容契合了儿童的这种天性和需求，为他们提供了娱乐的天地。通过具体的儿童文学作品，儿童得到愉悦和消遣，并且通过娱乐暗藏较深的思想认识和道德教育的内容,寓教于乐。儿童文学的这一功能可以愉悦儿童身心,培养儿童活泼开朗的性格,对儿童的生长发育、心理健康、人格健全都有积极的教育意义。儿童文学必须承担这样的任务。

儿童文学读者对象的特殊性决定了它必须具有娱乐性,而且读者的年龄愈小,相对应的作品的娱乐性愈强。例如,以儿歌、小诗、图画故事、生活小故事、连环画、短小的童话等为主的幼儿文学的娱乐性就比以儿童故事、童话、寓言、儿童诗、儿童科学文艺、儿童影视剧等为主的儿童文学的娱乐性强。像儿歌中的绕口令、问答调、游戏歌、谜语歌等充盈于幼儿的日常生活中,常伴以儿童的群体游戏,充满了娱乐性。

儿童文学的娱乐功能是和认知功能、教育功能以及审美功能有机结合并统一于作品之中的,每一种功能对儿童的健康成长都是不可缺少的。这些功能的发挥并非孤立地进行,而是相互协同的。在儿童成长过程中,儿童文学的诸种功能相互融合为一种看不见摸不着但却实际存在着的巨大力量,滋润着儿童的心田,引导着儿童的言行,铸造着儿童的品格,净化着儿童的心灵,培养着儿童美好的感情,陶冶着儿童的情操。例如,瑞典的娱乐主义童话大师阿·林格伦的童话与小说《长袜子皮皮》《疯丫头马迪根》等,人们从中既可以看到作品中所描绘出的儿童的种种淘气行为与恶作剧的游戏活动,同时也可以看到作品中所表述出的作家对儿童人格的某种深刻、独到的理解和对旧的教育观念的不满,等等,而且林格伦这些作品的内涵及其深远的社会意义绝非"娱乐"便可全部囊括。由此可见,儿童文学的娱乐作用绝非逗乐凑趣,而是作家所开掘的内涵丰富的儿童生活的情趣和意蕴的物化形式,是作家通过艺术创造给儿童以欢乐,并使他们在欢乐中感悟人生的一种功能。

儿童在接受儿童文学时体验着作品中角色的自由、快乐,从而激发儿童快乐的情绪,有利于培养儿童活泼、开朗的性格。像儿歌中的游戏歌,是一种伴随游戏动作而诵唱的歌谣。里面常常没有什么具体的内容,只是朗朗上口,作为游戏的伴奏,但是却能给儿童带来极大的快乐。例如《拉大锯》:

  拉大锯,扯大锯,
  姥姥门前唱大戏。
  请闺女,叫女婿,
  小外甥,也要去,
  一巴掌,打回去。

又如《你拍几呀?你拍几呀》

  我拍一呀,一只蜗牛上楼梯呀。
  你拍几呀?
  我拍二呀,两只蚂蚁抬着大花瓣呀。
  你拍几呀?
  我拍三呀,三条小鱼滚下山呀。
  你拍几呀?
  我拍四呀,四方的图画没有字呀。
  你拍几呀?
  我拍五呀,五只大熊敲花鼓呀。
  你拍几呀?
  我拍六呀,六个老爷爷卖烤肉呀。

你拍几呀？
我拍七呀，七只野狼抱着小鸡呀。
你拍几呀？
我拍八呀，八只章鱼坐沙发呀。
你拍几呀？
我拍九呀，九只老虎喝啤酒呀。
你拍几呀？
我拍十呀，十只青蛙跳进荷花池呀！
扑通扑通扑通扑通扑通，
扑通扑通扑通扑通扑通。
十只青蛙跳进荷花池呀！

孩子在拉手拍手的游戏过程中唱着这样欢快的儿歌，一定是快乐无穷的。

四、儿童文学的审美功能

文学作品是作者对生活所进行的审美价值判断，寄寓着作者的审美情感，表现了作者的审美个性，是作者按自己的审美理想，遵循着美的规律所进行的艺术创造。文学创作中所表现出来的审美本质，使文学作品本身必然地有了美感而成为人类审美的最高形式。儿童文学也是文学，同样要求作者按照美的规律来塑造形象，表现生活。优秀的儿童文学作品总是以其丰富的美感使儿童产生情感上的起伏波动，获得精神上的愉悦和满足，同时也以此陶冶他们的思想情操，培养他们欣赏美、创造美的能力。儿童文学的这一功能可以培养儿童的美感，提高儿童的审美修养，使他们在美的熏陶中得到心灵上的升华。

美感是人对事物的审美体验，是根据一定的美的评价标准而产生的复杂感情。儿童文学的美感作用绝非抽象、空洞的东西，它与认知、教育功能同时产生，而又直接影响认知、教育功能的发挥。高尔基指出："儿童固有的天性是追求光辉的不平凡的事物。"这种天性和追求，正是"决定用正确思想、英雄人物进行教育的基础"[1]。优秀的儿童文学作品总是向孩子们浇灌着美的琼浆，以其特有的色彩美、音响美、形象美、情感美、精神美、形态美或运动美给孩子们以多方面的美的启迪。

审美能力则是一个人接触到艺术和日常生活中真正的美时，能感到满意，觉得精神愉快，并由此具有了判断真、善、美、假、恶、丑的能力。审美应是人类高一级的精神活动，凡文学都应该是美的，没有美就没有文学。文学作为人类审美的最高形式之一，尤其应遵循美的规律。儿童文学也是这样。审美对儿童是需要的，是一个需要逐步培养的过程。因此，我们在借助儿童文学对儿童进行审美能力的培养时，可以由简单、直观、表象逐渐发展到复杂、含蓄、深层次，从外表的漂亮、好看，到内心的高尚、美好、纯真、文明，目的是使儿童得到美的熏陶，提升他们的审美趣味，让他们在儿童文学作品中学会辨别美、认识美、确立正确的美丑观，从而培养其感受美、理解美、评价美和创造美的能力。

马克思曾经说过："人也是按照美的规律来造成东西的。"[2]儿童文学作家在进步世界观

---

[1] ［苏联］高尔基：《把文学给予儿童》，商务印书出版社2000年版。
[2] ［德］马克思：《1844年经济学哲学手稿》，人民出版社2002年版。

的指导下,将生活中较粗糙、分散、处于自然形态的美的事物,形象地概括提炼为更强烈、更丰满和更理想的艺术美,以影响儿童的思想感情,陶冶和培养儿童健康的生活情趣,发展他们的欣赏能力,加深他们对现实中美的感受和领悟。儿童文学作品中,美与丑的表现是鲜明的。像豌豆上的公主可谓娇嫩美丽,睡在二十床鸭绒被上仍然被一粒小小的豌豆弄得无法入睡。《快乐王子》中尽管主人公的结局是悲惨的,但他在儿童心里所激起的感情却愈来愈纯洁,愈来愈高尚,使其从中获得美的享受。同样,生活中的丑在作家笔下亦能变成具有审美价值的艺术形象。像安徒生的《皇帝的新装》,就可以使读者在讥笑、否定丑恶的同时,更加向往生活中崇高的美的力量。

具体说来,儿童文学作品中人物的服饰、打扮、语言、行为、故事情节,等等,都会给喜欢模仿的少年儿童带来直接或间接的影响,有些甚至会影响一个人一生的审美标准。比如,黄蓓佳的长篇小说《我要做好孩子》中的金玲是学习好、思想好、品德好的"三好学生"。她听话、懂事,不用家长、老师操心,这自然成为向善的儿童模仿的对象。而林格伦的长篇儿童小说《淘气包埃米尔》中的主人公埃米尔顽皮、淘气、活泼、好动,他把妹妹当做旗帜升到高高的旗杆上;他用老鼠夹夹老鼠却把爸爸的腿夹住了;喝汤时太贪婪,不小心把脑袋伸进汤罐里拔不出来;等等。但他聪慧过人,富于奇思妙想,具有非凡的创造力,也是儿童喜欢模仿的对象。还有曹文轩的《青铜葵花》,作品讲述了城市女孩葵花跟随爸爸来到了一个叫大麦地的村庄生活,孤单寂寞的她认识了一个不会说话的乡村男孩青铜。爸爸的意外死亡使葵花成了一个无依无靠的孤儿。贫穷、善良的青铜家人认领了她,葵花和青铜成为了以兄妹相称的朋友,他们一起生活、一起长大。粗茶淡饭的生活中,一家人为了抚养葵花用尽了心力,而青铜更是在沉默中无微不至地呵护着葵花,几乎为她奉献了自己的一切:为了葵花上学,青铜放弃了自己的上学梦想;为了让葵花照一张相,青铜甚至在寒冷的冬天卖掉了自己脚上的芦花鞋;为了葵花晚上写作业,聪明的青铜捉来萤火虫做了十盏南瓜花灯;为了让葵花看马戏,青铜顶着葵花默默地站立了一个晚上;为了避免葵花挨骂,青铜勇敢地代妹妹受过;为了葵花报幕时的美丽,青铜心灵手巧地做了一串闪亮的冰项链……在充满了天灾人祸的岁月里,青铜一家老小相濡以沫、同心协力,艰辛却又快乐地生活着,从容坚韧地应对着洪水、蝗灾等一切苦难。12岁那年,命运又将女孩葵花召回她的城市,失去妹妹的痛苦使青铜仰天大叫,他从心底高喊出了一个名字——"葵花"!喊声震动了所有人的心灵。这部作品人物独特鲜活,叙事简洁流畅,文字纯净唯美,意境高雅清远,情感真挚深沉,字里行间无不充盈着感人肺腑、震撼人心的人间真情,无不闪耀着人道主义的光辉。作品写苦难,将苦难写到深刻之处;作品写美,将美写到极致;作品写爱,将爱写得充满生机与情意。这种对苦难、对真情、对美好人性的细腻描写和咏叹宛如一股温暖清澈的春水,将湿润和纯净着每一个读者的眼睛、心灵,牵引着我们对生命中真善美的永恒追寻。

另外,儿童在接受儿童文学作品时,还可以从中获取各种情感体验。比如,读《大萝卜》让儿童体会成功与喜悦;读《鸟树》让他们体会忧伤与希望;读《卖火柴的小女孩》则让孩子体会到同情与怜悯;在《孔融让梨》中感受友好与谦让;在《司马光砸缸》中感受急中生智;在《白雪公主》《小红帽》中看懂欺骗、邪恶;等等。

所以说,儿童文学有义务通过文学作品向儿童揭示各种审美标准,能够让儿童感知到美,懂得真正的美是什么。

第三节　儿童文学与儿童教育

一、儿童文学与幼儿园、家庭教育

儿童文学是孩子最早接触的文学形式,家庭、幼儿园是儿童,特别是幼儿的主要生活、活动场所。所以,为儿童选择优秀的文学读物,培养他们的阅读兴趣并通过阅读培养他们的品德、性格,是幼儿园教师及父母责无旁贷的事。在整个儿童时期,特别是学龄前时期,儿童文学在幼儿园、家庭教育中扮演着不可替代的角色。

家庭、幼儿园是幼儿生活的基础。儿童教育成功与否,取决于父母和幼儿园教师在家庭、幼儿园里是否与孩子建立了良好的关系。亲子之间的感情交流有对话、日常关心等多种方式,但亲子共读是其中最重要的方式之一。亲子共读,即父母、长辈或幼儿园老师陪着孩子一起读书,这种阅读方式在发展儿童语言、培养孩子阅读兴趣、舒缓儿童心理压力等方面起着重要作用。

儿童文学对儿童语言的发展影响深远。婴儿在一岁至一岁半左右,开始发出"爸""妈"等简单单字,逐步到会使用双字词语。幼儿大约在四岁至六岁左右,语言表达已不成问题。在小学阶段,儿童的语言能力持续发展,但差距拉大。研究表明,在幼儿园和小学一年级,口头表达能力较强的孩子,在小学高年级时读写能力也比较突出。儿童文学作家把童趣注入作品的语言中,借富于童趣的语言来表现童真美。儿童文学的童真美犹如糖之于水,自然地渗透于儿童文学的语言中,造就了儿童文学欢愉、活泼的语言品格,为儿童提供了丰富的语言环境、丰富的词汇和表达方式,所以能让儿童的语言发展得更快。例如,图画书《月下看猫头鹰》,将树木、狗、影子都拟人化,雪中的足印"跟随我们",树木像巨人的雕像"直立着",作品中随处可见的比喻,更提供了生动的比较,如火车的汽笛"就像一首哀伤的歌"等。这些语句都很形象,尽管儿童有些不理解,但在亲子阅读时,一方面儿童可以借助图画来帮助理解,一方面父母、老师还可以适当解释。

在亲子共读中,提高儿童的阅读能力是培养其学习能力的核心。有人说:喜爱读书的孩子不会变坏,儿童阅读能力的提升需要成人的帮助。父母往往是帮助孩子阅读的第一位"老师",幼儿园教师也是孩子一生当中的启蒙老师,亲子共读是培养孩子阅读兴趣的重要方法。阅读能力往往会影响孩子的价值观。2009年4月23日至2010年4月23日是我国第一个少年儿童阅读年。教育部以一年为时间段,以少年儿童为年龄段来特别营造一个读书的"生态环境"。从2010年9月起,以全国两百多万名幼儿园、小学学童及其家长为物件,推动为期三年的"全国儿童阅读实施计划",同时也将发起"全国儿童阅读日",建立"阅读护照系统",鼓励学童积极参与这个阅读活动。该计划在具体实施策略中提出"办理亲子阅读活动""推展亲子共读活动",通过家庭教育中心、社教馆等办理亲子共读方案,以符合不同对象(如特殊族群家庭、单亲家庭等)的需求。其实,亲子共读最好的方法就是陪着孩子一起读书,不管是各读各的书,还是共看一本书,都会让儿童体会到"我和爸妈正在共同做一件很重要的事"。久而久之,儿童自然会把读书当成重要的事来看待,乐在其中,还可以通过阅读使得亲子的感情因共同回忆而更加密切。所以,在亲子共读中,儿童由于父母、老师的陪伴和鼓励,更容易肯定自己的阅读能力,从而逐步发展为优秀的阅读者。亲子阅读也使得少年儿童在家长的支持下获得真正自由、宽阔的读书空间。

和成人一样,儿童在生活中也会经历不同的压力,这些压力来自很多方面,如对自我认同的困难,对幼儿园环境的不适应,对世界阴暗面的不理解,这就需要缓解儿童的心理压力。治疗儿童心理问题的方法有很多,如游戏、美术、音乐等,在所有这些"艺术治疗"中,图书治疗是比较有效且比较经济的一种。比如童话、故事让儿童能够应付恐惧和忧虑,更重要的是讲故事的人与儿童之间有一个良性互动的交往过程,对抚慰儿童心理有特殊的作用。在儿童文学中,有很多优秀的童书,比如图画书就有针对儿童各种心理问题,提出心理冲突的解决方法的。当孩子为友谊问题苦恼时,可以和他共读《我有友情要出租》①,通过阅读书中大猩猩寻找友情的过程来暗示孩子应该如何获得友谊。再如,许多幼儿害怕第一次上幼儿园、上街或是换到新的环境。图画书《汤姆上幼儿园》就是描述一个五岁的小兔子汤姆第一天上幼儿园的情境。每一位读者都能真切地感受到书中主人公的情绪并学习到第一次上幼儿园的经验。当幼儿喜欢发脾气时,可以跟他们一起读《生气的亚瑟》,通过亚瑟由生气到消气的全过程,帮助孩子学习如何控制自己的情绪。

二、儿童文学与语文教学

儿童文学是文学大系统中的分支,语文教学是教育大系统中的分支。两者似乎分属不同的学科,但是,二者却又有着密切的联系,因为他们有相同的服务对象——学生,也有相似的功能——语言学习和人文教育。因此,儿童文学理所当然地成为语文教学的重要课程资源。金波老师指出:"对于语文教学一线的老师来讲,要把语文教好,他的阅读量一定要扩大,儿童文学的鉴赏能力一定要提高。""语文老师要特别关心儿童文学创作。"儿童文学作品蕴含丰富的人文情怀,潜藏着儿童观、儿童教育观、儿童心理等方面的知识,这些知识可帮助老师认识儿童,选择最佳的教学方式。

以小学语文教学为例。教育部在2001年6月7日颁布了《基础教育课程改革纲要(试行)》制定的《全日制义务教育语文课程标准(实验稿)》,对两者的关系更是一个直接的推动。《新课标》提出:"小学语文教学应立足于学生的发展,为他们的终身学习、生活和工作奠定基础。"《新课标》中明确要求:"小学语文教学应培育学生热爱祖国语言文字和中华优秀文化的思想感情,指导学生正确地理解和运用祖国语言文学,丰富语言的积累,使他们具有初步的听、说、读、写能力,养成良好的语文学习习惯。在教学过程中,使学生受到爱国主义教育、社会主义思想品德教育和科学思想方法的启蒙教育,培养学生的创造力,培养爱美的情趣,发展健康的个性,养成良好的意志品格。"因而,小学语文教学的目的任务就是全面发展学生的语文素质,小学语文素质就是做人的素质。要提高学生的语文素质,完成语文教学目的,所选的文章都应蕴含着真、善、美的因素。《新课标》虽没明确提出"儿童文学"的概念,但学生的阅读文类被明确指定为"阅读浅近的童话、寓言、故事","诵读儿歌、童谣和浅近的古诗",这意味着儿童文学至少在小学低学段已成为学生阅读的主要内容。根据《课程标准》编制的实验教材中,童话文体在低年级语文教材篇目中所占的比例明显提升:人教版一年级下册中,"童话文体的篇数由1995年版的7篇增加到2001年实验版的14篇,占到课文总数的41%"。首都师范大学初等教育学院教师王蕾做了一个统计,以现行的人民教育出版社出版的九年义务教育六年制小学语文教科书为例,儿童文学作品共有386篇,占总篇目的80%以上。虽然,如何界定儿童文学会直接影响这个数字,考虑到各种出入在内,这个数字也是非常可观的。她认为,小学语文课文的儿童文学化已成为一种必然趋势,小学语文实现儿童文学化是符合儿童教育的科学经验和心理规律的。

---

① 方素珍、郝珞文:《我有友情要出租》,中国和平出版社2006年版。

除了教材中的儿童文学作品,还有很多优秀儿童文学没能进入教材,但它们同样值得学生阅读,如《我和小姐姐克拉拉》《亲爱的汉修先生》《夏洛的网》《小王子》等。儿童文学的经典作品绝不只有《安徒生童话》和《格林童话》。除了儿童文学作品可以当做课文学习外,教师也可以把一些经典的儿童文学作品运用到教学中,作为学习资源,拓展学生的阅读视野,激发学生持续的阅读兴趣。

三、儿童文学与校园文化教育

校园文化是以学生为主体,以课外活动为主要内容,以校园为主要空间,涵盖了教师、学生、学校领导、校外实践等几个方面,以培育校园精神为主要特征的一种群体文化,是学校内部及外部联合形成的特定文化环境及精神氛围。校园文化作为一种特殊的教育力量,对提高学生的素质和能力,对学生的健康成长产生着巨大的影响。

校园文化的营造是对学生"润物细无声"的渗透,使学生在校园内无论何时都能受到一种浓郁的文化熏陶,并将这种文化带出校园,走进社会。校园文化是课堂教学的补充,有着课堂教学不可替代的作用。学生正确的世界观、人生观、价值观的树立,健康审美趣味的提升,个人品性的培养无不受到校园文化的熏陶和影响。开展丰富多彩的校园文化活动对学生拓展知识、发展智力、培养个性、陶冶情操、构建人格、提高素质等都具有积极的意义。

校园文化与儿童文学的关系十分密切。其审美、教育、认知、娱乐等功能儿童文学也全部都具备。因为儿童文学是专门为儿童量身打造的儿童本位的文学,它贴近儿童的生活和心理,反映儿童的现实世界和想象世界,表达儿童的情感和愿望,具有儿童乐于体验并能够接受的审美情趣,对儿童有着天然的吸引力和亲和力。儿童文学不仅可以使学生从阅读中获得极大的阅读乐趣,而且对儿童的情感、态度、价值观能够产生潜移默化的影响。所以说,儿童文学与校园文化之间存在着天然的联系。因此,儿童文学在学生的品德教育、情操陶冶、美感培养、语言能力、创新能力提升等方面有着特别的优势,是素质教育的绝好材料。

对学生进行德育教育、培养他们的人文素质是校园文化活动的重要目标。这些都可以借助儿童文学的各种体裁,如寓言、童话、儿童诗歌、儿童剧、儿童小说等来进行。"儿童文学是真的文学,是善的文学,是美的文学,是爱的文学,具有鲜明的思想性。"[①]优秀的儿童文学作品让人铭记终生,会影响到少年儿童的精神塑造和审美情趣的提升,甚至影响到一个人的生活态度和发展方向。以儿童文学为资源的校园文化活动,能够使原本枯燥乏味的道德说教变成充满诗意的形象感染。在阅读、欣赏儿童文学作品的过程中,作品中鲜明的形象、丰富的情感、高雅的意境能够感染学生的情感、滋养净化学生心灵、陶冶学生的情操、引领学生树立远大的理想和信念。

[思考与练习]

1. 什么是儿童?什么是儿童文学?
2. 简述儿童文学的特征。
3. 儿童文学的本质是什么?
4. 略述儿童文学的功能。
5. 你怎样认识儿童文学与儿童教育的关系?

---

① 王泉根:《儿童文学教程》,北京师范大学出版社2009年版,第82页。

下部 实践编

第二章 儿 歌

第一节 儿歌概说

一、儿歌的概念和功能

儿歌是适合婴幼儿听赏念唱的顺口易懂的短小诗歌。它是幼儿最早接触、最易接受的一种文学样式。对于婴幼儿来说，儿歌主要是由听觉感知的语言艺术，是活在孩子们口头的文学。

儿歌一词，是五四新文化运动以后通用的。1917年，北京大学蔡元培、沈尹默、刘半农等人为了倡导新诗，要在本国文化里找出它的传统来，于是注意到了歌谣，于翌年成立歌谣征集处，创办了《歌谣周刊》，开始征集歌谣，并成立歌谣研究会，童谣同时为收集、研究者所重视。北京大学发表了不少民间文学工作者搜集、整理的童谣，最早冠以"儿歌"的名称，于是中国现代儿歌的历史由此发端，"儿歌"一词就一直沿用至今。可见，儿歌与民间童谣有着血缘关系，它不是凭空产生的，而是生长于民间文学的土壤，主要的流传方式是口耳相授、代代相传。因此，儿歌分传统儿歌（民间儿歌）和现代儿歌（即创作儿歌）。

儿歌对婴幼儿思维、智力的发展，视野的开阔，知识的丰富，语言的训练，道德情操的培养，发挥着其他文学样式难以替代的巨大作用。人们借助儿歌，在婴幼儿的心田播下至真、至善、至美的种子，生出的藤蔓、花朵、果实，将在他们心中保存到其须发斑白、老态龙钟的时候，真可谓"童时习之，可以终身体认"。

儿歌是每个孩子成长记忆中永不褪色的梦，一个积极、健康的儿歌对孩子的影响胜过一百句说教。知识类、游戏类的儿歌使孩子在愉快的游戏中快乐成长，儿童通过游戏娱乐精神，释放情感，了解自然，适应群体生活，开始自然人向社会人的逐渐过渡，为将来进入成人社会做准备，在游戏中学会交际、交流、协调、谈判、妥协等社会交往的技巧，对儿童人格的形成、品质的培养、社会角色的建立具有重要的奠基作用。

二、民间儿歌

我国古代称儿歌为"童谣"或"童子谣""孺子歌""小儿语"。

明代吕坤的《演小儿语》是我国现存最早的儿歌专集。清代有郑旭旦的《天籁集》、悟痴生的《广天籁集》等作品。

新中国成立后，一批热心儿歌创作的作家，以塑造未来民族灵魂为己任，创作了大量深受孩子们喜爱的儿歌，展示了我国新儿歌创作的丰硕成果，为繁荣儿歌创作作出了重要贡献。

创作儿歌的出现，并不影响富有生趣、广受儿童喜爱的民间儿歌的生存。民间儿歌有怎样的特征呢？

民间儿歌具有以下特点。

1. 内容的多样性、无定向性

民间儿歌也称童谣,它的诞生,大抵是出于两种情况:或为儿童自己在游戏时随口吟唱,或是成人为了哄孩子,或劳作后缓解疲劳,聊以娱乐,或心中有所感而发,遂以成歌。所以,民间儿歌在内容上很多样。

(1) 游戏类童谣。"齐齐脚,靠阳坡。七斗八石,烧茶擀面。金胳膊,银胳膊,取绳去,勒这个。这个长,那个短,有钱的量麦子,没钱的拉出去。"(《齐齐脚》)这是很多孩子在一起玩捉迷藏游戏时唱的儿歌。捉迷藏前,一个孩子先将另一个孩子的眼睛用布蒙住,然后拉着这个被蒙上眼睛的孩子转圈圈,一边转一边唱这首儿歌的唱词,其他的孩子就趁这段时间藏起来,等儿歌唱完,把被蒙眼睛孩子眼睛上的布拉下来,开始寻找刚藏起来的孩子们。还有一种玩法,就是大家先围成圈,唱儿歌,一边唱一边互相拉,当儿歌唱完后,被拉出去的孩子就蒙上眼睛,然后开始慢慢摸四周藏起来的孩子。以这种儿歌配唱,能增强游戏的趣味性。

(2) 哄耍类童谣。如"红堂碗,庄秀才;谁烧火,老外婆;谁调盐,盐不咸;谁调油,油葫芦。猴娃在河里搬石头,砸了猴娃脚指头。猴娃,猴娃,你别叫唤,你大给你娶媳妇,你妈给你纳棉袄,娶个媳妇没处睡,睡窑窝,没啥枕,枕棒槌;没啥盖,盖簸箕,棒槌滚了,簸箕溜了,把猴娃吓得蹶了。"(《哄睡着》)此为幼童打花花手的儿歌唱词。两个或两个以上的孩子用手指编出各种花样,变花样的时候,穿插着假装睡觉,然后做被吓醒的各种动作,这种儿歌来自农村人家哄孩子睡觉时吟唱的儿歌。

(3) 生活类童谣。表现民间生活是民间儿歌的一个重要内容,一般生活类儿歌中包括日常生活、节俗生活、劳动生活等内容。如这首《商山万亩核桃林》:

核桃坡,核桃沟,

核桃砭,核桃路。

满山架岭核桃树,核桃结的碰人头。

白胡老,踏云走,一个核桃一勺油。

商山核桃到处滚,金水银水满地流。

点核桃栽葡萄,沟沟洼洼点核桃,家家院院栽葡萄。

点核桃,栽葡萄,商山丹水两大宝。

金罐罐银串串,核桃树是金罐罐,葡萄架是银串串。

这首儿歌是陕西商洛的童谣,反映了商山盛产核桃和葡萄的地域特点,"花篓""滚绣球""盘脚盘""核桃坡、核桃沟、核桃砭、核桃路"等物象,都是乡村民众生活中十分常见、非常熟悉、信手拈来的,无论唱歌者还是听者都心领神会,倍感亲切,同时反映出商洛丹水一带劳动人民日常的劳作情况。

2. 浓郁的地域性

童谣是有地域性的,中国历史悠久,土地辽阔,民族众多,不同的地区、不同的民族都有不同的童谣,如中国许多民族都有摇篮曲,在不同的地区,它的语言风格、词语运用就有很大的区别。

例如塔塔尔族童谣《摇篮曲》:

睡吧,睡吧,

我的水獭,

合上眼吧,

合上眼吧,

我的星星,

脸上睡得甜蜜蜜,

白天玩耍得乐融融。(流传地区:新疆伊宁)

又如,俄罗斯族童谣《摇篮曲》:

哎,你快睡觉觉,

可爱的小狗你别喊,还有小牛你别叫,

公鸡公鸡你别啼,

我们的阿廖沙要睡觉。

我们的阿廖沙要睡觉,

他的眼睛就要闭上了,

唉,快睡吧,阿廖沙,

快睡吧,可别睡到边缘上,

否则大灰狼要来了。(流传地区:新疆塔城、伊宁、阿尔泰等地区)

再如,羌族童谣《催眠曲》:

风不吹,

树不摇,

鸟儿也不叫,

小乖乖,

要睡觉,

眼睛闭闭好,

眼睛闭闭好。(流传地区:四川)

以上由于地域环境的不同、民俗人情的不同、民族语言的不同,也就出现了这许许多多、形形色色的摇篮曲。

3. 大胆的谐趣

产生于民众的儿歌,富有村落山野所特有的野趣。这种原生态的、富有生气的大胆诙谐几乎可以在每一首民间儿歌中见到。最典型的莫过于颠倒歌,它们荒诞离奇,有强烈的喜剧效果。下面这首是其中广为流传的河南儿歌《小槐树》:

小槐树,结樱桃,杨柳树上结辣椒,

吹着鼓,打着号,抬着大车拉着轿。

蚊子踢死驴,蚂蚁踩塌桥,

木头沉了底,石头水上漂。

小鸡叼个饿老雕,小老鼠拉个大狸猫,你说好笑不好笑?

这首儿歌在陕西关中一带也广为流传,在流传的过程中被不断添加,也有改变,使这首儿歌的生命力得以强盛。

三、儿歌的审美艺术特点

1. 语言浅显,明白易懂

为适应儿童直觉感知的思维习惯,儿歌总是语言朴素、自然,着力于对人、事、景物的具体描写,突出它们的形态、色彩、声音。常用比喻、拟人、夸张等手段与丰富多彩的想象,绘声绘色地描摹生动的形象。如《天上一颗星》:

天上一颗星,

屋顶上一只鹰,

墙头上一只钉,

板凳上一盏灯,

地下一枚针;

弯着腰,

去拾针,

一个不留心;

打翻灯,碰掉钉,吓走鹰,

抬起头来——得而而满天好繁星!(周乐山、汤增扬《小学生歌谣》)

这首儿歌的语言通俗、自然,内容浅显,易于儿童理解。

2. 具体形象,天机活泼的稚趣美

儿歌总是十分注重具体、形象,艺术地表现儿童的生活情趣,字里行间闪烁着天真活泼的稚拙美。如《小五儿谣》:

小五儿,小六儿,

一块冰糖,一包豆儿。

小五儿爱上高,

一爬爬到柳树梢,

柳树梢枝儿软,

摔得小五儿翻白眼。

小六儿真淘气,

戴上胡子唱出戏;

唱完了戏,喝热汤,

汤不凉,烫得小六儿叫亲娘。(清·无名氏《北京儿歌》)

这首《小五儿谣》鲜活地刻画出两个淘气孩子的形象,表现出儿童天不怕地不怕、愣头愣脑的好奇、纯真、爱动的心理状态。

3. 节奏明朗,音乐和谐,好记易诵

儿歌语言简单、明快、易懂、口语化,合辙押韵,节奏感强,具有音乐韵律美,朗朗上口。许多儿歌采用叠词、叠韵,相同语句多次反复,便于儿童吟诵和记忆,如《养活猪吃口肉谣》:

养活猪吃口肉,
养活狗会看家,
养活猫会拿耗子,
养活你这丫头作什么?(清·无名氏《北京儿歌》)

为了便于儿童记忆和朗诵顺口,在儿歌中往往很讲究用修辞学上辞格的反复技法,因为部分词语在一首童谣中反复出现,可以加深儿童对内容的理解和记忆。

4. 儿歌与游戏的互补互融

儿歌从诞生起就与游戏密不可分。儿童天性活泼,喜欢游戏,游戏在儿童成长的过程中是不可缺少的,与游戏相伴的游戏类儿歌内容也十分丰富,有捉迷藏、跳房子、丢手绢等。游戏儿歌的唱念节奏与游戏相匹配,适合儿童唱念玩耍的特点,更易于表现孩童天真烂漫、朴素无华、爱说爱动、行动自由的情态。如在冀南一带流传着一首《板凳歌》:

板凳板凳摞摞,
里面住着大哥,
大哥出来卖菜,
里面住着奶奶,
奶奶出来烧香,
里面住着姑娘,
姑娘出来磕头,
里面住着孙猴,
孙猴出来作揖儿,
里面住着公鸡,
公鸡出来打鸣。

这是孩子们玩小板凳时的游戏歌,边摞边歌。

又如,北京儿歌《一个毽儿》:

一个毽儿,
踢两瓣儿,
打花鼓,
绕花线;
里拐外拐,
八仙过海,
九十九个一百。

这是孩子们踢毽子时唱的歌谣,其中记叙了一些踢毽子的高难度动作和技巧。

与其他文学形式相比,儿歌的游戏性使其在孩子们中间流传得更为广泛,传播得速度更快。孩子们离不开游戏,每每在做游戏时,大多要唱游戏歌,而每次做游戏时,一般都要重复很多遍,游戏歌也就唱很多遍。况且这些游戏大多是集体游戏,许多孩子一起做,一起唱,因此儿歌的游戏性是其他文学作品所不能比拟的。

四、儿歌的分类和特殊艺术形式

（一）儿歌的分类

儿歌按照不同的标准可以有不同的分类方法。

儿歌按其功能，大致可以分为两大类：游戏儿歌和教诲儿歌。游戏儿歌是一种以娱乐为主的儿歌，简单易懂，朗朗上口，贴近生活。相比较而言，教诲儿歌更偏重教育引导，因此又称作启发益智儿歌。

儿歌按照产生时间来分，可以分为古代的童谣和现代的儿歌。童谣即古代的儿歌，也叫传统儿歌，古代的童谣流传到现在，大多没有曲调了，只剩下歌词。现代儿歌也叫创作儿歌，是作家专门创作出来的儿歌。当代儿童大多吟诵的是创作儿歌。

（二）儿歌的特殊艺术形式

1. 摇篮曲

摇篮曲是幼儿最早接触的歌谣，它是母亲或长辈哄孩子睡觉时所哼唱的儿歌，又称催眠曲、摇篮歌。它的主要作用是催眠，歌词浅显简单，讲究音韵节奏。

如民国时期的童谣《睡觉觉》：

　　日公公，

　　下山了，

　　猫儿狗儿呼噜呼噜睡得多么好。

　　噢，噢，噢，

　　宝宝快睡觉。

　　月婆婆，

　　笑弯弯，

　　黄鹂鸟儿叽里叽里睡在树梢。

　　噢，噢，噢，

　　宝宝睡着了。（吴珹《河北传统儿歌选》）

"公公"本是南方的叫法，北方一般叫"爷爷"，这首儿歌被认为是由南方流传过来的，或是吸收了南方童谣的营养编成的。类似这样的哄宝宝睡觉的摇篮曲，内容多样，在各地广为流传。

2. 游戏歌

游戏歌是配合儿童做游戏时所哼唱的儿歌。与游戏相伴的游戏类儿歌内容十分丰富，这类儿歌的唱念节奏与游戏相匹配，适合儿童唱念玩耍的特点，更易于表现孩童们天真烂漫、朴素无华、爱说爱动、行动自由的情态，更有益于儿童身心健康，增长知识。

如拍手谣《正月儿正》：

　　正月儿正，

　　大街小巷挂红灯；

　　二月二，

　　家家摆席接女儿；

三月三，
　　蟠桃宫里去游玩；
　　四月四，
　　男女老幼游塔寺；
　　五月五，
　　白糖粽子送姑母；
　　六月六，
　　阴天下雨煮白肉；
　　七月七，
　　坐在院中看织女；
　　八月八，
　　穿"自由鞋"走白塔；
　　九月九，
　　大家喝杯重阳酒；
　　十月十，
　　穷人着急没饭吃。
　　冬月中，
　　公园儿北海去溜冰；
　　腊月腊，
　　调猪调羊过年啦。（雪如《北平歌谣续集》）

这种游戏形式是两个小孩相对，先自己拍一下手，然后再和对面小孩儿双手左右对拍，边拍边数说着这首歌谣，和谐的音韵，有节奏的对拍，使孩子们乐此不疲。

又如《谁跟我玩》：

　　谁跟我玩儿，打火镰儿，
　　火镰儿烧，卖甜瓜，
　　甜瓜苦，买豆腐，
　　豆腐烂，茶鸡蛋，
　　鸡蛋鸡蛋壳壳，
　　里头坐个哥哥，
　　哥哥出来买菜，
　　里头坐个奶奶，
　　奶奶出来烧香，
　　烧了鼻子眼睛。（清·巴氏《北京儿歌》）

这是孩子们邀请同伴玩耍时唱的儿歌，孩子们嘴里唱着铿锵有韵、节奏鲜明的童谣，手脚并动做着各种游戏动作，这对正在长身体的儿童的身心发育有着积极的促进作用。

3. 数数歌

儿童文学中讲的数数歌是指既能让幼儿对数序产生兴趣，又能在吟歌中使幼儿的精神受到陶冶的歌谣。由于儿童受年龄的限制和缺乏生活经验，所以对抽象的数字概念不大容易理解。掌握一至十数目的名称和顺序，在成人看来并不觉得困难，但是儿童在初学时，却不是一件容易的事。由此，各类数数歌对培养幼儿的数字概念起了很大的辅助作用，是符合儿童认知和理解水平的最早的启蒙算术教材，它使数学和文学结了缘。

如《认数字》：

1像铅笔细又长，
2像鸭子水中游，
3像耳朵听声音，
4像红旗迎风飘。
5像秤钩能买菜，
6像哨子嘟嘟响，
7像镰刀割青草，
8像葫芦挂藤上，
9像勺子能盛饭，
10像铅笔加鸡蛋。

这首儿歌的作者把相对枯燥的数字巧妙地比喻成各种形象的物品，帮助幼儿正确掌握一至十的数字。此外，比较典型的还有《七个阿姨来摘果》：

一二三四五六七，
七六五四三二一，
七个阿姨来摘果，
七只篮子手中提，
七个果子摆七样，
苹果、桃儿、石榴、柿子、李子、栗子、梨。（蒋风《中国传统儿歌选》）

这些儿歌经过创作者独具匠心的巧妙安排，形成了节奏感很强的韵律，也能让幼儿容易诵读和记忆。

4. 问答歌

问答歌也叫对歌，是通过设问作答的方式表现出作品的内容的一种儿歌，形式是一问一答或连问连答。一般内容通俗，句法简短，儿童们可以边编边唱。

如《什么尖尖尖上天》：

什么尖尖在水边？
什么尖尖街上卖？
什么尖尖姑娘前？
宝塔尖尖尖上天，
菱角尖尖在水边，
粽子尖尖街上卖，
花针儿尖尖姑娘前。
什么圆圆圆上天？

什么圆圆在水边?
什么圆圆街上卖?
什么圆圆姑娘前?
太阳圆圆圆上天,
荷叶圆圆在水边,
烧饼圆圆街上卖,
镜子圆圆姑娘前。
什么方方上天?
什么方方在水边?
什么方方街上卖?
什么方方姑娘前?
风筝方方方上天,
丝网方方在水边,
豆腐方方街上卖,
手巾方方姑娘前。
什么弯弯弯上天?
什么弯弯在水边?
什么弯弯街上卖?
什么弯弯姑娘前?
月亮弯弯弯上天,
白藕弯弯在水边,
黄瓜弯弯街上卖,
木梳弯弯姑娘前。(奂匀《北京儿歌》)

这种问答歌可以自由自在地问,无拘无束地答,既能激发儿童的思维和想象,又能培养他们比较、鉴别事物的能力,也可以帮助儿童扩大知识面。

5. 绕口令

绕口令是一种民间游戏,是利用一些读音相近的造成语音拗口的儿歌,又称拗口令、急口令。它有意识地将一些声母、韵母、声调极易混同的字反复、交叉、重叠、组合在一起,读起来很绕口或拗口,却又要求用一口气急速地念出来,所以常常妙趣横生。绕口令结构巧妙,诙谐有趣,富有音乐性,最适合口头唱诵,深受儿童的喜爱。

如传统绕口令《出大门走七步谣》:

出大门,走七步,
碰见鸡皮补皮裤,
是鸡皮补皮裤,
不是鸡皮不把皮裤补。(高殿石《中国历代童谣辑注》)

绕口令和一般文学作品不同的是,它有一个特殊的功能,能够帮助幼儿锻炼口才,矫正发音,提高说话能力。它的语言艺术特点和趣味可以用四个字概括:绕、拗、咬、急。

6. 连锁调

连锁调的结构特点是用顶真的修辞手法,将上句末尾的词语作为下句的开头,或者是使用谐音词作为连接上下文的桥梁,随韵结合、环环相扣的儿歌又称连珠体、连句或衔尾式。

如《蹂蹂跷》：

蹂蹂跷,换把刀。

刀不快,切青菜,

菜儿青,换把弓。

弓没头,换头牛,

牛没有,换匹马。

马没鞍,上南山。

南山一兔儿,剥了皮儿穿裤儿。(韦大利《北京儿歌》)

连锁调歌词的上下句连锁相扣,句子简短,这种结构增强了童谣的音乐性,好唱易记。

7. 谜语歌

猜谜是一种语言游戏,通过猜谜底来捉摸谜语的答案。谜语歌是以歌谣形式作谜面的谜语。谜语一般由谜面、谜底和谜目三部分组成,主要运用比喻、拟人和象征手法,以诗歌的形式,集中描绘某一种事物的特征,让孩子们在猜测中接受教育,发展思维,锻炼智力,有助于儿童认识事物、把握概念,可以开发其智力,提高其辨别和联想能力。

如《麻屋子红帐子》：

麻屋子,

红帐子,

里面住着个白胖子。(王文宝《北京民间儿歌选》)

(谜底:花生)

又如《推着小车卖钢针》：

狗不咬,

鸡不亲,

推着小车卖钢针。

(谜底:刺猬)

这些谜语歌一般既形象又简练,篇幅短小,易记易唱。

8. 颠倒歌

颠倒歌又叫滑稽歌,是最受孩子们欢迎的一种特殊形式的儿歌,它的特点是通过丰富的想象,极力夸张、渲染,活灵活现,有意把事物的真相颠倒过来,跟实际情况相反,产生离奇、诙谐效果,带有一定滑稽可笑的意味的儿歌。

乍一看,这种儿歌好像很荒谬,悖情违理,但仔细琢磨一下,它本身也是有一定内在联系的。因此,它使儿童从一系列反常叙述中,加深对正面事物的认识和理解,也可培养儿童从反面进行逆向思考问题的能力。

如传统儿歌《颠倒话儿》：

颠倒话儿,话儿颠倒,

　　　　石榴树上结花椒。
　　　　东西大路南北走,
　　　　听见村上人咬狗。
　　　　拿起狗,去砸砖,布袋驮驴一溜儿烟。(南阳儿歌)
　9. 字头歌
　　这种儿歌是每句最后一字几乎相同,一韵到底,有子字歌、头字歌、儿字歌。
　　如夏晓红的《猴子搭戏台子》:
　　　　小猴搭起戏台子,穿起一条小裙子,引出两头小狮子,
　　　　舞起三个响铃子,穿过四个小圈子,抛起五顶小帽子,
　　　　叠起六把小椅子,摆起七张小桌子,转动八个小盘子,
　　　　挂起九面小旗子,变出十个小果子,人人都夸小猴子。

第二节　儿歌鉴赏

　　儿歌是一种特殊的语言创造。在所有儿童文学体例中,儿歌或许是最具有儿童语言本色的文体,它纯真而浅显,美妙而稚趣,古人称之为"天籁之声"。

　一、儿童文学鉴赏的概念

　　儿童文学鉴赏是读者在阅读儿童文学作品,把握其艺术形象、意境的过程中,通过直觉、感知、想象、情感和理解等一系列心理形式的积极作用产生的一种认识、品味、玩赏和再创造、再评价的审美活动。儿童文学鉴赏具有审美享受和审美再创造的性质。

　　审美享受指读者欣赏儿童文学作品的艺术美时,获得心理上的满足与精神上的自由、超脱和愉悦的过程,它是一种能获得美感的阅读活动。

　　审美再创造指读者欣赏作品的艺术美时,把自己的情感渗入艺术形象,并以自己的经历、处境、观察、体验去丰富、补充它,以回忆、联想、想象和幻想去改造它,使它转化为意识屏幕上的艺术形象的过程。

　　儿歌鉴赏具有特殊性。因为儿歌是最具有"人之初文学"意义的文体,它以动听的韵律、浅显的语言、风趣的内容、口语化的风格、充满孩童纯真的感情和奇妙的想象,表现孩子眼中的现实世界和心中的幻想世界。

　　儿童尚处在成长的初级阶段,破译语言文字符号的能力不足,他们欣赏的儿歌总是间接的、经过教师和家长二度创作过的。

　二、儿歌鉴赏的步骤

　　一般情况下鉴赏儿歌有四个步骤:

　　(1)以儿童的接受能力和自己的兴趣爱好为标准,选择上乘的优秀儿歌。选择有诗歌味儿、颇具知识性、趣味性,又浅显易懂,适合儿童诵读的儿歌。

　　(2)抓住儿歌特征去品味儿歌。抓住儿歌的节奏感和韵律感,反复诵读和品味。

　　(3)整体感知作品。这一阶段是认识、品味、欣赏作品的形式和内容,获得审美享受的阶段。主张尊重自我的感觉,整体感受儿歌,强调把握艺术形象的鲜明性和独特性。

(4)调动自己的生活经验进行再创造。在诵读、品味儿歌的基础上,读者根据各自的文化背景、人生阅历、生活经验等因素展开类比与联想,进行再创造,完成儿歌鉴赏的全过程。对于没有阅读能力的儿童,其接受文学作品主要靠老师、家长的讲解,严格地说,他们面对的文本已不是作家的原初文本,而是老师、家长或者其他人再创造的文本,所以教师、家长或其他人的二度创作是鉴赏儿歌的重要组成部分。

鉴赏作品《跳皮筋》:

> 橡皮筋,
> 脚上绕,
> 绕到东来绕到西。
> 跳过山,跳过海,
> 跳过祖国台湾岛。

《跳皮筋》以其鲜明、欢快的节奏,协调、优美的动作,强烈地吸引着孩子们。跳皮筋时,要求上下肢自然、协调、放松,动作丰富,自然流畅。我们创编的跳皮筋动作,形式多样,有跳筋、翻筋、捂筋、一人跳、多人跳、多人角色换位跳,并且与儿歌结合,更是趣味无穷。这一游戏发展了孩子们的弹跳力、协调性、柔韧性、灵敏度,有儿歌吟唱也培养了儿童的审美情感和表现力,深受孩子们的喜爱和欢迎。

又如《小蚱蜢》:

> 小蚱蜢,学跳高,
> 一跳跳上狗尾草。
> 腿一弹,脚一翘,哪个有我跳得高,
> 草一溜,摔一跤,头上跌个大青包。

这首儿歌语言精练,节奏朗朗上口,蕴含着韵律美。透过儿歌能感受到一只既调皮又有些骄傲的小蚱蜢的形象。而通过听这首儿歌,儿童还可以尝试表演、模仿小蚱蜢"腿一弹,脚一跷,哪个有我跳得高"等语气神态,感受小蚱蜢的形象——作者不是以批判为主,传递的还是那个有点调皮和骄傲,且由此吃了点苦头的小蚱蜢,让孩子感受自由的快乐。

儿歌的口语化、口传性为幼童带来了阅读上的无穷乐趣,使他们乐意读、乐意诵,鉴赏儿歌有利于发展儿童健康、乐观的审美情趣,并引领儿童走进一个崭新的文学殿堂。

儿歌简单,却触及了人类生存最永恒的东西——快乐、友爱、诚实、勇敢,它已经不仅仅只是语言符号的传递,而是使儿童以稚拙、天然的方式认识世界并与别人沟通。这样的阅读和沟通的过程,会不断地使儿童的心灵与别人的心灵碰撞。儿歌蕴含着很多人性的东西,体味儿歌,就犹如在我们的灵魂深处,将世界的真善美重新品味。我们应该把儿歌看作高高挂在天上的月亮,如果你爱它,就用你以后的所有时间去接近它,用它帮助儿童在儿歌的韵律中快乐成长。

第三节 儿歌创作

儿歌是孩子们最喜闻乐见的文学样式。一首优秀的儿歌不仅能很快口耳相传、广为诵

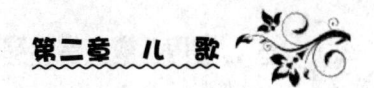

唱,而且可以代代相继,具有久远的生命力。学会为孩子们创作儿歌,是学前教育专业学生必备的专业素养。

那么,学习儿歌创作应把握哪些问题呢?

(一) 贴近儿童生活,贵在率真、自然

必须保留童心,深入儿童生活,深入儿童内心世界,以儿童的思维、儿童的眼光去仔细观察、熟悉、了解儿童。以张继楼的《怎么来》为例,他清晨观察到孩子们上幼儿园的情景:有妈妈抱着来的,有爸爸背着来的,有爷爷牵着来的,也有骑在爸爸肩上来的,坐着妈妈自行车来的,仅少数是自己走着来的,他便以守门爷爷的口吻,写了这首《怎么来》:

怎么来?

抱着来。

怎么来?

背着来。

怎么来?

骑在爸爸肩上来。

坐在妈妈车上来。

挺着胸膛自己来。

具备孩子那种率直、纯真的感情,是成人作者进行儿歌创作的前提。儿童文学作者还需要在构思、趣味、语言等方面去贴近儿童,达到始于童心、归于童心的艺术境界。

例如《哭哭笑笑》:

又会哭,又会笑,

两只黄狗会抬轿。(传统儿歌)

又如《上网》:

小蜘蛛,去上网。

什么网,蜘蛛网。

上网干什么?

上网找口粮。

小刚刚,去上网。

什么网?

互联网。

上网干什么?

上网去冲浪。(戚万凯)

(二) 既要有浓郁的儿歌味,又要将儿歌当诗写

创作者应用诗化了的儿童语言反映其生活,用诗歌将孩子们的生活诗歌化。创作时把握儿歌的口语化和音乐性的特点。

例如对商殿举的《红辣椒》的修改,其初稿为:

屋檐下,

挂着红辣椒,

一串串,

像火苗。

燕子太粗心,

急忙飞走了。

它担心:

房子被烧着。

圣野修改定稿如下:

屋檐下,

红辣椒,

一串串,

像火苗。

燕子说,

不得了,

房子让火烧,

急忙飞走了。

(三)变换视角,避免雷同

要求作者站在时代的高度,或从平凡生活中挖掘新内涵,或选取新颖的表现角度,或作别具匠心的构思,才能有新意并获得较高的艺术品位。

例如《宝宝乖》:

宝宝乖,

宝宝乖,

宝宝的桌子不用揩,

饿得抹布脸发白。

(四)向传统儿歌学习——旧瓶装新酒

创作新儿歌,可以借鉴传统儿歌的格式和技巧。如樊发稼《答算题》借鉴了传统儿歌《七个阿姨来摘果》。

传统儿歌《七个阿姨来摘果》:

一二三四五六七,

七六五四三二一,

七个阿姨来摘果,

七只篮子手中提,

七种果子摆七样:

苹果、桃子、石榴、柿子、李子、栗子、梨。

樊发稼《答算题》:

一二三四五六七,七颗心儿一样细。

七个孩子答算题,七份答卷交老师。

七张白纸桌上摆,七张小脸笑眯眯。
　　七只小手握铅笔,几个孩子答对了?
　　七双眼睛闪闪亮,一二三四五六七。

(五)反复修改,去粗取精

　　修改时应学习鲁迅的方法:写完后至少看两遍,竭力将可有可无的字、句、段删去,毫不可惜。如常福生的《桃花》,圣野就把他修改成《桃花船》。

　　常福生写的《桃花》:

　　　　桃花红,
　　　　桃花艳,
　　　　春风吹落桃花瓣。
　　　　桃花瓣,
　　　　一片片,
　　　　好像红色小雨点。
　　　　小雨点,
　　　　飘水面,
　　　　变成许多桃花船。
　　　　桃花船,
　　　　真好看,
　　　　蚂蚁坐上去游玩。

　　圣野修改为《桃花船》:

　　　　桃花瓣,
　　　　飘水面,
　　　　变成许多桃花船。
　　　　桃花船,
　　　　真好看,
　　　　蚂蚁坐上去游玩。

(六)写好的儿歌,应由儿童来评判其好坏

　　从摇篮曲到"小老鼠,上灯台""月亮光光,粟萊泱泱……"到少年时代的"蒙猫猫"、《让我们荡起双桨》《一分钱》《劳动最光荣》,整个人生"发芽长叶"的阶段,有很多儿童喜闻乐见的儿歌、童谣,一直被儿童传唱,影响了几代人,孩子们永远能记住那些生动、形象、充满童趣的童谣,和那些既生动形象,又旋律好听的儿歌,这些都能称为"上等"的儿歌。所以,儿童喜爱就成为评判一首儿歌好坏的永恒标准。

　　例如:"太阳光/晶亮亮/雄鸡唱三唱/花儿醒来了/鸟儿忙梳妆/小喜鹊/造新房/小蜜蜂/采蜜糖/幸福的生活从哪里来/要靠劳动来创造//青青的叶儿红红的花/小蝴蝶/贪玩耍/不爱劳动不学习/我们大家不学它/要学喜鹊造新房/要学蜜蜂采蜜糖/劳动的快乐说不尽/劳动的创造最光荣!"

　　这首名为《劳动最光荣》的儿歌,呈现在我们面前的,是一幅清新、活泼的春天早晨的画面——亮晶晶的太阳在东边的山头露出了笑脸,公鸡把遍地的花儿统统叫醒了,鸟儿们忙着梳妆,小喜鹊忙着造新房,小蜜蜂也开始了一天的劳动。清新、爽人的画面,配以轻松、悦耳的旋律和欢快、跳跃的节奏,使儿童既喜欢听,更喜欢吟唱。仅此一点,已经非常不错了,然而作者并不满足于"正面"的描绘,特意地反映了不够和谐的"负面",颇带几分"忧患"的意思:有一只蝴蝶却很贪玩,总是在红花绿叶之间飞来飞去,消磨着大好的春光。其实,这正是作者匠心独运的地方——劳动是光荣的,更是愉快的,可小蝴蝶们并不这样认为,它们以无所作为地消磨时光为快乐,令人忧心。于是,作者真诚地发出了"我们大家不学它"的忠告,以唤起大家的注意,唤起小蝴蝶们的醒悟。通过欢快的劳动情景的描述,来证明"劳动创造甜蜜""劳动创造幸福生活"的道理,同时又以蝴蝶的行为反衬出劳动的价值,这就更为精彩地表达了"劳动最光荣"的主题思想。

这首儿歌有正面的歌颂,有对"负面"的批评,还有对生活态度的概括与说理,但却没有干巴巴的说教。雄鸡的"唱"、花儿的"醒"、鸟儿的"梳妆"、喜鹊的"造房",使用精当的动词和拟人手法等,是这首经典儿歌的精彩之处。这应该就是这首歌能够经受住岁月的检验,让几代儿童都津津乐"唱"的原因所在。

写好儿歌拿去给儿童唱,儿童喜欢就是好作品,不喜欢就不是好作品,这是衡量儿歌优劣的重要标准。下面三首儿歌同样以生动形象、节奏明快、朗朗上口赢得了儿童的欢心。

落 叶

落叶的妈妈是树根,根妈妈告诉树叶娃娃:
天要凉了,赶快回家。树叶听了妈妈的话,
都纷纷地从树枝上落下,回到了妈妈的怀抱里。

摘 草 莓

风儿轻轻吹,彩蝶翩翩飞。
有位小姑娘,上山摘草莓。
一串串(呦)红草莓,好像(那个)玛瑙坠。
装满小竹篮,风中飘香味。
小姑娘多想吃,可又舍不得。
提着小竹篮,转眼到村北。
送给军属老奶奶,尊敬老人心灵美。
尊敬老人,心灵美。

打醋买布

一位爷爷他姓顾,
上街打醋又买布。
买了布,打了醋,
回头看见鹰抓兔。
放下布,搁下醋,
上前去追鹰和兔,
飞了鹰,跑了兔,

打翻醋,醋湿布。

爷爷气得直拍树。

第四节　儿歌的功能

儿歌是人的一生中,最早最广泛接触到的文学样式,活泼有趣,贴近儿童生活,健康向上的儿歌会让孩子们心情舒畅,受益终生。儿歌是成人对孩子讲的最富有艺术性和最有魅力的语言。教孩子拍手有拍手歌,教孩子走路有走路歌……这些儿歌节奏明快、情绪饱满,使孩子在成长的过程中有美的感受,充满了愉快情绪。好玩的儿歌是体现幼儿教育的最好工具,是用来对幼儿进行教育的一种可诵、可歌、可舞、可游戏的最佳工具。

(一)在思想道德方面,儿歌,特别是传统儿歌,传递的是人生必需的、端正的价值观念

如:张打铁,李打铁,

打把剪刀送姐姐。

姐姐留我歇一歇,

我要回家学打铁。

这首儿歌以肯定的儿童形象,弘扬了一种踏实可靠的人生态度。又如:

馒头花,开三朵,

俺娘从小疼着我,

怀里抱,被里裹,

大红枕头支着我。

俺娘得病俺心焦,

摘下金镯去买药。

人人都说可惜了,

俺娘好了值多少?

在物欲横流的时代,这种在金钱和亲情面前具有决定力的价值观,是多么可贵。再如:

新年来到,人人欢笑,

姑娘要花,小子要炮,

老太太要块大年糕,

老头要顶新毡帽。

在朴素、简单的生活需求背后,是人类对美好生活永不磨灭的向往和追求。

(二)儿歌是幼儿语言训练的需要。在幼儿语言发展的过程中,儿歌的韵语有着任何其他艺术形式都不能取代的价值

无论何种文化,成人在对婴幼儿讲话时,都不约而同地使用一种非常特殊的语体,这种语体被称为儿语。比如,"嘿,宝贝,来吃饭饭喽!"说这句话时,大人都会用唱歌一样的语调讲给孩子听,这就是所谓的儿语。对婴幼儿来说,听电视里讲话的那种话,是难以学会语言的,这不仅是因为这种语言缺乏孩子的生活情境,还因为它不是儿语。

幼儿一开始是用耳朵而不是用头脑来学习语言的,是听声音,凭借声音了解语言的含

义,声音对他们的作用远远大于语言意义对他们的作用。所以此时,儿语对他们就非常重要。即使孩子不知道语言的意义,但通过儿语的音调可以体会出来。比如,对婴儿舒缓地、唱歌似的讲"妈妈爱——你"("爱"字音拉长),婴儿就会很高兴,表现出愉悦之相。相反,急促、大声地说"妈妈爱你",婴儿就会一惊,甚至惊吓得哭起来。

儿歌韵语就是儿语发展到极致的一个结果。在幼儿阶段,儿歌的这种韵语对他们的语言学习非常重要,儿歌能帮助幼儿矫正发音、正确把握概念、初步认识事物,培养他们语言的连贯性和表达力,训练和发展思维,培养和提高他们运用语言的能力,经过儿歌韵语的浇灌,幼儿心理语言的幼芽会飞速地破土成长。

(三)儿歌能够启迪幼儿心智

儿歌中有大量的作品,都是以某方面的知识作题材,可以形象、有趣地帮助儿童认识自然界,认识社会生活,开发他们的智力,启迪引发他们的思维和想象能力。儿歌中有介绍山水草木和鸟兽鱼虫的形象、习性和功能的,有描述日月星辰、四季变化的,有介绍浅显的自然和生活常识的,有介绍简单的数目和时间观念的。如《雨》:

千条线,

万条线,

掉在河里看不见。

再如《风来咯》:

风来咯,

雨来咯,

老和尚背了鼓来了。

风、雨等自然现象,总是让婴幼儿的小眼睛最先看到,细细品味,这是两幅趣图,一幅是睁着大眼睛看着雨点落在河里,却再也找不到影子而面面相觑的可爱的面孔,通过比喻将雨的形态形象地表现出来。另一幅是一群顽皮、兴高采烈的幼儿,一边落荒而逃一边欢呼……通过儿歌让幼儿知道了风、雨是什么。

第五节 儿歌教学活动的基本方法

儿歌除少数供儿童欣赏外,大多数是让儿童学念的。怎样才能使儿童既从儿歌中受到多方面的教育又能学得快,就需要有正确的教学方法。

1. 规范性的示范

首先,教师的语言要准确,示范要到位。教师在示范的时候要面对全体儿童,发音正确,声音悦耳动听,富有感情与表现力,教师应读出儿歌的韵味才能引起孩子的兴趣,必要时带着手势与动作,帮助儿童理解与掌握。其次,教师的示范必须适时适量,在什么时间示范和示范遍数都要把握好。一般在儿童的言语活动之前进行完整的言语示范以及重难点的示范,在活动过程中可以根据孩子的掌握情况来进行反复、重点示范。教师示范的同时可以让能力发展较好的儿童来做示范,激发其他儿童的兴趣。

2. 多种感官器官的参与性

儿童比较直观,思维具体形象,对直接体验的认识、记忆比较深刻。视觉让孩子通过充分地观察具体的材料,帮助儿童理解儿歌,获得对儿歌材料的感知;儿童通过教师对儿歌的描述、示范和启发,通过声音去感知和领会。教师应让儿童通过大胆的说来更深刻地理解儿歌,熟记儿歌。

3. 练习吟唱的明确性与形式多样性

在儿歌的练习中要有明确的目标,要求要具体,便于儿童理解,练习难度要适宜,逐步提高练习要求。一定要在儿童理解内容的基础上,进行有创造性的练习,而不是简单、乏味地重复。练习形式一定要多样化,应用要灵活,因为形式多样化才能使孩子多方面地投入。孩子的注意力短暂,多样的形式可以调动孩子练习的兴趣,取得好的效果。练习的形式可以采取问答、接龙、比赛等等。

4. 图片动作体态辅助法

图片的应用可以带给孩子视觉的新鲜感,可以帮助孩子理解儿歌的内容与顺序。动作的应用正好符合孩子爱动的天性,动作不一定要多么美,只要让孩子动起来,孩子就会非常有兴趣,动作的应用可以让孩子更好地记忆儿歌。教师的体态语言结合幼儿的动作体验可以加强儿童对儿歌的记忆。年龄较小的幼儿说话时最大的特点就是喜欢指手画脚、神情夸张,在儿歌教学过程中遇到儿童难以理解的词语时,教师可以做出相应的动作和神情,帮助幼儿记忆。例如"皱眉",将眉头皱起来让儿童模仿;"发怒",作出愤怒的表情;"害臊",双手捂住眼睛,作出怕羞的样子;"伸手",将手从胸前平伸出去,等等。例如,在进行儿歌《漱口歌》的教学时,让幼儿手拿小花杯,体验一下漱口的快乐。在此基础上教念儿歌,会让儿童容易理解句子、容易记忆儿歌。

5. 游戏法

游戏法即教师用有规则的游戏帮助儿童来更快地理解和掌握儿歌。游戏符合儿童年龄特征,游戏法教学活动是儿童最喜欢的一种活动,很少有儿童不喜欢游戏,所以游戏可以让所有的孩子都参与其中,让所有孩子都学会儿歌。比如,在教授儿歌《老鼠娶亲》时就可以通过游戏帮助幼儿熟悉儿歌内容;玩"猫捉老鼠"的游戏,教师可以当鼠妈妈,选几个儿童来当老鼠,跟着鼠妈妈去娶亲,等念到"噼里啪啦、噼里啪啦、嘣叭"的时候小老鼠就赶紧蹲在那里不要发出声音,因为老猫要来了,等老猫一念到"一口一个全吃掉呀全吃掉"时小老鼠就赶紧跑到妈妈面前请妈妈保护,让孩子在游戏中快乐地学习儿歌。

6. 表演法

展示自己是每个人都喜欢做的事情,每个人都希望自己可以站到舞台上,孩子们的渴望更加强烈,利用孩子的这个喜好让孩子根据儿歌里表现的形象,进行即兴或有准备的表演,使儿歌里的形象通过孩子的表演活起来,加深儿歌在儿童头脑中的记忆,使儿童自然地喜欢儿歌、记忆儿歌。

在教的过程中,教师可以根据儿童的认知水平、实际情况和作品自身的特点,采用观察法、猜测法、游戏法、直观演示法等教学方法,综合语言、游戏、操作探索等活动,通过形式多样的教学设计和手段,使儿歌教学变得生动、活泼,让儿童快快乐乐地学儿歌。

【思考与练习】

1. 简述儿歌的主要功能是什么。

2. 从继承和创作的角度看,民间童谣中有没有值得继承的精华?如果有,体现在哪些方面?请举例说明。

3. 背诵本章引用的儿歌,同时体会儿歌的特点。

4. 阅读题为《太阳和月亮》的两首儿歌,分析鉴赏其创作构思、艺术风格、语言表达上的不同个性特征。

(一)

太阳哥哥要下山,
忙叫妹妹来接班。
月亮妹妹羞答答,
躲在帘里巧打扮。
巧打扮,怕露面,
邀来星星当伙伴。
哥哥见了眯眯笑,
挑起灯笼就下山。
太阳哥哥慢点走,
请到我家吃晚饭。

(二)

太阳月亮两娃娃,
打开妈妈化妆匣,
太阳拿起胭脂抹,
月亮抓起香粉擦,
抹呀抹,擦呀擦,
太阳抹成红脸蛋,
月亮擦成白脸巴。

5. 为儿童创作一首儿歌,形式手法不限。

6. 利用双休日或假期,回家搜集整理当地流传的儿歌,在班上开儿歌朗诵会与大家分享。

附儿歌作品

一、关中八景歌谣

雁塔晨钟在城南,咸阳古渡几千年。
灞柳风雪扑满面,华岳仙掌现奇观。
曲江流饮水不断,草堂烟雾紧相连。
骊山晚照红光显,太白积雪六月天。

二、陕西十大怪

面条像裤带,锅盔像锅盖,
辣子是道菜,泡馍大碗卖,
碗盆难分开,帕帕头上戴,
房子半边盖,姑娘不对外,
不坐蹲起来,唱戏吼起来。

三、关中童谣九首

(一)

崖娃娃,叫干大,
干大给娃吃香瓜。
娃把香瓜给打了,
干大把娃撑得杀了。

(二)

鸡娃鸡娃杠,
出门不拿棒。
sa(脑袋)流长血,
回去问老爷。
老爷正 wei(磨)面,
鸭子嘎嘎正下蛋。

(三)

咪咪猫,
上高窑。
金蹄蹄,
银爪爪,
不逮老鼠逮雀(qiao)雀。
雀雀飞了,
猫娃气死了。

(四)

一二三,
上渭南,
渭南有个毛老汉。
吃你饭,
砸你锅,
把你吓得钻鸡窝。
鸡放屁,
你着气,

鸡拉胡胡你唱戏。

(五)
雁子雁子摆溜溜,
疙瘩是你舅。
你舅给你炒豆豆,
你一碗,我一碗,
把你憋死我不管。

(六)
贫嘴鬼,
打烂腿,
娃娃!
没安美。

(七)
咕咕咚,
跳南井,
跳到河里不嫌冷。

(八)
咱俩好咱俩好,
咱俩关关买手表。
你掏钱我戴表,
你没媳妇我给你找。

(九)
月亮夜明晃晃,
我到河里洗衣裳。
洗得白白净净的,
打发哥哥出门去。
哥哥要骑花花马,
妹妹要坐花花轿。
出了南门打三炮,
你看热闹不热闹。

四、关中谜语歌一组

(一)
一个娃娃一寸高,
推个车车卖核桃。
你问车车咋推哩,
勾子拧拧往前偎哩。

(二)

一个娃娃一尺高,

立到坟顶打胡哨。

(三)

黑瘦黑瘦,

上树不溜,

杀了没血,

吃了没肉。

(四)

一个娃娃一身虮(jī,虱子卵),

不靠墙儿立不起。

(五)

一个娃娃一身签,

不靠墙儿立不端。

(六)

一座庙,两头尖,

能卧下牛,插不下锨。

(七)

一座庙,两头翘,

有处拉,没处尿。

(八)

红箱子,

绿锁子,

里面放着干果子。

(九)

十亩地八亩宽,

里头坐一个女儿倌。

脚一踏手一扳,

噼里啪啦全动弹。

(十)

一个日本人,

拿了一把刀,

杀了一口人,

流了四滴血。

(十一)

一棵树五股,

上头卧只白虎。

(十二)
一个木匣匣,
搁的肉蛋蛋,
公鸡母鸡乱叫唤。

(十三)
弟兄七八个,
围着柱子坐。
大家一分手,
衣服都扯破。

(十四)
像桃不像桃,
里头装的是白毛。

(十五)
一堵墙两个锅,
所下沫糊没人喝。

(十六)
紫色树开紫花,
紫果里头有芝麻。

(十七)
一个猪娃不吃糠,
顺着沟子打一枪。

(十八)
墙上一片肉,
只看不敢动。

(十九)
从南来了一群鹅,
扑通扑通跳下河。

(二十)
从南来了一群猴,
趴到地上就磕头。

谜底:
(一)屎壳郎 (二)黄鼠狼 (三)蚂蚁 (四)秤 (五)扫帚 (六)麦糠瓢 (七)鸡 (八)辣子 (九)织布 (十)照(字谜) (十一)手端瓷碗 (十二)埋人 (十三)蒜 (十四)棉花 (十五)鼻子 (十六)茄子 (十七)锁 (十八)蝎子 (十九)下饺子 (二十)锄地

第三章 儿童诗

第一节 儿童诗概说

一、儿童诗的概念及发展

(一) 儿童诗的概念

儿童诗是指以儿童为主体接收对象,适宜于儿童听赏吟诵的自由体短诗。这个概念包含三个层面的含义:首先要考虑儿童诗的接受对象——儿童的特点,要切合儿童的心理;其次,儿童诗要适合儿童听赏吟诵,抒儿童之情,寄儿童之趣;再次,儿童诗是自由体短诗,不要求严格的韵律,篇幅也不宜太长。

(二) 儿童诗的发展

古代中国的历代文人无意创作儿童诗,只是偶尔出现过几首儿童易于理解、乐于背诵的诗,如孟浩然的《春晓》,李白的《静夜思》,白居易的《草》《悯农》,骆宾王的《咏鹅》,杜牧的《清明》等等。

晚清时期,出现了专为儿童创作的诗歌,如黄遵宪的《幼稚园上学歌》等。

"五四"新文化运动中,语言浅白、韵律自由无拘束的儿童诗蓬勃兴起,叶圣陶、郑振铎、汪静之等都曾为孩子们写诗。

如刘半农的《一个小农家的暮》:

　　她在灶下煮饭,
　　新砍的山柴,
　　必必剥剥的响,
　　灶门里嫣红的火光,
　　闪着她嫣红的脸,
　　闪红了她青布的衣裳。
　　他衔着十年的烟斗,
　　慢慢地从田里回来;
　　屋角里挂去了锄头,
　　便坐在稻床上,
　　调弄着只亲人的狗。
　　他还跛到栏里去,
　　看一看他的牛,
　　回头向她说:
　　"怎样了——

我们新酿的酒?"
　　门对面青山的顶上,
　　松树的尖头,
　　已露出了半轮的月亮。
　　孩子们在场上看着月,
　　还数着天上的星:
　　"一,二,三,四……"
　　"五,八,六,两……"
　　他们数,他们唱:
　　"地上人多心不平,
　　天上星多月不亮。"

(1921年伦敦)

现代意义上的儿童诗是从"五四"运动开始的。

二、儿童诗与儿歌的异同

（一）儿童诗与儿歌的区别

(1)在思想内容上,儿歌比较单纯、直白、朗朗上口;儿童诗比较含蓄。儿歌适宜于歌唱游戏,有娱乐和实用的功能,而儿童诗更适合吟诵听赏,讲求形象和意境。

(2)在题材上,儿歌多从日常生活取材,有较强的实用性;而儿童诗题材广泛,内容也更丰富深厚。

(3)在写法上,儿歌往往以叙述、白描、说明等方式描述事物现象,偏重于明白的展示,追求生动幽默,机智的诙谐,有"俗味";而儿童诗更注重情感的抒发、意境的创设和表达的含蓄,多一些"雅趣"。

(4)在篇幅上,儿歌短小,结构简单;儿童诗可长可短,结构较复杂。

(5)在韵律上,儿歌在语言运用上讲求顺口、音韵和谐,注重语音外在表现形式的音乐感,被称为"半格律诗",靠听觉的成分多;儿童诗的格式、语言韵律则可以更灵活、自由,音乐美体现于诗外,人称"自由体",靠联想思考的成分多。

例如,柯岩的儿歌《洗手》和儿童诗《小弟和小猫》的比较。

两首都是以要讲究卫生为主题的作品,但表现方式却明显不同。

小弟和小猫

　　我家有个小弟弟,
　　聪明又淘气,
　　每天爬高又爬低,
　　满头满脸都是泥。
　　妈妈叫他来洗脸,
　　装没听见他就跑;
　　爸爸拿镜子把他照,
　　他闭上眼睛格格地笑。

姐姐抱来个小花猫,
拍拍爪子舔舔毛,
两眼一眯"喵,喵,喵,
谁跟我玩,谁把我抱?"
弟弟伸出小黑手,
小猫连忙往后跳,
胡子一撅头一摇,
"不妙不妙!太脏太脏我不要!"
姐姐听见哈哈笑,
爸爸妈妈皱眉毛,
小弟听了真害臊:
"妈!妈!快给我洗个澡!"

这首诗通过对小弟弟不讲卫生,不仅大人不喜欢,甚至连小猫都不和他玩的情节的描述,形象、生动地把主题表现了出来。

洗 手

哗哗流水清又清,
洗洗小手讲卫生。
大家伸手比一比,
看看谁的最干净。

在这首儿歌中,以"洗洗小手讲卫生""最干净"等词句,把所要表现的主题说得清清楚楚,儿童一听就会明白,不需做更多的思考。

(二)儿童诗与儿歌的相同点

儿童诗与儿歌同属于儿童诗歌,都具有诗歌的共性特征,如语言简练、情趣性强,讲究韵律、节奏感强,富有音乐美与生活化、形象化的特色。

三、儿童诗的艺术特征

作为抒情文学的儿童诗歌具有鲜明的艺术特点,这些特点建立在诗歌体裁特有的艺术构成基础上。依据诗歌的艺术构成,理解儿童诗歌的特点,是阅读、欣赏儿童诗歌的关键。

(一)韵律和节奏

与其他文学形式相比,诗歌显然更注重创造声音美感的文学品种,诗歌基础的美感是声音的美感。而与成人诗歌相比,儿童诗歌的音韵美更为突出。

儿童的诗歌欣赏可能开始于他们降生之初。学者研究显示,在儿童各个年龄段,诗歌更明显的是用来诵读、聆听的,而不是像小说一样是通过看、通过阅读来欣赏的。

儿童诗歌普遍具有和谐的音韵和鲜明的节奏。与成人诗相比,儿童诗更重视押韵,韵脚细密,不频繁换韵,无韵诗很少见。给幼小的儿童欣赏的短诗,通常一韵到底,或采用叠词叠韵,以字、词、句的重复和循环,构成悦耳动听、和谐优美的韵律。例如叶圣陶的《小小的船》:

弯弯的月儿小小的船,
小小的船儿两头尖。

我在小小的船里坐，
只看见闪闪的星星蓝蓝的天。

叠词叠韵不仅能产生合辙押韵、朗朗上口的效果，诗歌语汇和句式的重复也使诗歌变得节奏鲜明，更富有音乐性。

又如朱湘的诗《摇篮歌》，韵律格外柔和、动听。

春天的花香真正醉人，
一阵阵温风拂上人身，
你瞧日光它移的多慢，
你听蜜蜂在窗子外哼：
睡呀，宝宝，
蜜蜂飞的真轻。
天上瞧不见一颗星星，
地上瞧不见一盏红灯；
什么声音也都听不到，
只有蚯蚓在天井里吟：
睡呀，宝宝，
蚯蚓都停了声。
一片片白云天空上行，
像是些小船飘过湖心，
一刻儿起，一刻儿又沉，
摇着船舱里安卧的人：
睡呀，宝宝，
你去跟那些云。
不怕它北风树枝上鸣，
放下窗子来关起房门；
不怕它结冰十分寒冷，
炭火生在那白铜的盆：
睡呀，宝宝，
挨着炭火的温。

这首《摇篮歌》，不仅音韵柔美，情感也温婉动人，是艺术上乘的儿童诗作。

(二) 意象和意境

意象和意境是诗歌的基本艺术构成。由于儿童思维具有具体形象性，意象在儿童诗歌中占有突出的位置。在许多儿童抒情诗作品中，作者内心的情感往往直接外化为一连串的意象，并通过意象的铺陈和叠加，将感情的抒发推向高潮。

儿童诗注重从儿童熟悉的物象或概念中提取意象，诗人樊发稼的《爱什么颜色》就特别着重从儿童的现实生活中撷取意象，表达儿童的情感与理想，颇具时代感。

你问我

最爱什么颜色?

我爱碧绿的颜色,

因为——

禾苗是碧绿的,

小草是碧绿的,

我生活在农村,

连我的梦

也是碧绿的。

我爱火红的颜色,

因为——

朝阳是火红的,

枫叶是火红的,

我是一名少先队员,

我们的队旗,我的心,

也是火红的。

我爱蔚蓝的颜色,

因为——

辽阔的天空是蔚蓝的,

无边的大海是蔚蓝的,

将来我要当一名海军战士,

乘风破浪,保卫海疆。

我穿的那身威武的军装,

也将是蔚蓝的。

儿童诗歌并不因为其读者对象审美经验相对缺乏而放弃在诗歌中呈现深邃的意境,与成人诗歌一样,儿童诗歌特别是儿童抒情诗歌也将创造意境视为高境界的艺术追求。前文提到的叶圣陶先生的《小小的船》,只有寥寥数行,便烘托出由蓝天、明月、繁星、儿童组成的绝佳意境,令人赞叹。儿童诗歌的意境以清新、优美为特色,浸润着儿童的情感,是儿童现实世界和儿童想象世界的艺术呈现,具有一种明晰、通透、纯粹的美质。

(三)联想与想象

联想灵动自由、想象奇妙丰富是儿童诗歌的鲜明特色。思维活跃、富有想象力是儿童的特点,儿童诗歌反映儿童的生活,表达他们的情感,自然就会在联想和想象方面体现出不同于成人诗歌的特点,儿童诗歌也因此对儿童读者有特别的吸引力。高凯的诗作《村小:识字课》即以联想的自由、飞动取胜:

"蛋 蛋 鸡蛋的蛋

调皮蛋的蛋

乖蛋蛋的蛋

红脸蛋的蛋

马铁蛋的蛋";

"花 花 花骨朵的花

桃花的花

杏花的花

花蝴蝶的花

花衫衫的花

王梅花的花

曹爱花的花";

"黑 黑 黑白的黑

黑板的黑

黑毛笔的黑

黑手手的黑

黑窑洞的黑

黑眼睛的黑";

"外 外 外面的外

窗外的外

山外的外

外国的外

谁还在门外喊报告的外

外 外——外就是那个外";

"飞 飞 飞上天的飞

飞机的飞

宇宙飞船的飞

想飞的飞

抬翅膀飞的飞

笨鸟先飞的飞

飞呀飞的飞……"

在这首儿童诗作中,作者将联想植根于乡村儿童的生活现实和生活理想,让联想伴随童心跃动。在自由飞扬的联想中,作品不仅自然形成了具有跳跃性的诗歌结构,更升华出具有时代精神的思想和情感。

联想是事物间自由的组接,在一定程度上已经具有了想象的性质,但在儿童诗歌中,想象更直接地表现为赋予世间万物以人的情感和生命或对超自然幻境的描绘以及种种来自儿童心中的梦幻。儿童诗最具有幻想性的品种是童话诗,童话诗通常会演绎一个具有奇幻的童话故事而呈现非凡想象力,而拟人化的笔法还常常出现在一些儿童抒情诗中,令诗歌作品饶有童话趣味。圣野的《欢迎小雨点》便是其中的佳作:

来一点,

不要太多。

来一点，
　　不要太少。
　　来一点，
　　泥土咧开了嘴巴等。
　　来一点，
　　小蘑菇撑着小伞等。
　　来一点，
　　小荷叶站出水面来等。
　　小水塘笑了，
　　一点一个笑窝。
　　小野菊笑了，
　　一点敬一个礼。

现代诗人沙雷的《乖乖地睡》表达了对孩子温馨的爱抚，是一首充满新奇幻想的抒情诗，超自然的想象让诗歌绽放异彩：

　　一只松鼠，
　　在葡萄架上，
　　吱吱地，
　　吃着月光。
　　但月光是吃不完的呢——
　　它是月宫中仙女们掉下的歌唱，
　　也是从那些仙女们的衣袍中，
　　落下的银色的糖。
　　仙女们都戴着，
　　喇叭花的帽，
　　千万个看不见的铃子，
　　在裙子上作响。
　　她们跳舞，
　　杨柳树，
　　便弯弯地摇荡。
　　乖乖地睡吧，孩子，
　　我让新月做你的摇床，
　　蓝天垂下透明的帐。

儿童聆听着、朗读着这样的诗句，会情不自禁地陶醉在作品恬美、静谧的意境中。

（四）情感、情节和情趣

作为抒情文学的诗歌，情感的表达必然占据重要的位置。以儿童读者为对象的儿童诗歌，重视表达儿童的情感，注重以儿童的方式表达情感，儿童诗歌因此才具有情感、情节和情趣相结合的特点。

儿童诗歌包括抒情诗,一部分抒情诗往往带有一些情节,让情感融汇在人物、事件、场景的描述中表达。柯岩的《帽子的秘密》、任溶溶的《你们说我爸爸是干什么的》、意大利罗大里的《一行有一行的颜色》、苏联作家马尔夏克的《彼加怕些什么》等都是具有代表性的作品。

诗人柯岩曾为儿童画家卜镝的画作创作了一组题画诗,这些抒情诗并不像作家当年《"小兵"的故事》等诗作那样直接以儿童游戏生活为表现内容,而是通过捕捉儿童生活瞬间的艺术思维,体会和表达儿童的心理和情感,作品同样蕴藏着丰富的儿童情趣。例如:

春天的消息

不要,不要跑得那么急,
你,多心的小狐狸!
没有狮子,也没有老虎,
有的只是我,是我呀——
轻轻的雪,细细的雨,
给你送来了,送来了
春天的消息……

以狐狸为题,诗人高洪波也有一首情态生动、情趣盎然的童诗:

我喜欢你,狐狸

你是一只小狐狸,
聪明有心计,
从乌鸦嘴里骗肉吃,
多么可爱的主意!
活该,谁叫乌鸦爱唱歌,
呱呱呱自我吹嘘,
再说肉是他偷的,
你吃他吃都可以。
也许你吃了这块肉,
会变得漂亮无比!
尾巴像红红的火苗,
风一样掠过绿草地。
我崇拜你,狐狸,
你的狡猾是机智,
你的欺骗是有趣。
不管大人怎么说,
我,喜欢你。

(《幼儿文学60年经典星:精华·星星卷》)

整首诗以"我"天真的口吻叙说,小主人公活泼的儿童情态跃然纸上,呼之欲出,作品因此别具神采。

(五)结构与语言

儿童诗歌结构的安排总体上以平实为特色。叙事诗重视事件的剪裁,结构紧凑,突出故事的高潮和戏剧化的结局。抒情诗一般依托感情的自然流动结构,为低龄儿童创作的诗歌多以排比、递进或者对比形成段落的分割,易于读者理解和把握。

儿童诗歌的语言具有优美、精粹、平易、晓畅、富有音乐性等基本特点,但在偏重叙事的诗和侧重抒情的诗中,诗歌的这些语言特点会有不同的表现,不同作家也会有不同的诗歌语言风格。

在叙事诗或偏重叙事的作品中,诗歌语言或生动、具体、形象,有动态感;或风趣、诙谐、机敏,有幽默感,语言特点明显不同于抒情诗。如诗人任溶溶的作品《没有不好玩的时候》:

一个人玩,

很好!

独自一个,静悄悄的,

正好用纸折船、折马……

踢毽子,

跳绳,

搭积木,

当然还有看书、画画……

两个人玩,很好!

讲故事得有人听才行,

你讲我听,我讲你听。

还有下棋,打乒乓球,

坐跷跷板,

一个人也不能拗手劲。

三个人玩,

很好!

讲故事多个人听更有劲,

你讲我们听,我讲你们听。

轮流着两个人甩绳子,

一个人一起一落地跳绳。

四个人玩,很好!

五个人玩,很好!……

许多人玩,很好!

人多,什么游戏都能玩,

拔河,

老鹰捉小鸡,

打排球,

打篮球,

踢足球,

连开运动会也可以。

(《幼儿文学60年经典:精华·星星卷》)

儿童抒情诗的语言更为形象化、感觉化,在实现音韵美的前提条件下,调动各种感官和想象,对语汇进行挑选和组接,力图以丰富、新异、有表现力的语言,呈现诗歌意象,创造诗歌意境。

总之,儿童诗歌的特点可以从不同的方面观察和解说,但任何一首艺术上乘的儿童诗,往往在音韵与节奏、意象与意境、联想与想象、情感与情趣、结构和语言诸方面,都有上佳的表现。在理解儿童诗歌特点时,需特别予以注意。

四、儿童诗的类别

(一)叙事诗

叙事诗是以诗的形式来描绘、讲述故事的一种手法。儿童叙事诗中的故事诗多以儿童的日常生活或游戏情景作题材,通过具体的叙事与描摹突出要表达的思想情感。

如任溶溶的《下巴上的洞洞》:

从前

有个奇怪的娃娃,

娃娃

有个奇怪的下巴,

下巴

有个奇怪的洞洞,

洞洞

谁知道它有多大。

那么

一天三餐饭,

他呀

餐餐种庄稼。

可惜

啥也没有种出来,

只是粮食白白被糟蹋。

瞧他

一边饭往嘴里划,

一边

从那洞洞往下撒。

如果

饭桌是土地,

而且

饭粒会发芽。

你们听了这笑话,
　　都要
　　摸一摸下巴。
　　要是
　　也有一个洞洞,
　　那就
　　赶快塞住它。
　　(《幼儿文学60年经典:精华·星星卷》)

(二)抒情诗

抒情诗是侧重直接抒发内心情感的儿童诗,通常是写对生活的感受或歌颂人和事的。如林良的《蘑菇》:

　　蘑菇是
　　寂寞的小亭子。
　　只有雨天
　　青蛙才来躲雨。
　　晴天青蛙走了
　　亭子里冷冷清清。
　　(《幼儿文学60年经典:精华·星星卷》)

(三)童话诗

童话诗是童话与诗歌形式的结合,属于叙事诗类的一支,它以诗的形式,表现富有大胆幻想和夸张的童话故事。

如鲁兵的《小猪奴尼》:

　　有只小猪,
　　叫做奴尼,
　　不爱洗澡,
　　"扑通"一下,掉进河里,
　　妈妈也不认识你。
　　碰到牛大婶,帮他洗一洗。
　　奴尼回到家对妈妈说,
　　妈妈妈妈,
　　明天我要自己洗。
　　(《幼儿文学60年经典:精华·星星卷》)

(四)讽刺诗

讽刺诗是针对儿童生活中的不良现象或不良习惯,以夸张讽刺的手法写成的幽默、诙谐的诗。

如圣野的《我是木头人》:

　　妈妈叫犁犁洗手帕,

67

犁犁说,我是木头人,
我的手,不会动。
妈妈叫犁犁学走路,
犁犁说,我是木头人,
我的腿,不会走。
妈妈买来了橘子,
犁犁说,妈妈,我要吃橘子。
妈妈说,你是木头人,
怎么会说话,怎么会吃东西?
犁犁哭了,脸颊上滚着
大颗大颗的眼泪。
妈妈说,
奇怪,奇怪,
一个木头人,怎么也会有眼泪?
犁犁自己
揩干了眼泪,
犁犁不做木头人了。
她要做一个,会说话,会走路,
会吃饭,会唱歌,会动脑筋的好孩子。

(《幼儿文学60年经典:精华·星星卷》)

(五)题画诗

根据图画或摄影作品画面命题写的诗歌,称为题画诗。儿童题画诗可以脱离画面,作为一首独立的诗歌而存在。

如柯岩的《小长颈鹿和妈妈》:

小鹿,小鹿,
没见你时,真为你着急,
妈妈的脖子那么长,
想亲亲她可怎么办呢?
小鹿,小鹿,
看见了你,我满心欢喜,
原来你的脖子也那么长,
一点也不妨碍你和妈妈亲昵,
哦,长颈鹿,长颈鹿,
多么有趣!

(《幼儿文学60年经典:精华·星星卷》)

(六)散文诗

散文诗是用散文形式写的抒情诗。它比一般的抒情诗自由、灵活,在语言形式上分段不分行,不要求有严格的韵律。同时,它又比一般的散文注重节奏。

如冯幽君的《春雨沙沙》:

　　春雨沙沙,春雨沙沙……
　　沙沙的春雨,像千万条丝线飘下……
　　穿梭的燕子衔着雨丝,
　　织出一幅美丽的春天图画:
　　绿的,是柳叶,红的,是桃花,
　　河里的鱼儿欢快地摇动着尾巴。
　　河的对岸,一座小山,
　　山坡下,有播种的农民;
　　山坡上,有植树的娃娃……

(《幼儿文学60年经典:精华·星星卷》)

第二节　儿童诗鉴赏

一、儿童诗鉴赏的必要性

儿童诗鉴赏必须以阅读为基础,但又不是简单的阅读,而是运用艺术思维,借助创造性想象和联想,对诗中隐含的形象、情感与理念进行感悟。儿童诗鉴赏又是一种审美的认识活动、教育活动和娱乐活动。

二、儿童诗鉴赏的方法

(一) 充分把握和理解儿童诗作品的形象

首先看诗人是如何塑造诗歌形象的,塑造了什么样的诗歌形象;其次再看诗人是怎样塑造这些形象的,如何构思,运用了什么样的语言,具有哪些特点,表现了什么主题,具有哪些情趣,给我们留下了什么印象,读后的感觉如何,对孩子有什么教育意义和审美作用等。

例如林武宪的《鞋》:

　　我回家,把鞋脱下,
　　姐姐回家,把鞋脱下,
　　哥哥、爸爸回家,
　　也都把鞋脱下。
　　大大小小的鞋,
　　是一家人,
　　依偎在一起,
　　说着一天的见闻。
　　大大小小的鞋,
　　就像大大小小的船,
　　回到安静的港湾,
　　享受家的温暖。

林武宪先生的这首诗,写的对象是鞋,普通得不能再普通,可是小小的鞋蕴含着暖暖的亲情。那一双双紧紧偎相依的鞋,代表的是亲密,诉说的是家庭的温暖。最后一节的比喻十分恰当,那些鞋就好像一艘艘大大小小的船只,经历过风雨平安回到港口时,满心充满着喜悦、感谢,幸福充满在字里行间。

(二)在儿童诗鉴赏中要善于张开联想与想象的翅膀

儿童诗擅长想象和联想,这和孩子的天真好奇及他们独特的心理分不开,所以在鉴赏时,一定要善于张开想象的翅膀,同诗人一起飞翔。

例如望安的《明亮的小窗》：

中秋的月亮,

又圆又亮。

像敞开一扇

明亮的小窗。

月亮里真有一棵桂树吗?

要不

哪来的桂花香?

夜晚的小窗,

又圆又亮。

像升起一轮

闪光的月亮。

窗外才真有一棵桂树呢,

你闻,桂花多香多香!

这首小诗把现实与想象结合起来,为幼儿展现了一幅诗情画意的美妙境界,巧妙的比喻准确地抓住了事物之间的相似点,为幼儿架起了想象的桥梁,幼儿就会自然而然地陶醉其中。这些美好的艺术形象很容易让儿童沉浸其中,不知不觉在心里激起强烈的审美感受。

(三)抓住意象,并反复揣摩意象

鉴赏时,必须先明确诗人想要通过意象来表达自己怎样的内心感情。领会意境是必要的,而领会意境又必须具备对意象审美特点的把握。所以,鉴赏儿童诗时,抓住意象并反复揣摩、体味意象,是体会诗中的美感、体会作者的思想感情,从而顺利进入诗歌意境的关键。

例如刘饶民的《大海睡了》：

风儿不闹了,

浪儿不笑了。

深夜里,

大海睡觉了。

她抱着明月,

她背着星星。

那轻轻的浪潮声啊,

是它睡熟的鼾声。

寥寥数语就把静谧、安详的大海这个意象展现在读者面前,而且用拟人的手法,以极其准确的措词"抱着""背着""鼾声"形象地描绘出大海这位"母亲"熟睡时的优美体态,营造出安详、静谧的意境,在优美的语言环境中儿童不仅学习了语言,丰富了词汇,还可提高驾驭语言、鉴赏语言的能力,同时得到美的享受。

总之,儿童诗鉴赏可以从语言、意象、意蕴三个层面入手进行鉴赏。

三、作品鉴赏

1.《风》

谢武彰

  风,在哪里?
  他在教小草做体操。
  风,在哪里?
  他忙着把大树摇一摇。
  小草和大树都不动了,
  风,不知道哪里去了?

鉴赏:风,在成人的眼中是一种司空见惯的自然现象,很少有人会思考"风在哪里"。可在孩子的眼中,"风"这种看不见摸不着的东西却显得那么深奥和神奇。这首小诗运用拟人的修辞手法,使"风"这一缺乏视觉感受的事物变得生动、形象。具体可感、平实、浅淡的口语短句营造出了一种诗的意境,传达出了一种诗的味道。在作者的笔下,它就像是一个顽皮的孩子,教小草做体操,摇动着大树的枝条,玩累了,不知道跑到哪里休息去了。正是借助于"小草""大树"这些看得见的事物,才使"风"的形象变得鲜明、动感、富有童趣。

作者谢武彰是台湾著名诗人,儿童文学作家,出版了大量的儿歌、童谣和儿童诗,是台湾儿童诗创作的重要诗人。

2.《贝尔格莱德出了乱子》

德·鲁凯奇(塞尔维亚)

韦苇 译

  出了乱子!
  出了乱子!
  全贝尔格莱德
  这样惊惊惶惶。
  人人都在说:
  有一只可怕的狮子
  不久前
  从动物园里
  跑到外面。
  所有汽车,
  所有电车,
  所有大车,

所有小车，
都像兔子一样，
逃开去躲藏！
求狮子没有用，
唯一的办法是
逃得快一点！
爬窗的爬窗，
进屋的进屋！
快点！
快点！
谁跑得这么慢？
唉，这个不要命的家伙！
瞧那百兽之王
来咬你的屁股！
叫呀，
嚷呀，
哇啦哇啦，
都进了房。
然后从窗口
往外观望。
这里这里
大家都心里嘀咕：
现在顶要紧的是
别叫狮子饿得慌！
瞧面包师
把大堆大堆
美味的小面包
全扔给狮子：
吃吧吃吧，
百兽之王，
可别来咬我们！
糖果店的主人
把大堆大堆的巧克力
果子冻
扔给兽王：
吃吧吃吧，狮子，
吃巧克力糖！

吃吧吃吧,狮子!

吃果子软糖!

可千万别

吃人!

可狮子,

不喝不吃,

它文文静静地

走进电影院,

它温温和和地

坐在观众席上,

专心一意地

看那从它老家非洲

拍来的电影。

鉴赏:绝妙的好诗往往是独辟蹊径的,这首诗以独特的视角,展现了与我们平常谈论的狮子不同的一只狮子,作者开始不动声色,等全城慌乱够了,作者才亮出硬牌。硬牌是整首诗的亮点所在,这个亮点如同金刚钻一般。诗里写狮子想念非洲老家,这样理解不错,但还可深追一层:想念非洲老家的什么?

广袤的丛林,那里有它的父母和同伴,也不错,但亮点应该是:强行把狮子挪离非洲,意味着剥夺了狮子在丛林生活的自由。狮子生来是自由的。非洲,留着它生命须臾不可忽离的自由生存境域。自由使狮子迷恋:它在电影院里看得发痴,文文静静的,就是因为非洲丛林有它向往的自由。

第三节　儿童诗的创编

一、儿童诗创编时应注意的问题

儿童诗以其清纯的情感、丰富的想象、明快的节奏颂扬了生活之美、自然之美、童心之美,特别是儿童诗自身拥有独特之美,因而深受孩子们的喜爱。儿童时期是形象思维发展的最佳时期,爱想象是儿童的天性。儿童诗富有幻想与想象之美,而孩子们的想象力和创造力是无限的,因此,引导儿童仿编创作儿童诗是一件非常快乐的事情。

(一)打开诗的大门——欣赏

兴趣是最好的老师,首先可以引导儿童欣赏诗,激发兴趣,积累语言,帮助他们打开诗的大门。教师在活动课上,可以让儿童带来自己最喜欢的一首小诗,让他们拿出水彩笔为自己带来的小诗做一幅画。画完之后,再把小诗题在画旁,画中有诗,诗中有画,然后朗诵小诗。"诗是无形的画,画是有形的诗。"一首首优美的童诗,犹如一幅幅无形的画,能默默地影响着孩子。因此让儿童动手为诗歌配画,能充分调动孩子们的积极性,拉近儿童与诗的距离。"读书破万卷,下笔如有神。"所以我们要引导儿童多欣赏童诗、熟读童诗,在日积月累中为写诗打好基础。

(二)走进诗的世界——借鉴、模仿

可以让儿童在理解原作品的基础上,对诗歌的原有内容改换某个词,或者根据孩子已有的知识经验向孩子提供一个开头,作为想象线索,引导儿童自己完成诗歌的创编。指导儿童编诗,并不需要指导孩子如何展开想象,而只需打开孩子想象的闸门,认可孩子们天真的想象就可以了。因为儿童期是孩子一生中想象力最为活跃的时期,他们有时就生活在想象中。例如,组织每个孩子用××是××吹出的泡泡编一句诗。教师只说一句"苹果是花儿吹出的泡泡,葡萄是藤儿吹出的泡泡"。然后让儿童自己创编。"蝌蚪是青蛙吹出的泡泡""我们是妈妈吹出的泡泡""星星是宇宙吹出的泡泡""花儿是大地吹出的泡泡""露珠是空气吹出的泡泡"……这就是孩子们的作品,虽然有些稚拙,但是荡漾着童心、童趣的灵动之美,无边无际的想象如浮云般随意飘动,这是孩子们最美好、最珍贵的财富。

(三)捕捉诗的情感——创编、写作

要想让孩子真正学会编诗,仅仅靠模仿、会联想是远远不够的,还必须让儿童从五彩斑斓的生活花园中采撷诗的花朵。儿童是天生的诗人,他们在接触周围世界时,头脑中会产生许多新鲜、奇特的想法,会创造出许多生动、鲜活的形象。这就要求教师做一个有心人,及时捕捉儿童活跃的诗心。例如在活动中,教师捕捉到孩子关于蝴蝶的某一句话"老师,你看,那是蝴蝶花吧!真像蝴蝶呀,我都分不清了"。教师可以帮助孩子记下来,鼓励孩子将其编成诗,孩子编的诗《蝴蝶·花》:花丛中/蝴蝶翩翩飞舞/阳光下/蝴蝶花绽开笑脸/分不清蝴蝶与蝴蝶花。

要让孩子们发现美,教师首先要有一双发现美的眼睛,应当让孩子学会发现诗,学会表达诗意。大千世界中的一花一叶、一山一水,都是诗欢欣、活跃的新生命。要引导孩子珍惜自己生命中的每一次独特的心理体验,用笔记录下生命成长的每一个足迹。

二、儿童诗的写法

(一)比喻法

1. 明喻法

比喻是童诗创作中一种基本的方法,用此一物比作彼一物。一个富有创意的比喻就是儿童诗创作成功的第一步。例如《云》:

　　云像一个忙碌的画家,

　　在天空中画出一幅又一幅的图画;

　　云像一个贪玩的小捣蛋,

　　常常忘了回家。

2. 暗喻法

不说出比喻的事物,让读者自己联想,可以表现丰富的联想,例如萧麦的《爸爸的背》:

　　有时候,

　　　是一堵墙,

　　　我在墙边儿

　　　避风雨。

　　有时候,

是一座山，
　　我在山顶上
　　看世界。

（二）拟人法

把事物比拟成人，做人的事情，显得活泼、可爱、生动、有趣。这个事物的范围极为广泛，上天入地，大到宇宙，小到蚊蚋，都可入诗，在儿童的眼里都可以成为有思想有感情的事物。例如下列句子：

A. 春风叫花儿张开嘴来唱歌
B. 太阳睡觉以后，灯就起床了
C. 月亮害羞地跑到云里躲起来了
D. 露珠儿看见太阳出来就高兴得笑了

例如谢武彰的《春天》：

　　风跑得直喘气
　　向大家报告好消息
　　春天来了
　　春天来了
　　花朵站在枝头
　　看不见春天
　　就踮起脚尖
　　急着找
　　春天在哪里
　　春天在哪里
　　花不知道
　　自己就是春天

（三）寻因法

寻因法就是给生活中的事物或现象寻找一个原因。用这种方法创作儿童诗的关键是抓住事物的特点，展开想象。这种创作方法常以疑问的形式如"为什么……是不是……是……还是……"等来表达。例如《小草》：

　　小草是千万条透明的带子
　　在绿色的颜料桶中
　　泡了整整一个冬天
　　又被顽皮的春娃娃撒满大地

（四）摹声法

对于儿童来说，任何过于抽象的理论他们都不感兴趣，吸引他们的是色彩和声音。在童诗中运用摹声词，可以增加诗的韵律，同时也可使童诗更有趣味。例如《风》：

　　风最讨厌了，
　　每次都偷偷地掀起我的裙子，

然后在旁边大叫,
羞！羞！羞！
真是气死我了。

（五）假设法

假设法就是使用"假如""如果"等假设性的语句抒发自己的希望和想象。运用这种方法,给了儿童一个表达内心美丽愿望的绝好机会。例如《如果我变成风》：

如果我变成风,
就到妈妈工作的地方,
替妈妈
把脸上的汗珠,
一颗一颗吹干。

又如：

如果我是老师,
我要常常上体育课,
免得学生失望。
如果我是爸爸,
我一定要戒酒,
免得妈妈常常伤心流泪。
如果我是上帝,
我要使人类只会笑不会哭,
因为,
每一个人笑起来都很可爱。

（六）夸张法

儿童诗写出童趣,写出天真,可以写得有点傻乎乎,夸张一点,含糊一点,这样才会更可爱。

例如《腰带》：

咦
是哪个调皮的小鬼
给大山系上腰带
噢
原来是一条小山路

（七）疑问法

用发问的方法,引起儿童兴趣,深入思考,增加诗的趣味性。

例如儿童诗《螃蟹》：

螃蟹！螃蟹！
你为什么嘴巴吐白沫？
是不是刚刚吃过午餐,

正在刷牙漱口?
是不是在流口水,
想吃我手里的大苹果?

又例如儿童诗《皱纹》:

老人的脸上,
有一条一条的皱纹;
大海的脸上,
也有一波一波的皱纹。
大海是不是也老了呢?

(八)对比法

在对比中凸显内容、性质,包括颜色对比、形状对比、动作对比、事件对比、人物对比、空间对比,等等。例如《私房钱》:

爸爸的私房钱,
藏在工作帽上,
妈妈的私房钱,
藏在皮鞋下,
我的私房钱,
藏在肚子里。

又例如《路灯》:

白天,
路灯是一棵棵的树,
晚上,
就变成一朵朵的花。

(九)对话法

不论是否面对面相见,直接呼叫对方,如同正在同某人说话,能使童诗显得更加亲切、生动。例如《换新装》:

妈!
花园更换了,
彩色鲜美的春装,
树木也换了,
淡绿色的新衣裳,
远山脱去灰色的外套,
穿上浅绿色的衬衫,
小草也穿着新的绿裙子,
在春风里摆动着呢。
妈!
您看看,

都换了新装啦，
妈！
人家都换了新装啦！

附作品

一、妹妹的红雨鞋

妹妹的红雨鞋
是新买的，
下雨天，
她最喜欢穿着，
到屋外去游戏，
我喜欢躲在房子里，
隔着玻璃看它们，
游来游去，
像鱼缸里的一对，
红金鱼。

二、找　梦

我一睡觉，
梦就来了。
我一醒来，
梦就去了。
梦从哪里来？
又到哪里去？
我多么想知道，
想把它们找到！
在枕头里吗？
我看看——没有。
在被窝中吗？
我看看——没有。
关上门也好，
关上窗也好，
只要一合上眼，
梦就又回来了。

三、时间雕刻刀

时间是什么？

是一把雕刻刀,
雕刻着分分秒秒,
给每一个人留下记号。
给小宝宝两脚,
雕出两只风轮,
让他一天天长高,
踩着笑声飞跑。
给小学生两眼,
雕出小耳朵般的问号,
让他们粗粗的眉毛,
拧成求知的思考。
给大哥哥下巴,
雕出一茬黑韭菜,
让他粗犷的喉咙,
唱出青春的骄傲。
给老爷爷老奶奶的脸上,
雕出美丽的五线谱,
让他们在红红的晚霞下,
弹奏甜甜的歌谣。
啊,这把看不见的雕刻刀,
工作得兢兢业业,不差分毫,
它对谁都不偏不倚,
永远是那样公道。
它给不珍惜时间的孩子,
雕一只笨乌龟,
驮着沉甸甸的叹息,
在后面爬得十分苦恼。
它给勤奋的孩子,
雕一匹大红马,
每天总是四蹄飞扬,
在别人前头奔跑。
它给贡献大的人,
雕一张万能的护照,
不论走到哪里,
都会见到春天般的微笑。
它给一事无成的人,
雕一张人生不合格证,

尽管他还十分年轻,
却已经老得不能再老。
这把时间雕刻刀,
就是这样铁面无私。
它检验每人对时间的态度,
不管你是年老还是年少。
但愿每一个人,
都用时间的雕刻刀,
为自己雕刻
一个人生的自豪。

四、春天的秘密

春天来了,春天来了,
春天在哪儿呢?
小河里的冰融化了,
河水渐沥渐沥地流着。
小声地说:
"春天在这儿,
春天在这儿!"
春天来了,春天来了,
春天在哪儿呢?
垂柳换上了嫩绿的新装,
在微风中轻轻地飘扬。
小声地说:
"春天在这儿!
春天在这儿!"
春天来了,春天来了,
春天在哪儿呢?
桃花红着脸,
抿着小嘴,
微笑着说:
"春天在这儿!
春天在这儿!"
春天来了,春天来了,
春天在哪儿呢?
燕子飞翔在蔚蓝的天空里,
唧啾唧啾地叫着,

小声地说:
"春天在这儿!
春天在这儿!"
春天来了,春天来了,
春天在哪儿呢?
绿油油的麦苗,
使劲地从泥土里往上钻,
小声地说:
"春天在这儿!
春天在这儿!"
春天来了,春天来了,
春天在哪儿呢?
农民伯伯忙着播种,
牛羊在草地上嚷:
"春天在这儿!
春天在这儿!"
哈哈!春天真的来了!
春天真的来了!
我看见了春天的秘密,
我要把它牢牢记在心里。

五、不要惹小瓷碗生气

小瓷碗一直都很乖
有时它睡在壁橱里
有时它躺在木桌上
有时它坐在你手中
它好像从来都不闹
也从来都不吵
一声不吭地
把米饭安放在怀里
可是
如果小瓷碗生气了
也会发脾气
先是叮叮当当地摇晃
然后翻起小跟斗
从高处一直跌落下来
稀里哗啦——

劈里啪啦——
　　成了一地碎片
　　这些碎片
　　尖尖的
　　明晃晃的
　　一不小心就扎疼了你
　　所以
　　千万别惹你家的小瓷碗生气

六、落　叶

　　假如落叶落下来
　　还能飞上去
　　该有多好啊
　　假如花儿枯萎了
　　还能再开放
　　该有多好啊
　　假如你哭了
　　笑跑来顶替
　　该有多好啊
　　假如你在那边
　　那边就是我这边
　　该有多好啊
　　假如落叶落在水上
　　水抹头往回流
　　该有多好啊
　　假如"该有多好啊"
　　变成"多好啊"
　　落叶也会鼓掌的

七、老祖母的牙齿

　　时间真是恶作剧
　　爱在祖母的牙齿开山洞
　　风儿更顽皮
　　在那山洞里钻来钻去
　　嘘！嘘！嘘！
　　老祖母话儿半天才说一句
　　去！去！去！

逗得我们笑嘻嘻

八、长颈鹿

小鹿迷路了
找不到自己的妈妈
她在树林里伸长了脖子
向四处张望
她把细长的脖子伸了又伸
伸得像竹竿一样长
超过了天鹅
也超过了鸵鸟
如果还是找不到妈妈
她的脖子会变得更长更长

九、拖地板

帮妈妈拖地板,是我们最高兴的时候,
姐姐洒水,我在洒过水的地板上玩儿,
像在沙滩上走过来走过去,
留下很多脚印,像留下很多鱼。
然后,我很起劲地拖地板,
从头而尾,像捕鱼一样,
一网打尽。

十、贝　壳

有人说它是大海的耳朵,
可是
大海的耳朵怎么会长在沙滩上。
我说它是大海的牙齿,
你看,你看
大海这个冒失的家伙,
又蹦来了,
说不准,
又把牙齿磕掉几颗。

第四节　儿童诗歌的阅读活动设计

儿童诗歌的阅读活动一般不适合采用以分析性文本阅读为基础的教学活动模式,儿童诗歌的阅读活动可以依据儿童诗歌体裁的艺术特征进行主体设计,从把握诗歌的艺术构成、艺术元素切入,将欣赏儿童诗歌的艺术美作为阅读重点,以实现儿童诗歌阅读在文学性质上的创新。

诗歌阅读活动主要包括吟诵、朗读、诗歌聆听欣赏、诗与画、开放的诗歌阅读、尝试性诗歌模仿与创作等,需要根据具体诗歌作品的内容、特点以及儿童的年龄、兴趣、阅读能力进行选择,合理安排阅读欣赏活动的整个过程。

一、吟诵与朗读

吟诵和朗读活动在所有诗歌阅读活动中都应重点使用和安排,频率和方式可以根据诗歌的体式、篇幅的长短做灵活的处理。节奏鲜明的诗歌适合儿童集体诵读、吟唱,音韵和节奏舒缓、情感浓厚、自由体式的抒情诗,个别朗读效果会更理想。

示范朗读可以使用音像资料,教师的吟唱与诵读在多数诗歌阅读活动中都有必要,主要体现共同参与和分享,不一定要求表演性和示范性,教师不必因顾及自身的朗读能力而放弃。选择以吟唱与诵读为主体和特色的诗歌朗诵活动,应该特别注意作品的朗读效果,组合多种方式并配合聆听活动。

二、聆听欣赏

诗歌聆听欣赏同样是诗歌阅读的基本活动,在各个年龄段的诗歌阅读中都可以使用,但使用频率宜适当,不应该代替儿童和教师的诵读活动,也不要占据过多的教学时间。聆听欣赏,并不一定完全依赖教材配备的音像资料,也可根据活动需要自己设计和录制。在诗歌聆听环节,教师应当和学生一起聆听欣赏,教师不宜利用这个时间段处理自己的其他教学事宜,比如发放图片或张贴挂图等。

三、诗配画欣赏

许多诗歌作品都富有诗情画意,诗配画是传统的诗歌阅读活动,教材挂图在幼儿园的诗歌阅读活动中,已基本能够实现诗歌意境的图像化,教师可以自己挑选最为配合诗歌意境的名家经典画作,协助对诗歌画境的解说,也可向学生征求最能反映诗歌意境的美术作品。

四、阅读拓展

提供相关联的新的阅读资源。当作品内容单薄或抽象时,可以引进新的阅读资源进行支持和补充,以实现延伸性学习,但应该注意新资源的适量和适度,分清主次。也可在活动结束时将新阅读资源作为课外内容布置,发挥巩固学习成果的功效。

五、阅读与写作

儿童会在欣赏诗歌的过程中引发创作诗歌的冲动,他们的诗歌创作可能处于模仿阶段,但也应该给予其充分鼓励。尝试性的诗歌仿写最好有儿童的普遍参与,他们在诗歌创作方面的天赋可能有所差别,无论写作质量如何,都应该给予正面的评价。

总之,诗歌欣赏的活动有多种形式,教师可以根据作品和儿童特点做出选择和安排,创造性地调配、使用基本的活动,在实践中发现和应用新的、独创的活动形式。

【思考与练习】

1. 摘录你最欣赏的儿童诗人的儿童诗作品,根据诗歌的艺术特点对作品进行分析和评价。
2. 课外阅读儿童诗,按照本章介绍的类型进行分类,在班级内朗诵、交流。
3. 选几首你喜欢的儿童诗,谈谈喜欢它的原因。
4. 仔细观察一种常见的动物,写一首以这种动物为题材的儿童诗。
5. 对比下面两首作品,说说儿歌与儿童诗的异同。

蒲公英
　　张秋生
一棵蒲公英,
一群小伞兵。
风儿吹,飘哇飘,
一落落在青草坪。
阳光照,雨水淋,
长出一片蒲公英。

蒲公英
切普捷克娃(捷克斯洛伐克)
太阳真阔气,
大把的金币
洒满一草地。
蒲公英啊遍地黄,
我采了一把握手上。
你瞧见了吗?
我还编了个花环
戴头上。
等我一进咱家门,
妈妈几乎不敢相信,
原来我带着一圈金灿灿的蒲公英。
她抬头朝天看了看,
还以为是暖和的太阳
笑眯眯地来到了
咱们家。

第四章 童　话

第一节　童话概说

一、童话的概念和种类

对童话这种文学样式的体裁概念,我国有狭义和广义两种认定。狭义的童话概念将童话定义为"一种带有浓厚幻想色彩的故事",它对应于英语词汇"Fairy tale"(精灵故事),是由民间童话衍生的童话概念,将童话体裁定位为故事体短篇。我们通常所说的童话及其种类的理论,就建立在将童话狭义地确定为"带有浓厚幻想色彩的故事"的基础上,即童话的本体是童话故事,童话与诗歌的结合生成童话诗,童话和小说的结合生成童话小说,与戏剧结合生成童话剧,与电影电视结合生成童话片。童话还是动画漫画作品、图画书文本的基础体裁。

在讨论作品时,我们却似乎在沿用一种广义的童话概念,即童话不仅包括了传统的短篇故事体的童话,还包括了中长篇的小说体式的童话。比如《艾丽斯漫游奇境记》《木偶奇遇记》《柳林风声》《小王子》等作品,在我国一直被当做童话,而在西方的概念中,它们被认定为"Modern fantasy"(现代幻想文学)——现代作家创作的不同于"Fairy tale"的另一种幻想文学体式。当童话包含了"Fairy tale"和"Modern fantasy"时,就是一种宽泛的集合性概念,童话应该被广义地解读为"一种具有浓烈幻想色彩的叙事文学"。

在相当长的一段历史时期,我们对这两种狭义和广义童话概念兼收并蓄,形成相对模糊、含混的童话体裁认定。近年来,为了实现儿童文学体裁概念与国际的接轨,一些研究者提议以"幻想小说"界定西方的"Modern fantasy"类别的作品,以实现它们与传统意义的狭义的童话的区分。这种界定和区分,将童话限定在狭义概念之内,可是在认定新"幻想小说"体裁后,一大批原来属于文学童话经典的作品将被划分在童话范畴之外,不仅文学童话的艺术空间大为缩小,原来与童话诗、童话剧并列的"童话小说"也失去了存在的基础。假如纳入"幻想小说"的概念,只是要实现"小说"与"故事"的区分,将《艾丽斯漫游奇境记》《木偶奇遇记》之类的儿童"Modern fantasy"作品直接认定为童话小说似乎更为妥当。

这样符合它们的体式形成过程:文学童话从民间童话中生成之后,一部分作家将它从短篇故事向中长篇扩充,通过小说的表现手法的吸收和利用,使之发展为区别于早期民间童话、形态完备的一种幻想文学形式。这些作品具有突出的小说特征,但它们的源头是童话,并在很大程度上具有文学童话的性质和特点。称它们为"儿童幻想小说",还不如直接认定它们为"童话小说"更清楚、准确。

将《艾丽斯漫游奇境记》《木偶奇遇记》等"Magic in everyday life"类"Modern fantasy"作品认定为"童话小说",可以避免概念转换带来新旧认知上的混淆和矛盾。通过明确"Fairy tale"类作品的故事品质,凸显儿童"Modern fantasy"作品的小说性质,童话的本体和合体将以各自鲜明的体裁特征,成为独立而完备的童话系统的有机组成部分,我国也可以建立有自身特色、同时能与国际幻想文学体式形成对应的童话体裁概念。

将《艾丽斯漫游奇境记》《木偶奇遇记》等儿童"Modern fantasy"作品认定为"童话小说",还可以明确这种幻想文学体裁的儿童性并保证它在儿童文学意义上的体裁独立。厘定童话故事和童话小说、童话小说和幻想小说之后,对童话概念可以这样理解:童话是一个总的文学门类,它主要供儿童欣赏,以幻想为特征,包括童话故事、童话小说、童话诗、童话剧等具体样式,还有民间童话、科学童话等特殊种类。

二、童话的发展概况

童话作为一种专门的文学样式,其形成大致经过了三个阶段。

第一阶段是口头流传阶段,童话从神话、传说、民间故事等母体文学形式中孕育,逐渐演变为一种以儿童为对象的独特的民间口头文学;第二阶段是搜集整理阶段,口头流传的民间童话经过搜集、整理、记载、加工,以文字形式汇集成册并传播,逐步确立固定的艺术形态与特征;第三阶段是独立创作阶段,作家通过对民间童话的改写和模仿创作,掌握童话的体裁特征,进而发挥个人的自由幻想进行独立的童话创作,并将儿童作为主要的读者对象,童话就成为专门的儿童文学体裁。

口头流传阶段、搜集整理阶段的,无论是口头的还是书面的,从性质上都属于民间童话。民间童话由民间集体创作,具有民间文学集体性、口述性、传承性、变异性、民族性和地域性等特点,人物形象类型化、故事结构定型化都很突出。

独立创作阶段的童话,属于文学童话。文学童话由作家个人创作,体现鲜明的个人创作风格,即使取材民间,也融汇了时代和作家的审美理想,并具有书面文学成熟而完善的艺术面貌。

就民间童话而言,世界各个民族、各个地区、各个国家都有自己的悠久历史和艺术传统,世界范围的文学童话创作则缘起于西方。

文学童话的萌芽大约在17世纪末,标志是法国作家夏尔·贝洛1697年出版的《鹅妈妈的故事或寓有道德教训的往日故事》,集中包含《小红帽》《仙女》《穿靴子的猫》《灰姑娘》《林中睡美人》《小拇指》等8篇童话和3篇童话诗。夏尔·贝洛的童话主要取材于法国民间童话,也有部分来自欧洲和亚洲的传说与故事。为了让作品符合当时贵族沙龙的欣赏趣味,夏尔·贝洛进行了精心的艺术加工和改造,引入了当时的社会生活,补充了口述文学缺乏的细节描写,在语言方面进行了刻意的装饰和美化。夏尔·贝洛的加工使原本简单、粗朴的民间童话,变得细腻、生动、富有文采,具备了一些文学童话的性质。夏尔·贝洛童话受到了包括儿童在内的广大读者的欢迎,他的成功更带动了法国乃至欧洲一些作家参与民间童话的改写。

在沉寂了一段时间后,18世纪末19世纪初,随着浪漫主义文学思潮的兴起,西方世界开始出现大规模搜集整理民间童话的活动,其中最具代表性的是1812—1815年,德国民俗学家、语言学家雅格·格林和威廉格·格林陆续出版的民间童话集《儿童和家庭故事》。由于格林兄弟坚持采集童话应保持其原貌,不做任何加工,格林童话具有民间童话的基本性质,在环境的模糊性、人物性格的鲜明性、细节的生动性、故事的模式化、语言的朴素化和口语化等民间童话艺术特点方面都有典型的反映和体现,格林童话呈现了几乎所有民间童话的基本主题和表达方式,为文学童话提供了丰富的资源和可供模仿的范式。特别值得注意的是,当原本作为研究著作的《格林童话》受到儿童欢迎后,格林兄弟又出版了专供儿童阅读的故事选本,在童话与儿童阅读之间建立了直接联系。

稍后的1835年,丹麦作家汉斯·安徒生出版了他的第一部童话集《讲给孩子们听的故事》,在世界范围内率先启动了作家专门的文学童话创作。安徒生童话最初的作品如《打火匣》《大克劳斯和小克劳斯》,也来自民间童话故事的加工和改写,但这位天才的童话作家很快摆脱了民间童话的影响和制约,以非凡的想象力选择新的幻想题材,创造新的幻想形象,拓展童话新的艺术空间,并在童话中尽情展现自己的思想情感和精神气质,最终凭借168篇风格独特、艺术精湛的童话作品,将童话送入文学殿堂,成为文学童话的奠基者。而经过一个多世纪的孕育,童话从作家改写到作家独立创作,也最终完成和实现了从民间童话到文学童话的跨越和飞跃。

文学童话产生之后,民间童话并没有失去在儿童文学方面的意义,它以自身特有的艺术品质受到儿童喜爱,被儿童广泛地阅读,它的素材也一直被许多作家加以利用进行艺术再创作。

我国的《神笔马良》《野葡萄》《金色的海螺》《马兰花》《宝船》《鱼盆》等童话作品都有民间童话的基础和风格特色。我国文学童话诞生于"五四"时期。叶圣陶的《稻草人》是我国第一部创作童话。张天翼的《大林和小林》是我国第一部长篇童话。1949年后,我国童话创作取得巨大发展。20世纪80年代以后,童话创作再度繁荣。

第二节　童话的审美特点及意义

一、童话的审美特点

(一)幻想——童话的本质特征

童话用假想的形象和虚构的环境共同构成一幅幅奇异却又令人快乐的图画。在那个世界里,有长生不老或死而复生的人,有永远长不大的小孩,有会哭会笑会说话的动物……奇妙的逻辑构造了令人眼花缭乱的开心场面。

童话的幻想体现在人物、情节、环境等几个方面。

1. 人物形象的夸张变形

童话中的"人物形象"是广义的概念。除了人类,日月星辰、虫鱼鸟兽、木石山川,甚至某一观念、概念,还有虚构的宝物以及现实世界存在或不存在的一切,都可以进入童话成为主要角色。但无论这些形象是否为人类,他们的生活都是以人类为参照物,加以人格化而使之具有人的性格,这是童话逻辑的重要体现。

童话形象可分为以下三类。

第一,常人体童话形象。这类童话形象是指以人的本来面目出现在童话中的人物,是普通人。他们没有超凡的能力或神奇的宝物,但却是与超人体童话形象在一起有了不同凡人的本领,他们的性格、行为被夸张了,夸张的不只是他们的一句话、一个动作、一个眼神,而是

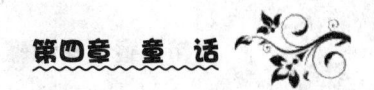

整个故事、人物的经历和命运等的整体性夸张,这样才使童话充满了幻想色彩。

《皇帝的新装》中的皇帝、大臣及骗子们的可笑言行,让一件根本不存在的新衣揭示出皇帝等人的虚伪和愚蠢。

第二,拟人体童话形象。这类形象是童话中最为普遍、最古老的艺术形象。它们指除人类以外的各种有生命或无生命的人格化的事物,赋予它们人的情感、思维方式、行为语言等。这些事物有生命、有感情,像人一样,是人类的缩影。

拟人体童话形象是原始思维与儿童思维中"泛灵论"的产物。因此,从古至今,它们大量存在于神话传说中。如《丑小鸭》中的丑小鸭犹如安徒生自己的化身,经历频繁的挫折后终于变成白天鹅,它的外形虽然与鸭相似,但它的经历却是人类社会生活的影射。

第三,超人体童话形象。这类童话形象在民间童话中最为常见,是指那些具有超人的神奇能力、能造就超自然奇迹的形象。这些形象往往拥有神秘的法术或超人的能力,可以做到童话中其他人物所不能做到的事物,创造出匪夷所思的奇迹。这类形象尤其令儿童读者向往。超人体形象直接来源于神话传说,是人类面对自身无法战胜的困难或神秘的无法解释的自然现象而幻想出来的形象。而儿童在面对纷繁复杂的世界时同样也有一种无所适从的感觉,童话中的超人形象恰好满足了他们希望能把握现实的心理。

2.情节的荒诞

在童话创作中,幻想不仅是手段,更是目的。因此童话的幻想不是局部的一人一物,而是整体,形成一个自足的奇幻世界。这导致了整个故事情节必须是荒诞、幻想的。

荒诞,指的是美学意义上的"荒诞性",包括幻想、奇异、怪诞、难以置信等多种含义。这种荒诞是立足于本质,符合童话逻辑真实性的幻想产物,因而在情节设置上是真与幻、虚与实相结合,透过表面,体现本质,使其变得合情合理。

情节的荒诞表现在以下两方面。

第一,故事内容的离奇与夸张。陈旧的故事永远不会给人新奇感,新奇的故事内容是情节荒诞的首要前提。

第二,情节发展中"虚幻的真实性"。荒诞往往寓含着作者对生活的真实感受。优秀的荒诞故事不仅要有原创性,而且要有真实性。这种真实性是指符合童话逻辑的真实,超越现实,在一个自足的结构中推动情节的发展,形成一个幻想的真实空间。它包括具象的真实和抽象的真实。具象的真实指大多数童话所设定的一些虚无的地点、人物,甚至时间。情节在这些具象构成的空间,正是他们进行游戏、释放心理能量的理想场所。因此,这些具象是符合儿童审美心理的真实性的。具象构造的是情节中真实的"物质基础"和"人"的存在,而抽象、理性认识的真实传达同样使情节具有发展的意义。

3.环境的虚拟

环境是童话形象及情节发展的空间载体。既然另两个因素具有夸张和荒诞性,那么在童话中环境也必须是虚拟的。除了童话形象生存的小环境是虚拟的,他们生活的大环境也是虚拟甚至淡化模糊的,如时代和社会背景等无需作交代,或者只说"很久很久以前",或者"有一天"。在成人文学中常见的大环境在此却成为了可有可无的符号。

（二）童话的隐喻和游戏精神

隐喻从本质上说是"联想式"的，它以实实在在的主体和它的比喻式的代用词之间的相似性为基础。皮亚杰认为，儿童的象征性游戏明显是一种隐喻，他们自言自语，"甚至能完成作为一个成年人的内部语言的功能"。它解决了"情感上的冲突，也可帮助对未满足的要求得到补偿，角色的颠倒和服从与权威的颠倒以及自我的解放与扩张等"①。可见，儿童的语言思维很多时候都带有隐喻性。同时，隐喻的表达常常是无意识的，而且隐喻的内容对成人来说较为简单。儿童的游戏是儿童心理和思维的最好表达，因为"社会适应的主要工具是语言，它不是由儿童所创造，而是通过现成的、强制的和集体的形式传递给他，但是这些形式不适合表达儿童的需要和儿童自己的生活经验。因此，儿童需要一种自我表达的工具……这就是作为象征性游戏的象征体系"②。于是儿童游戏与隐喻紧密联系起来。

童话实质上是一种纸质媒体的游戏方式，与儿童生活中的象征性游戏有本质相同之处。因此童话本身既是一种隐喻，又是一种游戏精神的体现。

1. 隐喻

童话在整体结构上构成隐喻，文本的深意隐藏在由各种意象和情节所组成的幻想空间中。但由于童话的作者为成人，其创作是理性、自觉的，因而文本隐喻是比儿童游戏更深层的内心表达。童话的隐喻分为两个方面。

第一，对儿童审美心理的隐喻，即对儿童思维的模拟表达。这种隐喻与儿童游戏的隐喻相似。童话作者作为儿童纸上游戏的组织者和代言人，必须吸取现实儿童的稚气、荒唐和大胆，如对快乐的追求、对复杂的成人世界的向往与反叛、对无法把握的现实的想象性驾驭等，这在童话中作为浅层隐喻随处可见。怀特《夏洛的网》中的女孩芬能听懂动物的谈话，她知道发生在小猪威伯身上的所有事。而小猪威伯与蜘蛛夏洛、老鼠谈波顿的生活世界与孩子的心灵世界如此相似，以至于让儿童倍感亲切。爱丽丝碰到神奇的药水，一种能变大，一种能缩小（《爱丽丝漫游奇境》），这些正是儿童心理在游戏中常表现出来的隐喻现象。还有玛丽·波平斯阿姨使孩子们生活在梦幻一般的世界，每天有无穷的快乐（《玛丽·波平斯阿姨》）；小飞人卡尔松的恶作剧让小家伙快乐得不愿上学（《屋顶上的小飞人》），可见快乐玩耍是儿童最渴望的行为。模拟儿童游戏，展示其中的隐喻特质是童话具有魅力的前提和基础。

第二，成人理性的隐喻。童话并非儿童生活游戏的翻版，它有自己的特殊功能，除了带给儿童快乐，还能帮助儿童成长以完成社会化的转变。但这种隐喻必须与儿童游戏相融合，在潜移默化中不露痕迹地完成，否则只能成为功利的教育工具。如《木偶奇遇记》中皮诺曹由调皮、爱说谎的孩子转变为真正的小男孩，是通过一连串奇遇来逐步显现的。"说谎鼻子就会长长"成为一种隐喻，包含着成人对儿童最基本的道德劝诫。

2. 游戏精神

童话既然是一种纸上的游戏，必然体现出对自由自在、无拘无束的游戏精神的追求和对

---

① 皮亚杰等：《儿童心理学》，吴福元译，商务印书馆1980年版，第46－47页。
② 皮亚杰等：《儿童心理学》，吴福元译，商务印书馆1980年版，第46－47页。

儿童本性"力"的张扬。海阔天空的幻想,对野性和狂放行为的向往崇拜,游戏中嬉戏、发泄的快乐都是童话中表现的内容。游戏精神在热闹派童话中表现得最为大胆充分,特别是当代童话已抛弃以往历史的重负,越来越关注儿童心理世界的需求和当代儿童的现实生活,因而张扬儿童的个性、满足儿童的自然天性成为了童话的首要审美功能。

从好孩子是听父母话、爱读书上学、不偷懒、能管住自己的好奇心的不调皮的孩子,到不愿长大不愿上学、爱搞恶作剧的孩子也不一定是坏孩子,成人作家观念的改变解除了儿童心灵上的太多禁锢,这才导致了游戏精神的彻底发挥。正是在这一前提下童话更显现并实现它的美育功能。

(三)童话语言的幽默本质和模糊特征

童话作品中的语言幽默和模糊性是和童话的幻想、隐喻特征直接相关的。

1. 幽默

幽默是人类对娱乐游戏的根本需求,具有相当的审美内涵。幽默对于童话比之成人文学更加不可缺少。美国心理学家乔罗姆·辛格等认为:"幽默作为人类一种特殊的认识活动,其萌芽自婴儿出生第二年起开始具备,从幼年起通过游戏培养婴儿的幽默感,对其日后的创造力的发展具有不可忽视的作用。"[①]儿童语言行为的幽默感与成人有很大不同,其言语真诚稚朴、情绪外露、思维简单,常是弱逻辑思维的自我表现,并不会拐弯抹角、有意地创造幽默。因此幽默的语言是每一个具有游戏精神的作者创作童话时的重要手段。这个通过叙事话语展示的游戏必须是简单、直接、新奇、多情绪化的且不必经过艰深的理解和逻辑推理的幽默表达。达尔的《女巫》中"我"的姥姥是位玩世、爱开玩笑的老太太,她对"我"讲述女巫伤害儿童的事时两人的对话:

"你想吸一口我的雪茄吗?""我只有七岁,姥姥。"

"我不管几岁,"她说,"抽雪茄不会得感冒。"

"第五个怎么样了,姥姥?"

"第五个",她像嚼好吃的笋那样嚼着雪茄头。

在给"我"洗澡后,两人又有一段对话:

"女巫为什么要有那么大的鼻孔呢?"我问道。

"为了嗅气味呀,"我姥姥说,"真实的女巫有最厉害的嗅觉能力。"

"她嗅不出我来,"我说,"我刚刚洗了澡。"

"噢,她能把你嗅出来,越干净女巫嗅起来气味越大。"……她说,"主要点在这里,如果你一星期不洗澡,皮肤上全是脏,臭气波显然就不那么强烈了。"

这里的姥姥——一个成人代表,却信口调侃,百无禁忌,使童话充满了幽默。这种创作上的无拘无束正是游戏精神导致幽默的体现。

2. 模糊性语言

传统童话与现当代童话都喜欢采用一种"模糊"的开头方式,"从前……""有一天……""很久很久以前……",即使不选用这样的语调,其他语词在功能上也与其如出一辙。这种

[①] 张锦江:《儿童文学评论》,新蕾出版社1987年版,第13页。

"模糊"主要表现在对时间、地点、年龄、数字等的描述上,如贝洛的童话《穿靴子的猫》的开头部分:

  从前有个磨粉匠,死后把家产留给了他的三个儿子。但他的全部家当,只是一个磨、一头驴和一只猫。

罗大里的《不肯长大的小泰莱莎》的开头部分:

  泰莱莎……和爸爸、妈妈、奶奶住在山上的一个乡村里,日子过得非常快活。一天,爆发战争,小泰莱莎的爸爸被抽去当了兵。结果,从那以后,爸爸再也没有回来过。

这些语言虚拟化了时间、地点以致没有人知道"那一天"的具体日期以及乡村、茅屋的具体位置,这使许多语句成为叙事学上所说的"不可信叙述"。这种叙述方式直接造成了语言的心理距离,而且也是形成童话幻想空间的必要的语言选择方式。模糊叙述使童话独立于现实生活,成为完完全全的纸上游戏。幻想在这个语言空间中发挥自如,丢弃了不必要的现实概念,沉浸在想象的游戏故事中,从而进入了由儿童的兴趣和能力形成的内部虚幻的世界。

二、童话的意义

童话在一个人的成长过程中起的作用是很长久的,很多人到了老年还依稀记得自己小时候读过的童话。对于儿童的健康成长,童话具有不可替代的重要意义,其主要表现在三个方面。

(一)满足了儿童心理发展的需要

儿童在心理上尚处于启蒙阶段,对外部世界有着严重的依赖。

童话就是儿童的梦,其作用是帮助儿童在想象中减轻困扰他们的无意识压力。童话的本质是幻想,是非现实的,是一个充满梦幻的仙境,是一个儿童的理想国。它为儿童提供了幻想的材料,同时以简单的语言,以生动、独特的人物形象和动物形象,以儿童的习惯思维,让他们能够轻松地理解和接受这种幻想。尽管是幻想,但儿童在阅读过程中的心理体验却是真实的。儿童非常投入地去阅读童话,常常把自己当作故事中的一员,有着极高程度的心理和情感参与。他们会为故事中的情节紧张得屏住呼吸,也会幸福、愉快地开怀大笑。儿童并没有刻意去区分童话中的幻想世界和现实世界,对他们来说世界是亦真亦幻的。正是这种亦真亦幻,正是这种非现实世界的惊险、刺激、痛苦、担忧、友谊、爱、快乐、幸福,成为了儿童心理发展中最不可缺少的内容,形成了与儿童心理无意识的良好对话,从而帮助儿童理解内心的矛盾和困惑,帮助他们释放内心深处的各种压力和紧张,帮助他们定义和理解社会现实,舒缓焦虑。同时,童话的结局一般都是圆满的,这种圆满的结局对儿童起到了心理慰藉的作用。

(二)培养儿童的想象力

想象是一种非常重要的能力,是儿童最宝贵的能力。童话集中了人类最神奇、最美好、最大胆的幻想,从一个侧面很好地展现了人类的想象力。《爱丽斯漫游奇境记》中神奇的可以变小的药水、《哈利·波特》里的霍克沃兹魔法学校等,无不反映了作家超乎寻常的想象力。在某种程度上,优秀的童话是人类想象力和创造力的体现。

尽管从总体上看,儿童具有天才般的幻想力,但每个儿童的想象力却是有差异的。通过阅读优秀的童话,儿童会体验到很多自身想象不到的奇妙、惊险的世界。这种超乎寻常的想象,为儿童打开了一个新的窗口、一个全新的世界,扩展了儿童的想象空间和想象主题,也激发了儿童的想象能力。在儿童的无意识和童话故事文本的交流和碰撞中,儿童的思维会受到潜移默化的影响,其想象力会在无形中得到提高。

(三)丰富儿童的审美体验,培养儿童的审美情趣

优秀的童话无论从哪方面看都是美的,其语言虽然简单平实,但极其优美。童话作家的语言要求甚至超过成人作品,因为儿童这个特殊的读者群体,要求作者必须用简单的语言去生动地叙事。这样的语言营造了一个优美的意境,如梦如诗。童话中塑造的种种美好的人物形象是经久不衰的,皮诺曹、小人鱼、爱丽丝等形象已经远远超出了儿童的范畴,成为整个人类世界共同拥有的文化符号。

优秀的童话会在无形之中滋润儿童的心灵,培养儿童的审美情趣,让儿童在愉快的阅读中潜移默化地感受生活的真善美。没有童话的生活,对于儿童来说将是灰色的、单调的和无趣的。有些教育工作者和家长特别强调童话的教育功能,总希望儿童通过阅读童话,学到更多的知识,明白更深刻的道理,并试图引导孩子从充满情趣的故事中发掘、提炼和升华更丰富的内涵,但往往适得其反。其实童话的意义之一在于审美,其他的很多教育价值是附着其上的,不是刻意追求的,却在潜移默化中得到了。让儿童从童话中感受到美,感受到阅读的快乐,感受到生活的快乐,这本身就是儿童文学最重要的目的。

第三节 童话的艺术表现手法

艺术幻想是童话的核心和灵魂,这种艺术幻想主要通过拟人、夸张、象征等艺术手法表现出来,这些手段和方法构成了童话基本的艺术元素,在童话中,它们都有特定的表现方式和规定性。

一、拟人

也称人格化,是指赋予人类以外的种种事物以人的思想感情。拟人手法的运用使童话形象既具备了人的特点,又保留了它作为物的某些基本属性,使童话形象具有了亦真亦幻的美感。人性与物性的和谐统一不仅吸引着读者的阅读注意,而且也让读者从中体味到作品的艺术内涵。拟人手法的运用不能只考虑所拟之物原来的特性,更要考虑到物与人、物与物之间的原有关系。比如,我们可以写兔子智斗狮子,但不能违反狮子、兔子之间的自然关系而让兔子吃掉狮子。

拟人与儿童的"泛灵"心理和情感有深刻的联系和契合,拟人童话形象天然地被儿童接受、认可和喜爱。通常以拟人形象为主人公的童话叫拟人童话,中国童话作家孙幼军擅长运用拟人手法,他的代表作如《小布头奇遇记》《小贝流浪记》《小狗的小房子》都是拟人童话。英国作家米尔恩赋予玩具熊"菩"幼童的性格与动物熊的物性,让这一拟人形象具有稚拙的童心美,《小熊温尼·菩》因此成为世界著名的幼儿童话。

二、夸张

是指借助奇妙的想象，将描写对象的某种特点进行扩大或缩小，从而突出其本质特征，增强艺术效果。就整个文学艺术而言，夸张是一种艺术手法，但童话的夸张别具一格。其他文体的夸张通常建立在部分真实的基础上，有一定的限度，不会离真实性太远，而童话的夸张则可以突破时空的限制，是一种强烈、极度的夸大。例如，安徒生的《拇指姑娘》中的主人公拇指姑娘，还没有人的大拇指的一半长，她的摇篮是一个漂亮的胡桃壳，被单是玫瑰的花瓣。安徒生正是借助夸张手法把拇指姑娘娇小、可爱的特征予以强调突出，使读者获得鲜明、生动的印象。

童话的夸张往往是极度、强烈的，这样的夸张可以造成浓烈的童话氛围和童话趣味。英国作家罗尔德·达尔擅长运用夸张，令童话的想象离奇大胆，儿童阅读他的《好心眼儿巨人》《女巫》等作品能获得充分的幻想快感。

三、象征

是指借助某一具体事物把某种抽象的概念、思想或情感形象可感地表现出来的艺术手法。象征手法凭借的是象征物与被象征物之间的某种类似或联系，它是童话把幻想与现实结合起来的中介之一，也是童话创造某一类型形象的常用方法。例如，俄罗斯儿童文学作家阿·托尔斯泰的童话《大萝卜》中的小耗子，就是许多人共同完成某件事物时不可忽视的微薄力量的象征；安徒生童话《皇帝的新装》中的皇帝是贪婪、愚蠢而自负的象征。

在童话中，象征手法有普遍的运用，既有局部的象征，也有整体的象征。《青鸟》是一部象征主义童话剧，剧作完全以象征为依托，青鸟象征幸福，主人公拜访"记忆之土""夜宫""幸福园""墓地""未来之国"找寻青鸟，象征人类获得幸福的可能途径。作品还以拟人形象直接象征了吃喝玩乐等享乐派的假幸福，儿童、健康、空气、亲人、蓝天、森林、日出、春天等真幸福，还有公正、善良、思想、理解、审美、爱、母性等快乐。从整体到局部，作者将象征手法运用到极致，令诗意的想象和深邃的哲理在作品中达到了完美的统一。

四、变形

变形通常指人物或事物的外形或性质发生明显而迅速、超自然的变化。在童话中，变形能造成强烈的幻想效果，不仅古典的神魔童话经常使用，在现代魔幻童话中也十分常见。比如安徒生的《野天鹅》，艾丽莎的哥哥们被继母变成了野天鹅，只有夜里才可以恢复人形。为解除变形的魔法，依照仙女的指点，艾丽莎一直采摘荨麻编织麻衣并保持沉默。她当上了王后，却被诬陷为女巫。在她被施以火刑的最后关头，她将麻衣抛向了飞过她头顶的野天鹅。因为最后一件衣服的衣袖没有完成，她最小的哥哥恢复人形却留下了一只天鹅的翅膀。

童话中变形有部分变形、全部变形两种。《木偶奇遇记》中，皮诺曹因说谎而鼻子变长；《爱丽丝漫游奇境》中，爱丽丝喝了饮料、吃了蛋糕，身子突然变大、缩小，这些都是局部的变形。而格林童话中，青蛙变成王子（《青蛙王子》）、王子变成小鹿（《小弟弟和小姐姐》）则是全部变形。童话中的大部分变形是由外力促成，如中魔法或食用饮用有魔力的食品饮品，小部分神魔人物的变形是自我变形。比如美国作家鲍姆《奥茨国的魔法师》中的奥茨在作品中就多次变形，变成老头、美妇、怪兽，还变成一个丑陋的大头颅等。

五、魔法

魔法通常指童话中超人类童话形象所施展的法术。童话中有一些人物，主要是神魔仙妖，具有超人的神奇能力，能制造超自然奇迹。他们施展魔法，会对童话主人公的命运产生决定性影响，在童话情节的展开上有特别的意义。变形往往与魔法有关，魔法却不只是变形的一种。《海的女儿》里，海巫婆施用魔法将小人鱼的尾巴变成人类的双腿；《灰姑娘》中，魔法将南瓜变成马车、老鼠变成车夫，这些给小朋友留下了特别神奇的印象。

而魔法本身没有善恶的性质，但掌握魔法的神魔人物有善恶之分，形成正邪两派势力进行魔法的较量，让童话幻想性更有充分的展示和体现，《哈利·波特》系列就有许多精彩的场面。神魔人物经常会针对不同善恶行为施展不同的魔法，形成强烈的戏剧效果。贝洛童话《仙女》中的仙女奖赏勤劳善良的妹妹，让她每说一句话就吐出一颗宝石或一朵玫瑰花，惩罚懒惰、傲慢的姐姐，让她每说一句话就吐出一只癞蛤蟆或一条毒蛇。这样的情节在许多童话中都可以见到。

魔法有时通过咒语、口诀实施，有时通过魔棒、宝物等工具施展。古怪奇特的咒语比如"芝麻开门"能给童话增添滑稽和幽默的趣味。有的魔法却包含复杂离奇的环节，比如《女巫》里，女巫要制一种药水把全世界的孩子变成老鼠，整个过程还要炼制，还要开年会研究，最后的药水有一种难闻的气味。对魔法的诸如此类的惊险描绘，增强了魔法非常态的奇异功能，扩大了它的幻想效果。

六、宝物

童话中经常出现能够创造惊人奇迹的宝物。童话中经常有主人公因获得宝物而拥有奇特的遭遇和命运的故事。民间童话有"寻宝""得宝""宝物失灵"等多种类型，无不与宝物有关。其他的"两兄弟分家型""两伙伴出门型"童话也常常牵涉到宝物的归属和使用问题。

宝物往往都是日常生活中常见的器物，如镜子、宝盆、神灯、葫芦、梳子等。格林童话中的《会开饭的桌子，会吐金子的驴子和自己会从袋子里出来的小棍子》描写了三件宝物，分别是桌子、驴子和棍子。童话中的宝物虽然具有平凡物品的外表和自然功能，却同时具备令人意想不到的神奇功效。比如，《打火匣》中的打火匣，打火时能招来三条有神奇本领的大狗；《七色花》中的七色花，一片花瓣能满足一个超常的心愿；《野葡萄》中的野葡萄，吃了能让失明的人重见光明。

童话中的宝物并非完全是神魔人物施展魔法的法宝，它是独立的存在，凭借咒语或特定的方法使用，可以转移。许多民间童话中，会让宝物因拥有人的秉性以及宝物不同的来源发挥和产生完全不同的作用，潜在地遵守和表达童话的正义原则。创作童话通常也沿袭着这一宝物规则。许多宝物具有思想、情感、意志和行动能力，这样的宝物被视为宝物形象。比如张士杰搜集整理的民间童话《鱼盆》中的鱼盆，就是典型的宝物形象。

七、幻境

童话幻境在作家创作的文学童话中更为常见。"兔子洞中的地心花园"（《爱丽丝漫游奇境记》）、"永无乡"（《彼得·潘》）、"奥茨国"（《奥茨国的魔法师》）、"下次开船港"（《下次开船港》）等都是充满童话意味的幻想国度。

作家设置特定的童话幻境作为童话人物活动的环境，除了渲染童话气氛和制造幻想效果外,应该还有体现幻想逻辑、实现童话人物故事环境统一的考虑,因为特别的环境中,一切在现实世界中的不可思议都变成了情理之中。

幻境一般具有离奇、怪异、好玩、有趣等特点,有的部分或全部反映儿童的心理和情感,在很大程度上满足他们的幻想和想象,如"巧克力工厂"(《查理和巧克力工厂》)、"霍格沃兹魔法学校"(《哈利·波特》);有的幻境则同时具有某种象征性,如"永无乡"象征人类对幸福的探寻;还有一些幻境具有浓重的讽刺意味,比如罗大里的童话《假话国历险记》中的"假话国"、艾克絮佩里《小王子》中的"点灯人星""地理学家星""国王星"等。

设置幻境的童话作者似乎承认幻境的假定性、虚拟性以及它们和现实世界的对立与共存,作品的主人公进入幻境都有特定的条件和途径,通常是做梦,或有非常的事件发生,或经过特殊的通道,比如一扇门、一座桥、一个洞口、一个站台,等等,并且有回到现实世界的情节安排。

总之,拟人、夸张、象征、变形、魔法、宝物、幻境是童话基本的幻想手段,但也要注意一篇童话往往需要综合运用多种幻想手段,才能达到理想的幻想效果。传统童话一般会对童话形象作拟人体、超人体、常人体的区分,但在现代童话中这些形象也越来越趋向综合,比如哈利·波特是常人和超人体的结合,伏地魔似乎是超人和拟人的重叠。随着童话艺术的发展,不仅上述主要从民间童话中继承的幻想手段会被更充分地运用,可能还有更多的幻想手段被创造性发现和使用。

第四节 童话的阅读活动设计

一、童话阅读活动的主体设计

由于篇幅的原因,大部分作品都经过了编写者的改写,舍弃了原作本来具有的许多精彩细节,但童话最根本的特征——幻想特征在作品中还是保留了下来。童话阅读活动需要建立在幻想的基础上,以实现与其他叙事文学作品的区分。建议从以下四个方面考虑童话阅读活动的主体设计。

第一,幻想的手法。童话的幻想性主要通过夸张、拟人、象征、变形、魔法、宝物等幻想手法实现,可以针对作品的幻想手法鉴赏童话的幻想艺术特征,突出童话阅读活动的重点。

第二,幻想形象。传统童话中的人物主要有拟人、超人、常人三种,各类形象都有特定的幻想艺术内涵和品质,可以引导儿童理解、把握和欣赏。

第三,幻想故事。神奇瑰丽的幻想是童话最精彩、最有魅力的艺术构成,应引导儿童充分领略和体会。

第四,幻想细节与幻想趣味。童话往往有绝妙的幻想细节,蕴含着浓郁的幻想趣味,捕捉并深入品味童话的幻想细节,能让儿童对童话幻想艺术有更深刻的领悟和评价能力。

二、童话阅读的基本活动

童话阅读中的一些基本活动,与叙事文学阅读活动形式并没有本质的差异,但活动内容会因为童话的幻想特质有所不同。童话阅读基本活动包括以下内容。

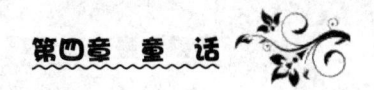

1. 作者与写作背景

富有想象力和童心是童话作家共有的特殊艺术气质,但他们的创作会因个人生活和性格、写作风格和审美趣味的不同而呈现明显的差异,了解童话作家以及作品的创作经过能让儿童获得对作品独特的观察角度,最终做出对作品理解和客观的评价。

2. 作品幻想性的分析和讨论

童话作品的文本分析应该着重童话幻想性在人物、情节、环境等叙事文学要素上的反映和体现,关注童话如何通过幻想手段实现对现实生活的表现、审视和评价,以突出童话阅读活动的特殊性。

3. 阅读经验的整合

童话特别是民间童话和古典童话经常会呈现类型化的特征,在童话阅读活动中应该注意引导儿童整合过往童话阅读经验,进行故事类型的比较和归纳,培养、提升儿童对童话艺术的审美鉴赏能力。

4. 多角度改编

童话的幻想趣味及情节的离奇曲折会吸引儿童积极参与故事情节的预测、证实、补充、修改,通过激发儿童的想象力和创作冲动,在各个年龄段,都能顺利地开展编故事的练习,应寻找特别的角度,变换各种形式,激活儿童的创编兴趣,让儿童获得信心,对将来的写作水平的提高也是一种前期的锻炼。

5. 戏剧表演

带有幻想性的童话对儿童有天然的吸引力,各个年龄段的儿童都会对童话的内容进行戏剧表演有强烈的兴趣,在复述甚至自编台词的过程中,儿童可以完成对童话角色的分析和体验,进而深入理解童话作品的内容与表现艺术。

6. 幻想情境绘画

童话作品的奇异幻境和奇妙幻想让人着迷,各个年龄段的儿童,特别是大中班儿童愿意以情境(情景)绘画的方式再现作品,这些绘画将包含他们对作品的理解和想象,令他们对作品更加投入并有独特的个人化的体验和认识。

童话作品的阅读活动相对于其他文学体式通常更为丰富、更能获得审美的效果,在实际阅读活动中,应注意活动的选择和控制,不要让活动占据太多的空间。

苏联作家卡达耶夫创作的《七色花》是一篇经过删改后适合学前儿童阅读的作品。这篇作品主要特点有:

(1)反映儿童生活和心理,有饱满、生动的儿童情趣;

(2)运用民间童话魔法、宝物等传统幻想手法,赋予其新的教育内涵和意义;

(3)童话结构重复中有丰富的变化,有曲折的故事性;

(4)在童话中引入供儿童传唱的歌谣,增加作品的游戏感和趣味感。

《七色花》阅读的主体设计可以围绕童话宝物七色花的七个花瓣满足珍妮的七个愿望这一幻想故事线索建构,同时注意引导儿童关注作品的细节(比如花瓣的颜色),特别是童话主人公珍妮的语言、动作、心理活动(原作中的描写非常生动、细致)。阅读中还应重点指引儿童理解珍妮用最后一片宝贵的青色花瓣将残疾儿童威嘉变成健全儿童这一行动的意义。

在阅读活动方面,针对儿童的兴趣和阅读心理,以"假如我也有一朵神奇的七色花"让学生展开想象、重构童话情节可能会获得理想的阅读效果。安排儿童进行"你在童话中看到过哪些宝物?"的讨论,既可唤起他们童话阅读的记忆也可引发他们新的阅读行动,其他想象绘画、戏剧表演等都能够活跃阅读气氛,帮助学生更好地欣赏作品。

《七色花》原作虽然长,但内容与儿童生活结合紧密,故事紧凑,语言活泼,安排儿童延伸阅读一般不会有困难。

连续阅读可以选择风格相近的童话作品《雨滴项链》(艾肯),儿童可以在作品比较和整合中领略这类现代儿童生活背景下的宝物型童话特有的奇幻、温和、清新而美好的艺术品质。

第五节 童话和寓言

一、寓言概说

寓言,顾名思义,就是寓意于言。"寓"是寄托之意,寓言,就是寄之言。寓言作者把要说明的某个道理或哲理寄托在一个短小的虚构的故事中,或对某些社会现象做某种批评,或对某一阶级、某一个人有所讽刺,或从中获得教训,或进行某种善意的劝诫。寓言必须有故事和较深刻的道理,寓言故事包含的道理称寓意。

寓言最初是民间流传的口头文学,是世界上最古老的文学体裁之一,与童话同源同根。古希腊、古印度、中国是世界寓言文学的三大发祥地。

古希腊寓言是西方寓言的源头,《伊索寓言》被誉为西方寓言的鼻祖,它是由后人搜集整理的民间流传的古希腊寓言的汇编,归于公元前7世纪的伊索名下。《伊索寓言》的内容涉及社会、人生、道德、伦理等各个方面,反映出许多事物的规律,体现了古希腊人民的聪明智慧,是世界民间文学的精华。如我们熟知的《狼和小羊》《狐狸和葡萄》《乌龟和兔子》《农夫和蛇》等。古希腊寓言之后,西方寓言发展史上产生了几位重要作家。如17世纪法国的拉封丹(《寓言诗》)、18世纪德国的莱辛《寓言三卷集》、19世纪俄国的克雷洛夫(诗体写就的寓言)等都是世界级的寓言大家。

古印度寓言是世界上最古老的寓言之一,对于世界寓言的发展起到了重要影响。古印度寓言主要收集或改编在《五卷书》和一些佛经中,如《佛本生故事》《百喻经》等。随着佛教传入中国和东南亚各国以及欧洲,这些寓言对世界寓言的发展产生了巨大的影响。

中国古代寓言源远流长,其发展先后经历了先秦的说理寓言、两汉的劝诫寓言、魏晋南北朝的嘲讽寓言、唐宋的讽刺寓言和明清的诙谐寓言五个阶段。至今大量的寓言成为成语,如《望洋兴叹》《杞人忧天》《南辕北辙》《买椟还珠》(多为诸子散文)。中国现代寓言是在广泛吸收我国古代传统寓言和欧洲寓言等的营养后而形成的一种新的寓言。

二、寓言的特征

寓言有两大要素,一是故事性,二是寄托性。这两大要素形成了寓言的双重结构,其表层结构是一个故事,我们称之为"寓体",其深层结构是作者所寄托的一种思想观念,我们称之为"寓意",两者是水乳交融地结合在一起的。具体地说,寓言的特征包括以下三个方面。

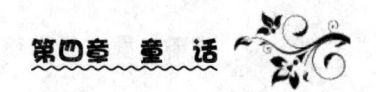

(一)明确的寓意

寓意是寓言的灵魂,故事是寓言的血肉,寓言的教训或哲理渗透在故事中。寓言的寓意一般可以分为两种类型,一种是经验教训型,这类寓言主要涉及工作学习的经验,反映为人处世、交友等方面的经验教训,体现作者对生活的思考和认识,而且常常表现出对事物本质和规律的认识,蕴含着深邃的生活哲理,闪烁着人类理性智慧的光辉。另一种是讽刺型,包括揭露和抨击统治阶级的强权、残酷、腐朽和不合理的社会现象,嘲笑人们的某些愚蠢行为和批判人们思想性格中的弱点和缺陷,如《狼和小羊》、莱辛的《水蛇》等。

(二)比喻的手法

寓言是比喻的艺术,是借助设譬立喻的艺术手法来表达寓意的。一般寓言比喻的特点是通过拟人、夸张、象征等多种艺术手法来表现的,主要有两种:一种采用拟人手法,多以动物和植物等为主人公,并与现实拉开一定距离,其目的是影射现实生活中的人和事;另一种采用夸张手法,多以历史人物或虚拟人物为主人公,这样的比喻很容易与现实的人或事直接对应。

(三)结构简单,语言精练

寓言故事是为阐明寓意服务的,故事要紧紧围绕着寓意进行,故事单一,结构紧凑,往往只选取一个生活小片段、小场面或一小段对话,不展开故事情节,不生枝蔓,不对故事前因后果做详细描述,不设悬念,也并不注重对细节的描写,语言简洁而犀利、辛辣而明快,能够把睿智而深邃的思想表达出来,能做到说明道理或讽刺对象都一针见血,击中要害,充满人生智慧。

三、寓言和童话的异同

寓言和童话都起源于民间,受神话、传说的直接影响,从内容到形式都有许多相似之处,如都比较广泛地采用拟人、夸张等艺术表现手法,具有较强的虚拟性,都蕴含一定的人生哲理,并通过拟人、夸张、象征等手法来表现。这使得寓言和童话有时很难截然分开,而有些篇幅稍长、情节完整、人物性格较为丰满的寓言也可看做是一篇短小的童话,如金近的《小猫钓鱼》、彭文席的《小马过河》等。然而,仔细比较寓言与童话这两种各自成熟完备的文体,两者的区别也是显而易见的。一般说来,它们有以下四点区别。

首先,从篇幅上看,寓言结构简单,篇幅短小,语言凝练、老到、机智、幽默,通常只有几十字、几百字;而童话的情节比寓言更曲折丰富,更多变化,更生动有趣,结构也更复杂,篇幅相对较长,有的甚至是中篇或长篇作品,结构也更曲折复杂,语言活泼、生动,有美感,更注重人物的刻画和细节的描写。

其次,从幻想方式上看,寓言和童话都有幻想的内容。但童话的幻想来源于生活,幻想要尊重童话的逻辑,要求真实与幻想的结合要自然和谐,这是符合儿童爱幻想心理状态的;而寓言则是以表达某一寓意为目的,在幻想上更多着眼于幻想事物和现实事物之间的某一相同之处,可以专注一点,而不必面面俱到,因此幻想的程度比较浅。比如童话的幻想强调人性和物性的统一,如小山羊爱吃草,小猫爱吃鱼,小兔跳着走等;而寓言则不那么严格,寓言重视的是对现实的讽喻和影射,因而多着眼于在现实事物中找到相通之处,并不拘泥于自然逻辑,可以突破"物"性的限制,不注重故事本身的合理性,如狐狸本来是肉食动物,而《狐狸和葡萄》中的狐狸却改变了原有的习性,想吃葡萄。这则寓言借助狐狸的故事,目的是讽刺生活中那些没有力量,不能做成事情而自欺欺人的人。寓言赋予狐狸以人性,却违反了狐狸的物性,这在传统童话中是不成立的。

再次,从象征性上看,寓言习惯用概括性的语言将寓意点明,训诫意味比较浓重。寓意是寓言的灵魂,假设故事一定要围绕寓意展开,有的寓言直截了当地用概括性语言揭示出要表达的寓意;而童话通常重在故事本身,不一定有很深的含义在其中或者教训的意味不那么强,教育意义往往寓于整个故事之中,不直接点明,甚至如《爱丽斯漫游奇境记》《小意达的花儿》这样的童话,是"无意思之意思",只是讲一个有趣的故事而已。

最后,在塑造艺术形象上,寓言因故事比较简单,一般没有完整的故事情节,也不要求塑造性格鲜明的拟人化形象;而童话的故事性强,情节曲折有趣,在人物形象的塑造上则有较高的要求,重在刻画形象,无论常人体形象、拟人体形象还是超人体形象都要有鲜明的性格特征。

值得注意的是,从对象上看,寓言并非主要为儿童创作,虽然它常被归入儿童文学的一类,其内容也许并不一定适合儿童阅读,其寓意儿童也不一定能理解;而童话主要是成人为儿童创作的(民间童话也多流传在大人对孩子的讲述中),因此故事内容比较符合儿童的阅读兴趣和欣赏水平。

四、怎样为儿童改写寓言

寓言本不适合儿童欣赏,但是寓言的意义对教育儿童有益处。寓言的故事部分儿童又很喜欢,所以,可将修改后的寓言介绍给儿童。怎样修改寓言?可从以下三点入手。

(一)塑造丰满的形象

根据幼儿喜欢听形象丰满的故事的特点,重点改动寓言人物形象不细致的内容,使改写后寓言人物形象丰满起来,增加使人物富于个性的语言和动作。比如《兔子和乌龟》的改写,《伊索寓言》中的《兔子和乌龟》这样开头:

有一天,兔子笑乌龟走路走得慢,夸耀自己跑得快。乌龟听了,一点也不生气,笑着说:"我们跑个五里地比一比,怎么样?"兔子同意了。

修改后的《兔子和乌龟》这样开头:

兔子长了四条腿,一蹦一跳,跑得可快啦。

乌龟也长了四条腿,爬呀,爬呀,爬得真慢。

有一天,兔子碰见乌龟,笑眯眯地说:"乌龟,乌龟,咱们来赛跑,好吗?"乌龟知道兔子在开他玩笑,瞪着一双小眼睛,不理也不睬。兔子知道乌龟不敢跟他赛跑,乐得摆着耳朵直蹦跳,还编了一支山歌笑话他:

乌龟,乌龟,爬爬,

一早出门采花;

乌龟,乌龟,走走,

傍晚还在门口。

乌龟生气了,说:"兔子,兔子,你别神灵活现的,咱们就来赛跑!"

"什么,什么?乌龟,你说什么?"

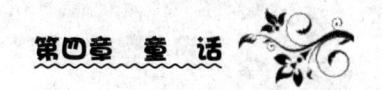

"咱们这就来赛跑。"

改写后的形象生动、丰满多了，兔子灵活、骄傲，乌龟的沉着、谦虚都跃然纸上。

(二)扩展情节

幼儿喜欢生动的情节内容，篇幅短小，情节简单，因此，改写寓言就要扩展情节，使情节变得比原来生动曲折。扩展情节可以采用增添形象、增加情节、重复情节等方法。

增添形象，比如幼儿熟悉的《龟兔赛跑》是根据伊索的《兔子和乌龟》改写的，改写时增加了一些小动物形象。在比赛结束后，小猴子给乌龟献上美丽的花环，烘托了气氛，渲染了主题。

增加情节，幼儿听故事喜欢有头有尾，没有结果的故事很难引起他们的兴趣。比如，克雷洛夫的寓言《天鹅、梭子鱼和虾》的情节是：天鹅、梭子鱼和虾一起拉车，它们一个往天上拽，一个向后拖，一个朝池塘里拉，结果车仍然停留在原地。改写后的《天鹅、梭子鱼和虾》增加了一个很好的结尾：一只猴子正好路过这里，它听了天鹅、梭子鱼和虾的相互抱怨后，指出它们的错误，并建议它们都朝一个方向拉车，于是，车子很快从泥坑里拉出来了。

重复情节可以强化情节，便于幼儿记忆，是幼儿故事中经常使用的手法。改写寓言可以适当地重复情节，在重复情节时还可以增添一些新内容，增加故事的趣味性。如改写后的《小羊和小狼》，小羊的哭重复了四次，每一次重复就引出一个动物来帮助它。这种反复递进式的情节很容易激发幼儿听故事的兴趣。

(三)改用浅显、生动的语言

寓言的语言与儿童有距离。要使寓言成为儿童喜欢的故事，语言一定要是儿童易于理解、便于接受的，语言要求浅显、生动。

例如《蝙蝠与两只黄鼠狼》的一段改写，原文：

蝙蝠冒冒失失地闯进一只黄鼠狼的窝里。这黄鼠狼和老鼠原来就是世敌。她一见她进来，就奔过去想把她吞下肚去。"怎么，"她说，"既然你的同族都想伤害我，你竟还敢出现在我的眼前？你不是老鼠吗？用不着假话连篇，没错，你就是老鼠，要不我就不算黄鼠狼。""请原谅我。"那可怜的家伙说："这可不是我的身份，我是老鼠？坏家伙才对你这样讲，多谢造物主，我是鸟，要不信请看我的翅膀。凌空翱翔的种族万岁！"她的理由既充分又中肯，说得又那样合情又合理，人家竟让她自由地离开那里。……

改写后：

一次，蝙蝠在空中飞着飞着，它饿了，看见地面上有个漂亮的房子，冒失的蝙蝠便一头闯入一只黄鼠狼的窝里。这只警醒的母黄鼠狼是老鼠的天敌，她正准备把他当成老鼠一口吞下去，"好啊，你胆子还真不小，"她说道，"我早就受不了你们老鼠偷偷摸摸的行径了，现在，你竟敢溜到我的跟前来？你敢说你不是啃噬每个家室，专门传播瘟疫的老鼠吗？哼，你要不是老鼠，我就不是黄鼠狼。"

"请原谅，"蝙蝠说，"我根本不是什么老鼠。笑话！我是一只老鼠！谁告诉你这个天大的谎言？夫人，我是一只鸟，要是你怀疑的话，只要看看我的翅膀，我是会飞翔的。老鼠能飞吗？"他的话很有道理，于是，黄鼠狼把蝙蝠给放了。……

(四)更换主题

有些原作主题不易为幼儿理解与接受,改写时应加以变动。还有为成人创作的寓言,寓意往往独立于情节之外,改写时应将寓意淹没在情节中,主要给孩子们一个生动有趣的故事,有些寓意等幼儿长大了自然就会懂得。

第六节 童话的改编

童话故事的改编,是指从其他文学材料中选择适合儿童阅读的进行改编。改编时应注意以下三点。

一、主题明确

给儿童改编的童话作品,其主题应简化、单纯、明确。有些原作的童话,由于主题深刻或隐晦或多义,或因为其他种种原因,儿童在欣赏中难以理解。如果将其改编,就应将深刻、含蓄的主题趋于简单、明了,有的须对主题做一些更换,如王尔德的《巨人的花园》原作中有一些宗教的内涵,改编时,应淡化或去掉其宗教内涵。又如《列那狐的故事》是中世纪法国市民阶层的讽刺文学,通过对动物生活的形象描绘,反映了中世纪各阶层的矛盾,以及统治阶级的肮脏腐朽。而为儿童改编的《狐狸列那狐的故事》则摒弃了原来的主题,确立了能为儿童接受的单一、明确的主题,成为突出狐狸列那狐聪明与狡猾个性的故事。

二、脉络清楚

给儿童改编后的童话作品,应该条理分明,脉络清楚。事件的逻辑关系要简单,结构单纯紧凑,篇幅要短。开头开门见山,使人物尽快出场,迅速入题。尤其是适合幼儿接受的童话,过多的枝节会使叙述断断续续,幼儿难以领会把握。比如,包蕾利用《西游记》中猪八戒、孙悟空等形象为大龄儿童创作了系列童话《猪八戒新传》,其中的《猪八戒吃西瓜》在描写八戒贪馋捧着一块块西瓜大嚼时被行者看见,这时穿插了行者的几段心理活动,既点明八戒不该贪吃忘却师父师兄弟,又突出他的可笑。而改编给幼儿看的《猪八戒吃西瓜》则删去了这些描写,将猪八戒边吃边说的动作连到了一起,这样,缩短了篇幅,增强了动作性,突出了重点,主线清晰,幼儿乐于听赏。

做到脉络清晰还要注意作品的结构,要将原作中不适合幼儿的结构方式尽量改得单纯、紧凑。对于较长的故事,可以从中选取若干个小故事来改写,也可以将长故事改成系列故事。此外,改编作品的开头应开门见山,让人物尽快出场,进入正题。例如《白雪公主》原文这样开头:

> 冬天,雪花像羽毛一样从天上落下来。一个王后坐在乌木框子窗边缝衣服。她一面缝衣服,一面抬头看看雪,缝针就把指头戳破了,流出血来,有三滴血滴到雪上。鲜红的血衬着白雪,非常美丽,于是她想:"我希望有一个孩子,皮肤白里泛红,头发像这乌木框子一样黑。"不久,她生了一个女孩,皮肤像雪那么白净,嘴唇像血那么鲜红,头发像乌木那么黑,她给她取了一个名字,叫"白雪公主"。

改写后的《白雪公主》这样开头:

> 从前有一位王后,生了一个女儿,她的皮肤像雪一样白,王后就给她取了个漂

亮的名字叫白雪公主。

原文的语言优美,但过多的静态描写会使幼儿不耐烦,改写后的开头简洁,迅速入题,符合幼儿的阅读心理。

三、语言生动

儿童,尤其是幼儿,语言能力发展有限,思维是具体、形象的,改编后的童话作品,语言要适合儿童听赏,要更换掉儿童不理解的词语,使语言生动、浅显、有趣。即使外国作品,也一定要转化为我国儿童能理解、接受的语言。

下面以《丑小鸭》开头为例,比较原文和改编后的作品。

原文:

乡下真是非常美丽。这正是夏天!小麦是金黄的,燕麦是绿油油的。干草在绿色的牧场上堆成垛,鹳鸟用它又长又红的腿子在散着步,啰嗦地讲着埃及话。(注:因为据丹麦的民间传说,鹳鸟是从埃及飞来的。)这是它从妈妈那儿学到的一种语言。田野和牧场的周围有些大森林,森林里有些很深的池塘。的确,乡间是非常美丽的,太阳光正照着一幢老式的房子,它周围流着几条很深的小溪。从墙角那儿一直到水里,全盖满了牛蒡的大叶子。最大的叶子长得非常高,小孩子简直可以直着腰站在下面,像在最浓密的森林里一样,这儿也是很荒凉的。这儿有一只母鸭坐在窠里,她得把她的几个小鸭都孵出来,不过这时她已经累坏了,很少有客人来看她。别的鸭子都愿意在溪流里游来游去,而不愿意跑到牛蒡下面来和她聊天。

最后,那些鸭蛋一个接着一个地崩开了。"劈!劈!"蛋壳响起来。所有的蛋黄现在都变成了小动物,他们把小头都伸出来。

"嘎!嘎!"母鸭说。他们也就跟着嘎嘎地大声叫起来。他们在绿叶子下面向四周看。妈妈让他们尽量地东张西望,因为绿色对他们的眼睛是有好处的。

"这个世界真够大!"这些年轻的小家伙说。的确,比起他们在蛋壳里的时候,他们现在的天地真是大不相同了。

"你们以为这就是整个世界!"妈妈说,"这地方伸展到花园的另一边,一直伸展到牧师的田里去,才远呢!连我自己都没有去过!我想你们都在这儿吧?"她站起来。"没有,我还没有把你们都生出来呢!这只顶大的蛋还躺着没有动静。它还得躺多久呢?我真是有些烦了。"于是她又坐下来。"唔,情形怎样?"一只来拜访她的老鸭子问。

"这个蛋费的时间真久!"坐着的母鸭说,"它老是不裂开。请你看看别的吧。他们真是一些最逗人爱的小鸭儿!都像他们的爸爸——这个坏东西从来没有来看过我一次!"

"让我瞧瞧这个老是不裂开的蛋吧,"这位年老的客人说,"请相信我,这是一只鸡的蛋。有一次我也同样受过骗,你知道,那些小家伙不知道给了我多少麻烦和苦恼,因为他们都不敢下水。我简直没有办法叫他们在水里试一试。我好说歹说,一点用也没有!让我来瞧瞧这只蛋吧。哎呀!这是一只吐绶鸡的蛋!让他躺着吧,你尽管叫别的孩子去游泳好了。"

"我还是在它上面多坐一会儿吧,"鸭妈妈说,"我已经坐了这么久,就是再坐他一个星期也没有关系。"

"那么就请便吧,"老鸭子说。于是她就告辞了。

最后这只大蛋裂开了。"劈!劈!"新生的这个小家伙叫着向外面爬。他又大又丑。鸭妈妈把他瞧了一眼。"这个小鸭子大得怕人,"她说,"别的没有一个像他,但是他一点也不像小吐绶鸡!好吧,我们马上就来试试看吧。他得到水里去,我踢也要把他踢下水去。"……

改编后:

一个夏天,迟迟未裂开的蛋终于裂开了,呀!一只又大又丑的鸭子,鸭妈妈带他到水里,他的腿划得很灵活,浮得很稳!鸭妈妈确信他是自己的亲生孩子!也觉得他并不是很丑。

鸭妈妈把他们领到养鸡场里。别的鸭子响亮地说丑小鸭太丑了,还飞过去啄他。鸭妈妈出来保护他,说他虽然丑但并不伤害谁,可是那些鸭子依旧觉得他的长相该挨打,连最有声望的老母鸭也觉得能把他再孵一次就好了。鸭妈妈维护着自己的孩子说,他不好看,但脾气非常好,游水也很好,并不比别人差,也许慢慢他会变漂亮的,而且他是只公鸭,关系也不大,身体很结实,将来总会自己找到出路的。得到老母鸭允许后,他们自由活动就像在自己家里一样。因为小鸭太丑了,无论是在鸭群还是鸡群都到处挨打,被排挤,被讥笑,而且情况一天比一天糟,连他自己的兄弟姊妹和亲妈妈也对他生气起来。鸭儿们啄他,小鸡打他,喂鸡鸭的那个女佣人用脚来踢他。

于是他离家出走了,灌木林里小鸟一见到他,就惊慌地飞走了;沼泽地里野鸭们不允许他跟他们族里任何鸭子结婚;飞来的两只公雁嘲笑地叫他到母雁那儿碰碰运气;连大猎狗都不咬他……

【思考与练习】

1. 请选择一个你喜欢的成语故事将其改编成童话。
2. 请选择你喜欢的一篇童话,根据童话的特点进行分析,讨论其运用了哪些表现手法,这样用有什么好处。
3. 自己试着创作一篇适合儿童听赏的童话。
4. 有表情地朗读童话《萝卜回来了》,并说一说它运用了哪些基本的艺术表现手法。

萝卜回来了
作者/方轶群

雪这么大,天气这么冷,地里、山上都盖满了雪。小白兔没有东西吃了,饿得很。他跑出门去找。

小白兔一面找一面想:"雪这么大,天气这么冷,小猴在家里,一定也很饿。我找到了东西,去和他一起吃。"小白兔扒开雪,嘿,雪底下有两个萝卜。他多高兴呀!小白兔抱着萝卜,跑到小猴家,敲敲门,没人答应。小白兔把门推开,屋里一个人也没有。原来小猴不在家,也去找东西吃了。小白兔就吃掉了小萝卜,把大萝卜放在桌子上。

这时候,小猴在雪地里找呀找,他一面找一面想:"雪这么大,天气这么冷,小鹿在家里,一定也很饿。我找到了东西,去和他一起吃。"

小猴扒开雪,嘿,雪底下有几颗花生。他多高兴呀!小猴带着花生,向小鹿家跑去,跑过自己的家,看见门开着。他想:"谁来过啦?"他走进屋子,看见萝卜,很奇怪,说:"这是哪来的?"他想了想,知道是好朋友送来的,就说:"把萝卜也带去,和小鹿一起吃!"

小猴跑到小鹿家,门关得紧紧的。他跳上窗台一看,屋子里一个人也没有。原来小鹿不在家,也去找东西吃了。小猴就把萝卜放在窗台上。

这时候,小鹿在雪地里找呀找,他一面找一面想:"雪这么大,天气这么冷,小熊在家里,一定也很饿。我找到了东西,去和他一起吃。"小鹿扒开雪,嘿,雪底下有一棵青菜。他多高兴呀!小鹿提着青菜,向小熊家跑去。跑过自己的家,看见雪地上有许多脚印,他想:"谁来过啦?"他走近屋子,看见窗台上有个萝卜,很奇怪,说:"这是从哪来的?"他想了想,知道是好朋友送来给他吃的,就说:"把萝卜也带去,和小熊一起吃!"

小鹿跑到小熊家,在门外叫:"开门!开门!"屋子里没有人答应。原来小熊不在家,也去找东西吃了。小鹿就把萝卜放在了门口。

这时候,小熊在雪地里找呀找,他一面找一面想:"雪这么大,天气这么冷,小白兔在家里,一定也很饿。我找到了东西,去和他一起吃。"小熊扒开雪,嘿,雪底下有一只白薯。他多高兴呀!

小熊拿着白薯,向小白兔家跑去。跑过自己的家,看见门口有个萝卜,他很奇怪,说:"这是从哪来的?"他想了想,知道是好朋友送来给他吃的,就说:"把萝卜也带去,和小白兔一起吃!"

小熊跑到小白兔家,轻轻推开门。这时候,小白兔吃饱了,睡得正甜哩。小熊不愿吵醒他,把萝卜轻轻放在小白兔的床边。小白兔醒来,睁开眼睛一看:"咦!萝卜回来了!"他想了想,说:"我知道了,是好朋友送来给我吃的。"

第五章　儿童故事

第一节　儿童故事概说

儿童文学是"故事文学",故事是儿童文学中极为重要的元素。故事是一种具有悠久历史的叙事性文学体裁,这种体裁对故事性这一儿童阅读的文学的要素进行了最单纯、最直接的吸纳和表现。

一、儿童故事的概念

"故事"一词的本来含义是"过去的事"。在英语中,"故事"(Story)一词的古义是"历史"或"史话"——也是"过去的事"。实际上,任何一个故事讲述的都是过去所发生的事。但是,这里有两点需要说明:第一,并非所有的过去的事都能成为故事;第二,故事里的"过去"所发生的事不一定是历史上确有的事情,而是可以虚构的。

儿童故事是适合低龄儿童聆听、阅读的故事作品,是儿童较早接触的儿童文学体裁之一,是一种灵活、开放的体裁样式,也是运用最普遍、阅读最广泛的一种。其题材广泛,素材可以来源于儿童生活,也可以取之于社会、自然、历史和现实。儿童故事具有口头性、完整性、情节生动性、人物形象类型性的特征。

二、儿童故事的艺术特征

(一)完整性

完整性是儿童故事整体结构的一个特征。儿童故事一般篇幅短小,故事发生、发展过程完整,有开头、高潮和结尾。儿童故事往往按照故事的前因后果以有序的方式,一层一层地展开故事情节。儿童喜欢听读有头有尾的完整故事,希望知道故事的前因后果,也总是追问"后来呢,后来怎么样了"。

从儿童读者的心理来看,他们的成长是始终伴随着心理不安的,故事有头有尾,这将会给儿童读者以安慰心理,这对儿童的健康成长是必要而有益的。

(二)生动性

儿童读故事、听故事时爱发问:"后来呢?"这一心理期待表明,听故事与读故事的行为后面的一个最大的动力是人类的好奇心。儿童故事一般面向低龄儿童,要引起并满足年幼儿童的好奇心,作者往往要构思情节曲折、有悬念、有巧合、细节丰富的故事。

(三)通俗性

较之其他儿童文学体裁,儿童故事最突出的特征是适合讲和听。儿童故事的语言通俗易懂、浅白晓畅、口头性极强,儿童故事语言的通俗性既要符合儿童的心理特点和理解能力,又要对叙述语言进行艺术化、童语化处理,同时也要经过独具匠心的修辞化处理。以《两只毛毛熊》为例:

有两只毛毛熊,长得都挺可爱,就像玩具柜台里那种毛茸茸的玩具熊。

它俩一个黑,一个白。一个叫小白,一个叫小黑。

它俩都会捉鱼。

为了比赛它们谁更勤劳,它们把捉的鱼挂在了屋檐下,意思是说:看看吧!看谁捉得多!

狡猾的狐狸猜到了它俩的心思,就悄悄地找到小白,说:"这样吧,我来帮你一把,每天我都把小黑的鱼偷吃掉两条,这样一数鱼,保证你比它多!"

小白听了快活得直蹦:"好!就这样!我一定为你保密!"

果然,第二天比赛时,小白胜了。

可是,第三天比赛时,小白的鱼却比小黑的鱼少了一条。

原来,狡猾的狐狸也找了小黑,对它说:"这样吧!我也来帮你一把,我每天都把小白的鱼偷吃掉两条,这样一比,保证你多!"

小黑乐得直蹦:"好!就这样!就这样!我一定为你保密!"

就这样,狡猾的狐狸一会儿帮帮这个,一会儿帮帮那个,天天把肚子撑得圆滚滚的。而两只毛毛熊却一直蒙在鼓里,后来,当它们终于明白了这一切,要找狐狸算账时,狡猾的狐狸早就溜得无影无踪了。

幼童正处在语言学习阶段,通俗的口语化的语言,使孩子在听读故事的过程中,容易识别和记忆,加深印象。

三、儿童故事的分类

儿童故事的分类一般有多种分法,标准不同,分法不同。从创作过程看,儿童故事可分为民间故事和创作改编故事;从表现形式看,可分为文字故事和图画书;从题材内容上分类,可分为生活故事、寓言故事、历史故事、科学故事等。

以下主要介绍几种儿童故事中较常见,也较受孩子们欢迎的故事类型。

(一)儿童生活故事

儿童生活故事虽然出现得较晚,但数量最多,发展最快,影响也较大。儿童生活故事是以现实生活中的儿童为主要角色,以他们的日常生活和活动为题材的故事作品。

因其主人公常常是幼儿,讲述的就是他们自己身边的故事,所以,幼儿会产生一种真实感和亲近感,因此,儿童生活故事对幼儿产生的作用是其他儿童文学作品样式无法比拟的。其次,儿童生活故事所要讲述的通常是与儿童的生活息息相关的事件,作品多写幼儿园生活、幼儿与家长的生活、幼儿与幼儿间的生活。例如《蓝色的树叶》《大头儿子小头爸爸》等。

(二)寓言故事

寓言故事是文学体裁的一种,是含有讽喻或明显教训意义的故事。它的结构简短,多用借喻手法,使富有教训意义的主题或深刻的道理在简单的故事中体现。寓言故事的情节设置的好坏关系到寓言的未来。中国著名的寓言故事如《揠苗助长》《自相矛盾》《郑人买履》《守株待兔》《刻舟求剑》《画蛇添足》等,古希腊《伊索寓言》中的名篇《农夫和蛇》在世界范围内享有很高的知名度。其成功之处在于故事的可读性很强,无论人们的文化水平高低,都能在简练、明晰的故事中悟出道理。

(三)历史故事

指根据一定史料编写的、供儿童阅读的故事。总的来说,历史故事有两类,一类是关于历史人物的,一类是关于历史事件的。历史故事在基本历史史实上具有真实性,但也有根据民间传闻的演绎或细节方面的想象和艺术加工,通过讲述历史事件的起因、经过和结果,满足儿童的好奇心、求知欲,帮助儿童增加历史知识,理解、分析历史现象,如《中国通史故事》(中国少年儿童出版社)《趣味中国历史故事》(浙江少年儿童出版社)等。历史人物故事以历史上的真实人物为主体,以历史人物活动为主线索,通过对历史人物在一定时期内的思想、言行及历史功过的描绘和评价,帮助儿童了解、体会历史人物的精神风貌和才干智慧。例如《司马光砸缸》《曹冲称象》《老马识途》《卧薪尝胆》等。

(四)民间故事

民间故事的概念有狭义和广义之分,所谓狭义,即民间故事是指民间神话、传说、寓言之外的那些具有幻想性或现实性较强的散文类民间文学作品;所谓广义,即民间故事是泛指人民群众所创作和传播的所有散文类民间文学作品。民间故事反映劳动者的生活情感和愿望,赞美他们的勤劳、勇敢和智慧,人物性格鲜明,故事曲折生动,叙述诙谐风趣,具有民间口头文学特有的淳朴、清新和浓郁的民族地方色彩。中国是多民族国家,民间故事资源非常丰富,类型和种类繁多。例如"女娲造人""后羿射日""孟姜女哭长城""精卫填海""鲁班造锯""大禹治水""田螺姑娘"等。

(五)动物故事

动物故事是以动物为主人公的传说故事。故事中的主要形象是各种被人格化了的动物。在这些动物身上,同时又具有动物本身的特点。故事在表现动物生活习性的时候,也曲折地反映着人的社会生活心理,特别是人与人之间的关系。儿童对动物的天然感情令他们乐于阅读动物故事,从中获得关于动物的知识,加强对动物的了解。例如《会变的冰》:

……善良的小兔看见了冰,从边缘取下来一小块,对着太阳调整角度以后,暖暖的阳光转了个弯,不偏不倚射进了鼹鼠奶奶那阴暗又潮湿的家。晒到阳光的鼹鼠奶奶,舒服得扭完身体扭屁股。

爱臭美的小猫咪看见了冰,歪着脑袋想了想,捡起了两块圆圆的冰,做成了一副冰眼镜。虽然戴在脸上有点凉,但想着以后不用总去羡慕熊猫有眼镜,而自己却没有,小猫乐得呵呵笑。小机灵宝贝看见了冰,请来了几头大象帮忙。它们齐心协力找到了几块特别大特别厚的冰,做成了一架冰滑梯。小动物们这边上来,那边"哧溜"滑下去,别提有多开心啦。冰滑梯太好玩啦!

(六)科学故事

科学故事既是儿童故事的品种,也是科学文艺的文类,它以讲故事的方式叙述科学知识、科学内容。在我们生活的各个角落,疑问几乎无处不在,而这些疑问往往能激发孩子们珍贵的求知欲,引领孩子们正确认识和了解世界,并进一步探索世界的奥秘,是早期教育最为关键的环节。科学故事能让孩子们愉快、轻松地接受科学知识。例如《金冠之谜》:

赫农王让金匠替他做了一顶纯金的王冠,做好后,国王疑心工匠在金冠中掺了银子,但这顶金冠确与当初交给金匠的纯金一样重,到底工匠有没有捣鬼呢?既想检验真假,又不能破坏王冠,这个问题不仅难倒了国王,也使诸大臣们面面相觑。后来,国王将它交给了阿基米德。阿基米德冥思苦想出很多方法,但都失败了。有一天,他去澡堂洗澡,他一边坐进澡盆里,一边看到水往外溢,同时感到身体被轻轻托起。他突然恍然大悟,跳出澡盆,连衣服都顾不得穿就直向王宫奔去,一路大声喊着"尤里卡""尤里卡"(Fureka,我知道了)。原来他想到,如果王冠放入水中后,排出的水量不等于同等重量的金子排出的水量,那肯定是掺了别的金属。这就是有名的浮力定律,即浸在液体中的物体受到向上的浮力,其大小等于物体所排出液体的重量。后来,该定律就被命名为阿基米德定律。

值得注意的是,随着故事内容的进一步拓展和丰富,还会有新的儿童故事品种出现。

第二节 儿童生活故事

儿童故事是比较重要的章节,而儿童生活故事在儿童故事中又占据更重要的地位。儿童故事的主要角色是现实生活中的儿童,题材是儿童的日常生活。儿童故事都是儿童熟悉或比较熟悉的,是儿童的生活。

一、儿童生活故事的功能

(一)使儿童关注自己、认识自己

儿童生活故事有的表现儿童积极向上、纯真美好的思想感情,还有的展示儿童性格行为、人际交往的缺点与不足,儿童可在听赏这些故事时,在这些被生活化、艺术化的故事中找到自己的某些影子,从而对照自己的思想行为,认识和思考自己的行为、生活。

(二)引导儿童认识社会、适应社会

引导儿童认识社会、适应社会,熟悉和了解社会,促进他们从自然人向社会人过渡,是儿童文学的基本功能之一。儿童生活故事虽然反映的是儿童世界的生活,却包含了作一个社会人所必备的基本的思想道德、行为规范。儿童生活故事既可以从正面褒扬优良品质和模范行为,引导他们积极向上,追求美好的东西,也可以委婉地批评错误行为和缺点,启发儿童迅速克服、改正困难和缺点。

二、儿童生活故事的特点(艺术特点)

(一)现实性强,针对性强

不少作品是作者撷取儿童日常生活中的某些现象、片断事例而编织成的,甚或直接运用真人真事进行构思,以解决儿童在成长过程中需要解决的问题。因此,儿童生活故事的现实性很强,教育性也明显得多,但儿童生活故事的教育并不采用说教的方式,而通常是通过形象地叙述儿童的语言和行动,在对比中让小读者自己领会。以奥谢耶娃的《儿子们》为例:

> 两个女人在井边打水。这时候又来了第三个女人。一位老头儿正坐在旁边的石头上歇息。
>
> 一个女人对坐在旁边的老人说:"我的儿子又灵活又有气力,谁也制伏不了他。""我的儿子会唱歌,像夜莺唱得那么好听,谁也没有他那样的歌喉。"另一个女人跟着说。而第三个女人不说话。

"你怎么不谈谈自己的儿子呢?"老头儿问。

"有什么可说的呢?"那女人说,"我的儿子没有任何特殊的地方。"

三个女人把桶装满了水,提走了。老头儿跟在她们后面走。女人们走几步就得停一停,手臂酸疼,水泼溅出来,背都压弯了。说实话,担水可不是女人擅长的活儿。

突然迎面跑来三个男孩子。一个翻着筋斗,就像轮子滚——女人们赞赏他。另一个唱着歌,就像夜莺啼鸣——女人们听得入了迷。而第三个跑到妈妈跟前,接过沉重的水桶,提着就走。女人们问老头儿:"喂,看到了吧? 我们的儿子怎么样?"

"他们到底在哪里?"老头儿回答说,"我只看见了一个儿子!"

(二)故事单纯,略有曲折

儿童的注意力容易分散和转移,难以集中和持久,因而生活故事情节需要曲折、有悬念、有波澜,同时,讲究线索单一,一般没有倒叙、插叙,结构连贯、完整。

(三)情趣浓郁

儿童生活故事,除了对其主题、人物、情节有一定要求外,还应注意一定要有情趣,要热闹、有意思,要好听、好看,这样才能吸引住读者。

美国作家瓦茨的《卡罗尔和她的小猫》就是一篇优秀的作品:

卡罗尔一直想有一只小猫,她可以亲它,和它一起玩。可是,怎么也要不到。

爸爸对卡罗尔说:"别着急,我们在报上登个广告吧。"

广告登出来了,是这样写的:我们非常需要一只小猫。我们给它安排了一个很舒适的家,想很好地照顾它。请问您有多余的小猫吗?

卡罗尔端出一碟牛奶,还有一碟点心。她又把旧的软垫放在一只布篮子里,就待在家里等着小猫来。丁零零,门铃响了,进来的是一个提着篮子的男孩,他说:"我家的猫生了三只小猫,我送给你一只。它叫伯洛。"这是只颜色一块白、一块黑的花猫。

卡罗尔抱过小猫,送走了小男孩。小花猫喵喵地叫着,卡罗尔说:"别难过,我会像你妈妈一样照顾你的。"卡罗尔让小猫喝牛奶,吃点心,完了,还给它玩绒线团。

丁零零,门铃又响了,一个女孩抱着一只小猫走进来,她说:"这是我家多余的小猫。"说着,她放下小猫,快步走出门外,跟她妈妈一起走了。

第二只小猫是深黄色的,脖子里还系着蝴蝶结,挂着小铃铛。卡罗尔说:"你太可爱了,就跟我的伯洛做伴吧。"

卡罗尔刚说完话,门铃又响了,走进来一位叔叔,真滑稽,他每只口袋里都有一只小猫,帽子里还藏着一只。他一蹲下,小猫扑扑扑地都跳出来,朝屋里跑。

卡罗尔笑了,瞧,小猫们真是太有趣了。

后来,门铃一直响个不停,那么多小猫都来了,什么样的都有。

妈妈从店里回来,几乎不敢相信自己的眼睛了。妈妈说:"小猫是很好玩,可是你只能留下一只。"

晚上,家里可不得了了,小猫在钢琴上跳来跳去,叮叮咚咚响成一片。小猫钻进抽屉、柜橱里。有人从门外进来,门后会突然扑出一只小猫,吓人一大跳。

爸爸从床边每只拖鞋里都捉出一只小猫来,"太多啦,小猫太多啦!这可不行,得想个办法。"

第二天,爸爸又在报上登了一条广告:免费赠送胖胖的、漂亮的小猫,请赶快来选。

孩子们从四面八方跑来了。卡罗尔很伤心,整整一天,她都在和小猫告别。天快晚了,奶奶打来一个电话,叫卡罗尔去帮忙。奶奶家离这儿不远。卡罗尔出门的时候,家里还有三只小猫,等她回来时,一只小猫也没有了。

妈妈说:"我都糊涂了,怎么把所有的小猫全送走了?我是想留下一只的。"

卡罗尔眼泪都流出来了,屋里什么声音也没有了,冷冷清清的,连滴滴答答的钟声也能听见。

忽然她听见了喵喵的叫声,一只黑白颜色的花猫从厨房里跳出来。卡罗尔欢呼了起来:"啊,是伯洛!"

伯洛亲热地用身子蹭卡罗尔的手,好像在说:"我藏起来是不愿意被送走,我想跟你在一起。"

卡罗尔完全懂得小花猫的意思。她终于有了一只属于自己的小花猫。

第三节 儿童故事的鉴赏

文学创作和文学鉴赏是文学实践活动中的两个主要方面,两者相辅相成,密切相关。创作为鉴赏提供了审美对象,而通过鉴赏则可以使作品中的潜能得到释放,实现其审美价值,同时成为再次创作的内动力。儿童故事的创作和鉴赏同样遵循着这样的原则。儿童故事作为儿童文学作品的一个种类,它的鉴赏有助于教师选择、理解、运用故事开展教育教学。

一、儿童故事的鉴赏

儿童故事鉴赏要从鉴赏的过程和鉴赏的结果两个方面来看。

(1)鉴赏的过程。儿童故事鉴赏是一种艺术思维活动,具有主动性、再创造性的特点。

(2)鉴赏的结果。儿童故事鉴赏是一种审美活动,一种精神性的审美享受,具有认识作用、教育作用和娱乐作用。

儿童故事鉴赏有明显的个人情感色彩和理性色彩,具有主动性和再创造性,故事的创作者是一度创造,那么鉴赏者就是二度创造。

二、儿童故事鉴赏的意义

受社会生活影响,作家对生活作出反应,创作出作品。作品与读者见面,立即对读者产生影响。读者因阅读作品接受教益与启发,从而对生活的态度有所调整,于是再将自己的所得反馈给作家,构成了作家进行另一次创作的素材和内动力。如图:

社会生活
⇅　　⇅
作家　　文学作品
⇅　　⇅
儿童

对于读者而言,鉴赏发挥它的审美作用,陶冶人的情操,纠正人的行为,起到一定的教育作用;对于作品本身,鉴赏是充分发挥作品的认识作用、教育作用和审美作用的保证,能够更好地实现作品的价值;对于作家来说,鉴赏有利于他们根据读者反馈的信息来调整自己的创作,使创作更贴近现实生活,贴近孩子,由此增强创作的自觉性和提高创作水平。

儿童文学的审美活动就是对儿童文学作品中潜在的审美功能的一种挖掘。从这个意义上说,儿童故事鉴赏又是一种审美的认识活动、教育活动和娱乐活动,它能为孩子们提供精神食粮,能让他们在愉快的氛围中潜移默化地懂得做人的道理,尤其是好的故事,更是孩子愿意、喜欢接受并模仿的对象。给孩子一个好的空间,他们就会有完美的发展,这是每一位教师的职责,也是每一位创作者的责任。

三、作品鉴赏

1.《苏珊的帽子》

【美】E. 琳格　佚名译

苏珊是个可爱的小女孩。当她念一年级时,她那小小的身体里竟长了肿瘤,并住院接受3个月的化学治疗。出院后,她显得更瘦小了,神情也不如往常那样活泼了。更可怕的是,原先那一头美丽的金发,现在快掉光了。虽然那蓬勃的生命力和渴望生活的信念足以与死神一争高低,她的聪明和好学也足以补上被落下的课,然而,每天顶着一颗光秃秃的脑袋到学校去上课,对于她这样一个六七岁的小女孩来说,无疑是非常残酷的事情。

得到苏珊要回校上课的消息,她班上的老师海伦找来几个同学悄悄地商议起来。

在苏珊返校上课前,班上的老师海伦热情而郑重地宣布:"从下星期一开始,我们要学习认识各种各样的帽子。所有同学都要戴着帽子到学校来,越新奇越好!"

星期一到了,离开学校3个月的苏珊第一次回到了她所熟悉的教室。但是,她站在教室门口却迟迟没敢迈步,她犹豫了,可是,当苏珊向教室里望去时,她的每一个同学都戴着帽子,和他们五花八门的帽子比起来,她的那顶帽子显得平淡无奇,几乎没有引起任何人的注意。一下子,她觉得自己和别人没有什么两样了,没有什么东西可以妨碍她与伙伴们自如地见面了。她轻松地笑了,笑得那样甜,笑得那样美。

日子就这样一天天过去了。现在,苏珊常常忘了自己还戴着一顶帽子;而同学们呢,似乎也忘了。

——摘自《点亮心灯——儿童文学精典伴读》

鉴赏: 一个长着一头漂亮金发的小姑娘,被迫去同死神一争高低,结果是她得顶着一颗光秃秃的脑袋,最起码,在同学们都不戴帽子的情况下,她得戴着一顶帽子去上学。对于她这样一个姑娘,这"无疑是非常残酷的事情"。但是苏珊有幸遇上了一个极富同情心、又特别善解人意、还格外聪明的老师——海伦。海伦不能做到让苏珊躲开与死神一争高低的不幸,但是她可以在班上开展一个"认识帽子"的活动。结果,班上出现的是一个什么样的景象呢?班上的同学仿佛个个都成了帽子模特儿,五花八门的帽子使苏珊的帽子显得那样普通,绝不会再引起同学们的注意。苏珊原来的忧虑、害怕与尴尬,一下子冰化雪消了。海伦老师是多么可爱、善良,班上的同学又是多么可爱啊!

灾难这东西是不长眼睛的,它是个盲家伙,谁都可能遇上不幸。如果你是苏珊,你也希望能碰上海伦这样的好老师吧!那么,当你没有遇上不幸的时候,就多想想这个故事吧。

2.《做大狗好还是小狗好》

小狗索尼亚蹲在儿童广场上,它想:"我是大些好还是小些好?"

"有时候是大些好,当然是大些好。"索尼亚想,"我长得大大的,就是猫也得怕我,所有小狗都得怕我,连过路人看见我一个个都提心吊胆的……"

"有时候又是小些好,"索尼亚想,"因为你小,就谁都不用怕你,谁看着你都不用提心吊胆,这样谁都会跟你玩儿。要是你是条个儿大大的狗,那就一定得给你拴上铁链子,还得把你的嘴给套起来……"

就在这时,儿童广场旁走来又高又大的马克斯,它是一条样子非常凶猛的大狼狗,嘴巴大得惊人,胸脯宽得吓人。

"请您告诉我,"索尼亚很有礼貌地问大狼狗,"您嘴巴被套起来那会儿,您心里准是很不愉快吧?"

索尼亚的问题让马克斯顿时火冒三丈。它怪可怕地"呜呜"叫着,要挣脱牵狗链冲过来……猛一下撞倒它的女主人,向索尼亚直冲过来。

索尼亚听着身后传来的"呜呜"声,吓坏了。它于是想:"还是做大狗好!"幸好,前面不远处有一个幼儿园。索尼亚就从幼儿园篱笆的一个小洞里吱溜一下钻了进去。

大狼狗个儿太大,不能跟着钻过篱笆洞,只好在篱笆外头"呼啦呼啦"地大声喘气,就跟火车头一样响……

"到底还是做小狗好!"小狗索尼亚想,"要是我的个儿大大的,就怎么也不可能从一个小小洞里钻过来。"

"可如果我的个儿很大很大,"它又想,"那么我又从洞里钻过来干什么呢?"

不过因为索尼亚的个儿小,所以它最后还是以为做小狗好。

大狗觉得做大狗好,那就让它那样以为去吧!

摘自《点亮心灯——儿童文学精典伴读》

鉴赏:这是一篇幼儿童话故事,幽默、笑嘻嘻的风格洋溢在整个故事当中。傻乎乎的小狗索尼亚竟会去问大狗最感到窝囊、最不堪回首的问题:"您嘴巴被套起来那会儿,您心里准是很不愉快吧?"于是引出了下面的故事亮点——被大狗追逐的小狗钻到了篱笆的那一边,而直追小狗以为捉拿小狗易如反掌的大狗却被挡在了篱笆的这一边。小狗获得了自身安全的条件,大狗失去了拿小狗出气、耍威风的可能。篱笆洞小小的,却是这篇故事的亮点,这篇故事并没有回答题中的问题。这个问题的提出本身就是愚蠢的——可愚蠢中显示的这份"稚拙",才真正是幼儿故事的成功所在。没有这份稚拙,这则幼儿童话故事靠什么亮相世人?

第四节　儿童故事的创作

一、儿童故事的创作要求

儿童故事是故事的一个分支，因此具有故事的一般特征，如注重故事性、讲究情节的连贯性、以叙述为主的表现手法等。但由于儿童故事的读者是1—6岁的孩子，读者年龄特征上的差异要求儿童故事在具有共性的同时，还必须具备自己所独有的一些艺术特征。因此，儿童故事创作在题材、主题、情节、结构、语言、形象等方面都有自己特殊的要求。

（一）题材

题材在儿童故事的创作中占有很重要的地位，什么样的故事能引起儿童阅读的兴趣呢？一般来说，贴近儿童生活的题材，容易使孩子产生认同感和亲切感，从而形成心理上的默契。儿童故事的选材要注意以下两点。

第一，题材要新。这里有两层含义：一是扩大写作的题材范围，写别人没有写过的、生活中新的闪光点；二是变换写作角度，以新角度写旧题材，但要从旧题材中挖掘新的价值。如陆弘的《谁要我帮忙》，从最新的幼儿教育理念出发，改变孩子"帮忙只会越帮越忙"的老观念。

第二，随着社会的发展，知识的介绍成了许多儿童故事创作者关注的焦点。但这类故事创作一定要注意文学性，做到知识性、文学性和趣味性兼顾，这样才能让儿童在轻松、愉快的氛围中学到知识。

（二）主题

儿童故事的主题要求单纯、浅显、鲜明，主要分为三类：

(1) 道德性主题。主要引导儿童树立正确的道德观念，如李少白的《多多没吃巧克力》。

(2) 知识性主题。着重给儿童介绍各类知识，如尼·诺索夫著、鲁林译的《梯级》。

(3) 趣味性主题。指不强调作品一定要有什么意义，而是单纯给予儿童快乐，如冰子的《小手印》。

（三）情节

情节是儿童文学作品塑造形象、表现主题的中心环节，因此，设计儿童故事作品的情节时，应注意两点。

1. 讲求情节的单纯、连贯、完整

在一个故事中，尽量只反映一个事件，而且事件中出场的人物要尽量少一些，事件之间的逻辑关系要简单些，事件应排列有序，有主次；事件的主要情节和人物关系之间的冲突不要太错综复杂。同时，孩子的好奇心驱使他们对所接触的人和事都要弄个一清二楚，因而故事情节的进展必须有头有尾，故事要完整。

2. 情节要求生动、有趣、有吸引力

儿童在听、读故事时注意力集中的时间短，情节性不强的作品，他们坚持不下去。要使故事情节生动、有趣，则要注意两个方面：一是情节应尽量由动态的人或物的行动、语言组成，尽量避免冗长的静态描写；二是情节安排要注意悬念的设置和一个个小高潮的安排，时时形成亮点抓住儿童的注意力。

(四)结构

1. 儿童故事创作结构的两点要求

第一,条理清楚。在儿童故事中线索结构方法体现为故事沿着一条线索发展到底,不要过多的分支,稍长一些的故事可以是一条线索完了之后再接另一条线索。采用这种一线串珠结构,往往是一个个相对独立的小故事串联而成一个大主题,一个小故事一条小主线,但自始至终都有一条主线贯穿。

第二,构思巧妙,注意结构的生动性。构思时要多向思维,务求独辟蹊径、标新立异,不落俗套,不生搬硬套。

2. 儿童故事情节安排常见的三种结构方式

一是纵式结构,即按照事件发生、发展的自然进程和时间的先后顺序来安排故事内容。这样的故事一般都是一个中心人物,沿着一条线索,自然讲述发生的事情。

二是横式结构,即把前后并无直接关系的生活场景或情节并列安排,从不同的侧面和角度共同表现主题。

三是串联式结构,即以人物或事件为线索,把几个可以相对独立而有内在联系的事件连缀成一个有机的整体。可以从几个方面(或几个事件)表现人物的同一特点,这样人物形象会更加丰满,特征会更加突出。

3. 结构巧妙的创作方法

一是设置悬念,形成波澜。儿童的好奇心很强,平铺直叙不符合他们的心理特点,而悬念的出现会立即吸引他们的注意,使其急切地顺着情节发展追踪下去。

二是写活生活中的细节。儿童故事往往是撷取生活中富于生气的一个片段、一个场景,将其演绎成一个活泼动人的故事,因此,细节在幼儿故事中尤为重要。写活细节,会使整个故事顿然生动、鲜活起来。

(五)形象

儿童故事与成人文学和少年、童年文学不同,不强调形象的典型化。为了适应儿童的阅读习惯,儿童故事中的人物一出场,性格基本不再有变化,他只具有单一的性格,而且这种性格的体现是以很多孩子的共性为主,很少出现个性的东西。这样的形象被称为"类型化人物形象"。类型化人物形象与典型人物的区别在于,典型人物是"圆形"的,是独一无二的"这一个",凸显的是个性;而类型化人物是"扁形的",是"这一类",凸显的是共性,只有这类形象儿童才比较容易接受。

(六)语言

儿童故事的创作在语言上有以下三个具体的要求。

1. 语言要流畅、通俗、浅显、口语化

对儿童,尤其是幼儿来说,故事一般先由家长和老师讲出来后,自己再模仿来讲。所以过于晦涩、文雅的句式和书面语言,都不适合给儿童讲,或供儿童自己讲。但另一方面也要注意的是,语言浅显不等于迁就儿童的语病,应该浅而不薄,浅而有味,深入浅出,有丰富的内涵。

2. 语言要注意形象性、动作性

儿童故事的语言要尽可能形象,把人物或事物的声音、色彩、动作、神态等鲜明而具体地凸显在儿童面前。采用摹状、拟人、对比等手法可增强语言的形象性。

3. 语言要诙谐、幽默

创作儿童故事应该注意讲求情趣,多一点诙谐和幽默,而这来源于儿童生活,来自于孩子的天真妙语、稚拙动作、纯真情感,创作者稍加留意,描摹下来,就是极好的幽默文字,就能产生美妙的效果。

二、儿童故事的创作方法

(一)细心观察,以现实生活为创作底本加工故事

很大一部分儿童故事实际是家庭或者幼儿园生活的真实写照。所以要创作优秀的儿童故事,就要细心观察儿童日常生活中的游戏、聊天等,捕捉孩子生活中的闪光点,从题材、主题、情节、结构、语言等方面对其进行艺术加工,形成儿童喜闻乐见的故事。

(二)捕捉"一点",通过想象、联想,以点发散成面,连缀成故事

生活是由一个个的细节、片断构成的,它可以是孩子的一个细小的变化,也可以是一个特殊的举动,这需要我们细心观察,最终将这些片断连缀起来。通过联想和想象,或许就能构思出一则动人的故事。

(三)大量积累,结合日常感受与体会,逐渐形成故事

积累是文学创作的前提,我们需要用儿童的眼光来看,用儿童的耳朵来听,同时搜寻记忆的库存,调动各种积累,将自己童年的往事和现有的材料巧妙结合,根据新时期新的创作要求,创作出符合现在儿童的故事。

第五节 儿童故事的阅读活动设计

故事带有口传文学的性质,有独特的体裁特征,它的阅读活动相应区别于其他文学体裁。

一、故事阅读活动的主体设计

故事的内容和结构有繁简差异,不同作家创作的故事也有不同的艺术特点,阅读活动需要针对不同作品,结合儿童各个年龄段的阅读目标进行。阅读活动的主体设计可以考虑从以下四个方面展开。

1. 事件过程的叙述

故事从根本上说是一件有趣的事,清楚而生动地叙述事件是优秀故事的基本条件。故事阅读活动可以依据故事发生、发展、高潮、结局的线索设计,引导儿童关注事件的全过程和叙述的完整性。

2. 事件的故事性

故事中的事件通常都有悬念、巧合、波折,构成丰富的故事趣味,可以让儿童注意关键情节,展开想象,猜想、设计事件发展的多种可能性,充分感受故事的趣味性,理解故事中包含的寓意和思想。

3. 故事运用的艺术手法

故事运用的基本艺术手法有反复、对比、象征、比喻等,对人物的行为和语言也会有具体、形象的刻画和表现,在阅读活动中应该适当引导儿童体会和感受。

4. 故事细节

一则故事中往往会有几个特别的细节,这些情节可以让故事的人物鲜活、令故事的情节生动,可以通过对这些细节的艺术表现的分析,培养学生对故事的艺术鉴赏力。

二、故事阅读的基本活动

从小班到大班,需要根据儿童的年龄、阅读目标、故事材料等,选择和组合基本的故事阅读活动,这些基本活动主要包括以下六方面的内容。

1. 故事绘读

年龄越小的儿童越对故事绘读有兴趣,采用儿童自由绘读故事的方式,可以吸引儿童更投入地进入故事情境,感受故事内容。应注意绘读占据的阅读空间,最好安排儿童在阅读内容已基本完成的时间段,或作为活动的补充、延伸。

2. 故事复述

故事复述在故事阅读活动中应该有普遍的应用,它能帮助学生梳理故事发生的线索、头绪和经过,围绕故事的复述还可以有故事细节的想象和补充,能够锻炼学生的口头表达能力、记忆能力和思维能力。故事复述可由多人以接力形式进行,让儿童关注故事的逻辑和衔接。

3. 故事情境表演

故事情境表演在幼儿园大、中班经常使用,适合有人物、语言和行动比较丰富的故事。故事道具应该尽可能简单,重点也不在表演本身,而在于故事内容的演绎和体验,应该允许儿童进行适当的个人发挥。

4. 故事的延伸阅读

儿童对故事的兴趣与阅读经验,可以丰富故事资源,顺利进行延伸故事阅读,并在一个时间段的阅读中以各种连接方式发挥作用。应重视延伸阅读的效应。

5. 生活中的故事

幼儿园大班的阅读活动可以提示儿童注意对生活的反映和表现,应启发他们关注生活与故事内容贴近或相似的事件,使他们在自己的生活中发现故事的素材,加深对作品的理解,在可能的情况下,讲述身边发生的故事。

6. 故事的口头创作(包括续编与改写)

大中班的故事阅读活动可以引入故事的口头创作,包括故事的续编和改写。可以先以故事文本的改造为基础,应该鼓励对故事作个人化的猜测和重构,充分调动儿童的想象力和艺术创造力,使故事阅读活动尽可能以生动、活泼的方式进行。

三、故事作品阅读设计范例

《蓝色的树叶》是前苏联儿童故事作家奥谢耶娃的作品,故事的主要特征有:

(1)具体描绘儿童的生活场景,细致、传神地描摹儿童的语言和行动。

(2)以温和的态度形象表达具有教育性的主体。

(3)儿童情趣饱满、浓郁。

(4)采用对比手法,叙述简明、生动。

《蓝色的树叶》选取的是儿童的日常生活片段,叙事简洁明确,儿童理解一般没有困难。阅读活动可从题目的讲解切入,围绕莲娜向卡佳借笔的事件经过,指导儿童关注其中的波折,分别理解两个女孩语言和行动中隐含的心理活动,应结合故事的高潮部分——老师询问莲娜她的树叶为什么是蓝色的——特别是结尾处老师说的话的含义,提示儿童归纳故事中蕴含的意义。

《蓝色的树叶》采用的基本活动可以包括以儿童为主体的故事经过的整理、人物心理活动分析、故事复述、口头的故事续写。可以提供奥谢耶娃的《蓝色的树叶》原文和作家另外的儿童故事作品,如《三个伙伴》《儿子们》作为比较阅读与连接阅读的资源——如果这些故事有可能同样被选入将来的教材,阅读的连接和比较就更为必要,在此基础上可以提示儿童体会作家的个人风格和特点。

蓝色的树叶

卡佳有两支绿颜色的铅笔,可是莲娜一支也没有。

莲娜向卡佳请求说:"给我一支绿铅笔吧。"但是卡佳回答说:"我得问一问妈妈。"第二天,两个小姑娘都到学校里去了。莲娜问:"妈妈允许了吗?"卡佳停了一下才说:"妈妈倒是允许了,可是我还没有问过哥哥呢。"莲娜说:"那有什么关系,再问问哥哥吧。"

第二天卡佳来的时候,莲娜问道:"怎么样,哥哥答应了吗?""哥哥倒是答应了,可是我怕你把铅笔弄断了。"莲娜说:"我会小心些用的。"卡佳说:"小心些,不要削,不要太用劲儿使,不要放到嘴里去,不要用得太多啊!"

莲娜说:"我只要把那图画纸上的树叶,画成绿颜色的就够了。""这可多啦!"卡佳说着,紧紧地皱着眉头,脸上还做出不乐意的样子来。莲娜看了看她就走开了,也没有拿铅笔。卡佳奇怪了,跑着去追她。"喂,你怎么啦?拿去用吧?"莲娜回答说:"不要啦。"

上课的时候,老师问道:"莲娜,为什么你的树叶是蓝色的呢?""我没有绿颜色的铅笔。""那你为什么不跟自己的女伴去借呢?"莲娜默默地不说一句话。但是卡佳羞红了脸,像只大红虾似的,说道:"我给她啦,可是她没拿去。"老师看了看两个人说:"要好好地给,别人才肯接受呢。"

四、讲故事时需要注意的问题

在幼儿园进行阅读故事活动(讲故事)有以下好处:第一,在轻松的氛围中让孩子享受听故事的乐趣;第二,可以培养注意力及语言运用能力;第三,培养对故事、对阅读的爱好;第四,拓展生活见闻,培养思考能力。所以在阅读故事活动中准备工作应做充分,特别注意以下几点。

(1)安排一个适合听故事的场地。温馨的场地会让孩子觉得听故事是一种享受,幼儿园里的教师可以精心准备一些物品,营造理想场地以辅助讲故事。

(2)设计简单而特殊的开场。故事一开始,营造气氛很重要,可以用一些小技巧来烘托讲故事的氛围,如穿一件与故事有关的衣服,在角落里放置一些关于故事的图片,变个小魔术。开场不宜太长,否则会喧宾夺主,会分散孩子听故事的注意力。

(3)教师注意和孩子保持目光的接触并留意学生的反应。讲故事时,应与孩子保持目光的接触,这样才能从孩子的反应中了解他们的感受。

(4)设计简单的活动让孩子参与,比如让孩子模仿故事人物的某些动作,或者让孩子画出故事中的某些物品等,这样能增加互动性。

(5)引发孩子思考和讨论。在听故事的过程中,孩子也在思考,偶尔心有所动,便会提出疑问或发表感想,教师要认真对待孩子的问题,对答不上来的问题不要敷衍,可以查找资料后再告知学生。在故事讲到一个段落或讲完后,也可以问孩子一些问题,切记在孩子听故事的过程中不要问太多的问题,以免破坏故事的完整性。

最后,不要死记故事内容。讲故事不等于背故事,死记故事往往会破坏故事的氛围。在讲之前,需要分析故事情节,了解冲突和高潮,揣摩角色并变换不同的语气来表现。

【思考与练习】

1. 结合具体的例子,说说儿童故事的特征是什么。
2. 以你读过的儿童生活故事为例,探究儿童生活故事的艺术特点及其作用。
3. 结合生活实践,思考儿童故事在创作中有哪些要求。
4. 结合你的生活和学习经验,探究在儿童故事的创作中,除了上述三种方法外,还有没有其他的方法。
5. 根据你身边儿童生活的素材,编写一个600字左右的儿童故事。
6. 儿童故事鉴赏的特点和意义是什么?谈谈你在儿童故事鉴赏中的感受和体会。

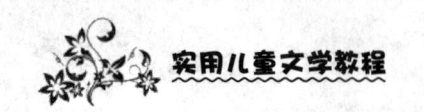

第六章 图画书

第一节 图画书的概况

儿童文学作家、教授梅子涵说,孩子们除了要阅读文字以外,"还要图,还要颜色,还要景象,还要笑容,还要太阳的直接照射。一个孩子,尤其是在今天的社会,没有看见、阅读过图画书,会是一个很大的遗憾,和没有看见过玩具一样,没有看见过草地一样,那是童年不完整的表现。感受、欣赏图画的能力也是一个人的智慧和素质。图画书是给年幼的孩子们的一种最快乐的阅读和聆听,它是用颜色画出来的童话和故事"。

一、图画书的概念

（一）什么是图画书

目前,我国对图画书的称谓有两种,一是"图画书",二是绘本。"图画书"一词对应的英文是"Picture book",而人们说的"绘本"是日文的"图画书"。由此可见,"图画书"这一称谓与西方和日本有关。从图画书的发生、发展历史来看,它最早起源并成熟于西方。

图画书是运用了美术（包括文字）这一媒介的文学书籍,这些美术媒介是用线条和色彩构成形象,传达故事内容的绘画语言,能表情达意。儿童通过阅读这种特殊的绘画语言就能大致把握故事情节,了解人物言行,明白故事思想,所以儿童图画书的基础仍是文学,是一种图文配合、尤其强调用图画来讲故事的书,是最适合亲子阅读的儿童读物之一。其高度的文学性和艺术性,对培养孩子的观察、想象、创造等各方面能力都有着潜移默化的影响。它是以图画为主、文字为辅或者全部用图画表现故事内容,供儿童阅读或成人与儿童共读的一种特殊的学前儿童文学样式。

（二）图画书与连环画、卡通影视、卡通故事的区别

我们常见的连环画书,其文图的结构通常是固定的模式,图在上,文在下,尽管图画十分有趣,但这些图画只是文字的补充,是一类具有文字系统功能的图画。可以说连环画的图画不具备"图画语言"功能,而图画书的图画连接在一起后,具有讲述故事的功能,无文图画书的图画是最有力的证明。另外,图画书与传统的连环画相比,连环画好像是传统舞台剧,读者只能在台下固定的角度去看,基本上展示的是全中景,这样会和读者产生极大的距离感。而图画书却好比一部电影,它既展示出宽广的视野,又细节的特写,既有极其有趣的故事情节,又暗藏着起、承、转、合的节奏设计,在翻页的进程中展现故事的情节。

图画书与卡通影视也有很大不同。在图画书的阅读中,儿童可以静观冥想,在图画面前任想象驰骋。影视便不能如此,儿童在看电影或动漫片时,眼睛才刚捕捉到一个影像,马上就被另一个影像取代,永远来不及定睛去看。与电影图像的连续性相比,图画书的画面之间有中断,画面相对是静止的。儿童看图画书的一幅图,需要的时间也比较长。儿童一般阅读

图画时比大人看得仔细,不肯放过任何细节。这样,图画书的图就能使儿童最大限度地发挥审视、想象的功能。

卡通故事也是用连续的画面讲述故事,但它在画面构成上同图画书有一些区别,形成一些特定的画面语言。第一,图画书一般一页展示一个场景或画面,而卡通读物则通常在一页中分成若干画格。第二,两者都强调动感,但图画书大多是温馨、浪漫的风格,卡通故事则更强调动感。为此,除了情节编得紧张、生动外,在画面处理上也使用气流线、多重曝光、瞬间图像、模糊图像等技巧。第三,图画书中的感情和心理描写在画面中不容易表现,一般使用文字来表述;卡通书很少旁白,作者一般用对面部表情的刻画来表现感情和心理,有时也可用一些夸张的手法来表达感情,还可以用人物身后的背景气氛来表示某些心态。第四,图画书中的文字一般都集中固定于画面中的某一位置,是图画的补充;卡通书中的文字是整个画面的一部分,位置不固定,主要有对话、独白、旁白、音响和表意字词等用法。除此以外,卡通书在图画上大量借鉴动画片"镜头"的推、拉、摇、移等表现方法,在内容上情节紧凑、人物动作性很强,在人物形象上大都具有高科技色彩,富于动感。

二、图画书的发展概况

(一)外国图画书发展状况

图画书的出现是以儿童的进一步被发现和进一步被认识为前提,并伴随着印刷技术和插图艺术的发展而产生的。捷克斯洛伐克教育家夸美纽斯于1637年出版的《世界图绘》是世界上第一本专为儿童编辑的图画书。

瓦尔特·克雷恩、伦道夫·考尔德科特、凯特·纳威格林这三位艺术家以他们的图画故事书为儿童文学读物增加了新的品种。在世界儿童文学的发展过程中,英国的图画文学在相当长的时间走在图画文学的前列。这一时期英国有影响的图画文学作品还有碧丽克丝·波特的《兔子彼得的故事》等。

现代图画文学起源于19世纪后半期,到20世纪上半叶,尤其在两次世界大战之间,图画文学由英国快速地向美国发展。20世纪50年代后,图画文学有了进一步的发展,在图画书领域,出现了一批优秀的作家和有影响的作品。如美国作家桑达克创作的三部曲《野兽出没的地方》(又名《野兽国》)、《厨房之夜狂想曲》《在那遥远的地方》,苏斯博士的自绘图画书《戴帽子的猫》;美国作家列奥尼的《小蓝蓝和小黄黄》;荷兰作家布尔纳的《小兔子》系列和《小鸟》等。

为鼓励图画故事的创作、推进图画文学的繁荣,英国在1955年设立了凯特·格林纳威奖,国际儿童图书协议会于1956年设立了国际安徒生文学奖。儿童图书奖和儿童图书馆的设立以及儿童文学作家、艺术家、教育工作者和儿童文学理论工作者对图画文学的关注,对图画文学的进一步发展起到了积极的促进作用。20世纪中后期以来,欧洲各国、日本都相继出现了相当数量且有较高艺术水准的图画文书。图画文学在世界范围内呈现出欣欣向荣的发展趋势,并且将会随着人们对它认识的加深而被更多的人所重视。

(二)中国图画书发展状况

与世界图画文学的发展进程相比,我国的图画文学年轻得多。虽然现今存有的明嘉靖年间的刊本《日记故事》被认为是我国最早的图画故事书,但在这之后便是一片空白。

20世纪20年代,郑振铎在《儿童世界》杂志发表《河马幼稚园》《爱笛之美》《两个小猴子的冒险》等46篇长短不一的图画故事,其中长篇童话《河马幼稚园》成为中国儿童文学领域中最早也是最长的童话图书故事。

1949年以后,我国的图画文学受到了重视,总体上呈现出一种中国式的发展特点,突出表现在它实现以教育为宗旨的助读作用、文学推广和普及作用以及文、图分家的创作形式。今天的图画书充分显现着不同于以往的特色,其具体的表现就是图画书的玩具化、自创化、综合化。玩具化的图画故事打破了原有书籍通过单项阅读传递信息的模式而转向读者与书籍的互动。自创化的图画文学也称为自制图画书,是一种儿童和家长一起共同创作的图画故事。综合化的图画书,在内容上将识字、拼音、语言学习、歌唱、绘画等多种教育融贯在故事中,将视、听、说、练、玩结合起来,使一本小小的图画故事书体现出多重的功能。

三、图画书的独特价值

图画书欣赏是儿童在早期阅读过程中不可逾越的阶段,是促进儿童发展的重要手段,作为一种独特的表达系统而存在的儿童文学形式,在儿童识字不多的早期阅读阶段,对学前阶段及小学低幼年龄段的孩子来说,图画书拥有无可比拟的阅读优势,图画书的阅读价值也正在于此。

(一)图文合一,营造奇妙的故事世界

图画书的内容实质是有目的、有组织、有思想、有艺术,经过精心构思的文学故事。故事是图画书的灵魂,图画书中的故事世界既不是单纯的文字故事,也不是单纯的图画故事,而是图文有机结合,构成了第三种故事的世界,图文的有机结合正是图画故事书独特的阅读乐趣所在。培利·诺德曼在《阅读儿童文学的乐趣》中指出:"一本图画书至少包含三种故事:文字讲的故事、图画暗示的故事,以及两者结合后所产生的故事。图画书所提供的独特乐趣,就在于我们感受到插画者如何利用文字与图画的差异。"图画书之所以能带来乐趣,在于图画书中图与文奇妙而又独特的组合,这种组合带来了最独特的想象力和趣味性。另一方面,在图画书中,图画本身也是另一种叙述语言,用来表现和完善故事。画家的笔触所到之处,都有文字所不曾关照到的所在,所以图画书可以很好地培养儿童的"图像"阅读能力。

(二)个性化的视觉艺术

图画书的可视性有别于其他造型艺术提供的视觉形象。图画书通过一种贴近儿童读者的图画语言,直观、浅显、有趣味地使儿童读者在故事中领略到文学的精彩。作家在使用视觉语言构思故事时,需要以幼儿的思维发展和接受能力为其创作的逻辑起点,从儿童的发展需要出发进行艺术创造,图画书的画面内容能与儿童的视觉心理相适应。图画书作家追求的是通过充满趣味性、动态性、具体、鲜明的造型特质,吻合儿童的生活感受和阅读兴趣,他们十分注意作品的画面内容和故事情节对于儿童的可接受性,总是以儿童感兴趣并足以引起他们注意的线条、色彩、形象、画面来营造吸引人的故事世界,以充满新鲜感的视觉形象引领孩子们进入作品的艺术天地。

(三)成人与儿童之间的汇合点

图画书被广泛运用在亲子阅读中,它是成人与儿童之间的汇合点,图画书面向儿童与成人。一方面,在图画书的亲子阅读过程中,成人可以深入欣赏作品,通过孩子的眼睛发现大人们独自看书时发现不了的东西,还可以了解、熟悉儿童的思维心理。如《野兽出没的地方》曾因为角色的"古怪"造型和"可怕的"内容引起成人的批评,但小孩们不但不怕,反而非常喜爱这个故事和书中的造型。专家认为其原因在于这本书打破了禁忌,真实地把小孩的情绪和想象具体成形,起到了宣泄、满足又不止于宣泄的愉悦作用。

另一方面,在图画书的亲子阅读过程中,成人可以有意识地引导儿童体会、发掘图画表达的故事,从而培养儿童全面、细致、深刻的观察力、想象力和理解力,促进儿童思维能力及审美能力的发展。

四、图画书的分类

图画书的种类是多元化的,很难将图画书作出穷尽性的分类,只能以描述性的方式,将图画书作出一个大致的区分。

(一)无文图画书

无文图画书是最能表现图画功能的图画书,它通过省略文字语言,最大限度地发挥图画所拥有的"语言"的表现力。有些无文图画书给人的感觉是为不能识字或不怎么识字的幼儿创作的。比如,瑞士莫妮克·弗利克斯的《小老鼠》系列。但是,也有些无文图画书反而主要是给成年人阅读的,比如,嘉贝丽·文生的《流浪狗之歌》等。

对无文图画书,与心灵柔软的幼儿相比,成人接受起来可能困难要大一些。成人由于习惯了文字阅读,所以对没有文字的图画书会产生心理上的不适,而且对于图画"语言",一般的成人恐怕也不及儿童那样敏感。无文图画书内容浅显,主题单一,富于儿童情趣,有助于促进儿童智力和语言的发展。儿童为了弄清作品内容,寻找某些问题的答案,就需通过观察,寻找故事线索,从而促进了儿童智力发展。生动形象的图画能启发儿童的联想和想象。

(二)图文并茂图画书

这类形式的图画书,既有图画又有文字,它们互相配合而又具有一定的独立性。一般呈现给小读者的是两种,一种以图为主,兼有少量文字,由文字带动故事情节。另一种文字比较丰富,图文并茂,表现为一篇完整的文学作品。无论文字多少,这类形式的图画书的题材都是多种多样的,如果大致划分,主要有以下几种。

1.民间故事图画书

在图画书的创作中,很多图画书作家看中了民间故事这一非常吸引儿童的题材,对其进行整理、改变,以图画书的形式进行出版。一些民间故事创作成图画书之后,最终被打造成经典。比如,俄罗斯民间故事《拔萝卜》(内田莉莎子整理、佐藤忠良图)、日本民间故事《桃太郎》(松居直文、赤羽末吉图)等。

民间故事是民俗的载体,因此,优秀的民间故事图画书总是有着浓郁的民族特色,特别是绘画,往往是可以一眼辨识的民族标记。

2. 幻想故事图画书

由于图画书是在有限的篇幅中展开故事,是以文图结合的形式展开故事,所以,图画书的幻想故事与纯粹文字的幻想故事的构想和表现又有不同。比如,日本图画书作家西卷茅子的《我的连衣裙》,并不具体展现故事情节,而是用一个个闪回式的画面,展示主人公小兔子的连衣裙的奇妙变化,将小读者引入一个幻想的世界。

3. 生活故事图画书

生活故事是与幻想故事相对的概念,生活故事表现的完全是日常生活。因为与其他儿童文学样式一样,图画书表现的主要是儿童的日常生活,所以,对儿童的心理表现将是图画书的着眼点。例如《彼得的椅子》(艾兹拉·杰克·季兹文/图)。

这本图画书是典型的写实故事图画书。六岁的小彼得,因为家中新添的小生命——妹妹,爸爸妈妈把彼得小时候用过的小床刷成粉色准备给妹妹用,这下惹怒了小彼得,他带着自己的椅子走出家门,当彼得站在家门口累了想坐一坐自己的小椅子歇息歇息时,才发现自己已经坐不进去了,原来自己已经长大了,最后,小彼得通过亲身体验发现自己错了,带着自己的小椅子回到家,并和爸爸一起把还没刷漆的小椅子漆成粉色,心甘情愿地给妹妹用。这本书真实反映了现实生活中儿童的真实心理。

4. 动物故事图画书

这类的动物故事不是拟人化的童话,而是主要描写事件,情节比较单纯,细腻地描绘了动物的生活习性和内在心理,例如《让路给小鸭子》(罗伯特·麦克洛斯基文/图)。

5. 婴幼儿图画书

这类图画书的阅读者一般是一到两岁的婴幼儿,对于它的阅读一般要包括两个要素,一是游戏性,二是认知性。一岁左右的婴幼儿几乎都非常喜欢玩躲猫猫的游戏。大人嘴里一边说着"没了,没了",一边用手把脸捂住,然后突然把手拿开,露出笑脸,喊一声"喵!"小宝宝就会无比开心。松谷美代子作文、濑川康男作图的《不见了,不见了,猫!》就是将这一游戏图画化的经典作品。小猫、小熊、小老鼠、小狐狸依次上场,最后出场的是小宝宝阿信,他们一个个做躲猫猫的游戏。这本图画书利用传统游戏的趣味和图画书翻页造成的遮蔽呈现的特殊效果,给婴幼儿带来了极大的喜悦。

婴幼儿从一岁半左右起,见到自己知道的东西,就会产生浓厚的兴趣,想用语言或身体动作表示"我知道!"不仅如此,对那些还不认识的具体物品,他们也有强烈的了解欲望。针对婴幼儿的这一心智发展状况,物品图画书,比如介绍交通工具、动物、植物的认知类图画书应运而生。

两岁左右的婴幼儿也能够欣赏直线发展、故事单纯的图画书。比如,宫西达也的《好饿的小蛇》,小蛇扭来扭去去散步,分别遇到了苹果、香蕉、饭团、葡萄、菠萝,小蛇都一个一个把它们吞了下去。最后遇到了苹果树,小蛇就爬到树上,连苹果树都吞了下去。作家发挥图画书形象、直观的功能,设计出小蛇吞吃什么东西,肚子就呈现出那东西的形状这一点睛之笔。这本图画书和《鼠小弟的小背心》(中江嘉男文、上野纪子图)等婴幼儿图画书一样,都采用了反复的手法,造成故事的可预测性,然后在结尾处增加一点意料之外的变化,使之成为婴

幼儿不仅能够欣赏而且还十分喜欢的故事。

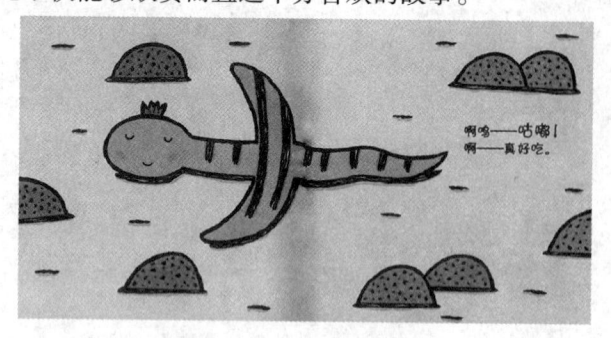

第二节　图画书的艺术特点

一、图画书的图文关系

图画书艺术特质的关键之一是图画书的图和文字语言的关系问题。因为图画书的图画和文字的关系使图画书成为独一无二的文学艺术。除了无文图画书,图画书都有图和文字,但是这两种媒介搭配在一起后的阅读感觉和艺术效果实在是千差万别。图画书中的图与文双方均不是说明与被说明的关系,而是相互融合、交相辉映的互文互动关系:最简明的文字,以必要的字符呈现基本的层面,为图预留出足够的空间;形象的图,以诉诸视觉的直观表现,凸显隐藏的文义,对文起到画龙点睛的作用。图与文对应并契合着,通过图和文的组合与配合,让图画书成为语言艺术和视觉艺术的合体,让图画书因汇集了文学和绘画的精髓而别具风采。

图文图画书中的图,包括媒材与画种的选择、色彩与色调的调配、形状与线条的品质、人物与形象造型以及构图与布局、光源与阴影、空间与透视效果、绘画风格、版式与装帧等的设计,构成了以绘画元素组成的、具有显示或暗示意义的意象符号系统,但它往往不能独立充分表达故事,需要文字的补充。

图文图画书中的文,由名词、动词、形容词构成的基本陈述语句,不加连缀地依次排列,很少有渲染和铺陈,不具有通常文学作品具有的语言的丰富、形象、生动、精妙和细微。日本图画书研究者松居直曾经用一个简单的公式形象表示插图读物与图画书之间不同的图文关系:图+文=插图读物,图×文=图画书。正如他所概括和表达的,图画书的图文间具有互相增效的功能。图画书虽然图有图的效果,文有文的效果,但它追求和呈现的主要是图文结合后获得的整体效果。

二、图画书的艺术表现

(一)主体的绘画性

以图画为主表现故事内容。注重图画的艺术性,既要精美,又要让儿童能够理解和接受。构图讲究画面多少,怎样开头,怎样结尾,哪是重点,哪是过渡;讲究主体物,陪衬物,背景物安排和大小比例恰当。角色造型讲究新颖独特,活泼稚拙,与儿童喜好吻合,与文学内容协调。色彩讲究单一简洁,饱满鲜亮,无论以图画中的线条细节描绘,还是渲染气氛的涂抹,对儿童都有一种亲和力。

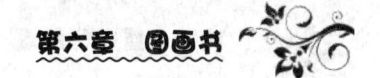

以《兔子彼得的故事》为例说明。

(二)画面的趣味性

主要表现在角色造型和图画情节两方面。角色造型准确、突出、鲜明生动,能引起儿童共鸣;图画情节大胆夸张,能满足儿童的好奇心,激发他们的想象,给儿童留下深刻印象。

例如《鼠小弟的背心》中鼠小弟的形象鲜明生动,它和它的小背心的遭遇无不牵动着孩子们的心,红红的小背心被其他动物无意识中撑得越来越大时,孩子们也跟着紧张起来,这样撑下去,鼠小弟怎么穿,果然鼠小弟哭了,孩子们也伤心起来,画面的情节从一开始就抓住了孩子的好奇心和同情心,最后当大象用撑大的红背心当秋千让鼠小弟玩时,孩子们和画面中的鼠小弟都开心地笑了,这样的趣味性自然而不失大胆的夸张,能满足孩子们的想象力。

当"杰西 D"向"达利 B"扑过去想吃掉它时，画面是两幅图同处于一个翻开的页面。

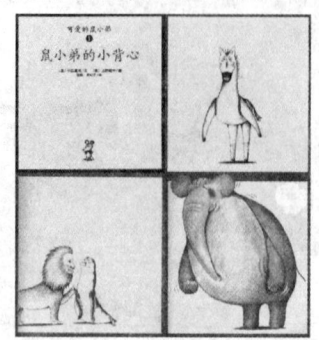

（三）画面的连续性

图画书用图来讲故事，但是图的数量是有限的，图与图之间有中断性。如何使中断的图之间产生连续性，一方面需要语言来帮助铺路，另一方面在画面与画面之间大体有两种情形，一是这两幅图同处一个翻开的页面，如《我不知道我是谁》。

二是需要翻页才能看到下一个画面，如《隧道》，当露茜爬进隧道去寻找哥哥的时候，整个爬行的过程在翻页的过程中进行。

隧道好暗　　　　　　　　　好湿，好滑，好可怕

（四）图画书整体的传达性

图画书整体的传达包括文字和画面以及它们之间的关系。图画书中的每幅图画的文字尽管可以长短不一、多少不定或者有跳跃性，但优秀图画书的文字都考虑了情节、场景和人物的变化，显示出画面之间的流动性，给人一种整体感。图画书中的图画虽然由多幅组成，但幅与幅之间也是一脉相承、连续相通的。图画和文字互相融汇、有机结合，图画书的整体传达性就得到了保证。

从书的角度来说，图画书的整体传达性还包括封面、封底、扉页和装帧。优秀的图画书往往从封面或者扉页就开始进入情节并将封底也利用起来，让儿童回味故事或引发儿童新的想象。例如，筒井赖子作文、林明子作图的《第一次上街买东西》，讲述一个五岁的小女孩小惠第一次上街给小弟弟买牛奶的故事,故事从书的扉页就开始,一直到封底。

扉页　　　　　　　　　　　　封底

从图画书的整体传达性考虑,幼儿教师在给儿童讲述图画书时,不要遗漏画面,可以让孩子通过封面猜测故事内容并在最后进行对比,发现有意义的细节。

第三节　儿童图画书的创作和改编

在图画书中,文字与图画的关系是互补的,所以它的创作有一些特殊的程序和要求。除了自写自绘的作者外,图画书一般都要求故事作者与画家通力合作,充分了解对方的创作要求。

一、文字要求

这里所说的"文字",包含两种含义,一是有文图故事中的文字,一是无文图画书中的构思。图画书的文字是绘画的依据,它基本决定着成品是否线索明晰、结构是否完整,所以不可忽视文字,对其有以下要求。

第一,文字要求简洁、生动、易懂。例如,"大风要吹我,大风来了我害怕。""哎呀,长长飞上天了!"

第二,文字要有可视感,即文字易于在头脑或画纸上形成鲜活的画面,为绘画提供可捕捉的依据。要有动感,如"今天吃大红虾,元元可高兴了。""老爷爷背上装满物的袋子,向树林走去。"

第三,要有节奏感,如《老鼠嫁女》:哩哩啦,哩哩啦,敲锣鼓,吹喇叭,老鼠窝里有喜事,有个女儿要出嫁。脚本用儿歌形式,读来朗朗上口,合辙押韵,像是唱歌一般。

第四,讲究文字的排列。例如《南瓜汤》中的文字,放大、变形,直观形象,文字也具有了动感。《小房子》设计文字的位置和形态,把文字图形化了。

二、绘画要求

(一)符合儿童欣赏图画的特点

图画是视觉艺术,人对图画的欣赏,是在想象和思维指导下的一种有目的、有计划的观察活动。作家和画家要在总体上把握儿童图画认识能力的水平,同时还要注意研究他们观察图画时在形象、画面、色彩等方面的具体特点。

1. 形象塑造

角色形象是作品的主要部分,要求活泼、可爱,符合孩子的审美情趣,要重点表现角色的情态动作,适当运用夸张变形的手法,突出角色的个性特征。

2. 画面处理

背景要简单,主要内容尽量放置在画作中央。同时轮廓要清晰,避免出现重叠现象。

3. 色彩运用

色彩要鲜艳,以红、蓝、绿为主,主体物与背景物色彩对比要鲜明,既不能太素雅,也不能太花哨。

(二) 掌握图画的绘制要求

1. 富于儿童情趣

富于儿童情趣的图画能触动儿童感情,引起共鸣。要做到这点图画就需要具有儿童生活气息,或是他们凭借生活经验能想象出来、能理解的情景。夸张和拟人是使图画得以有趣和新奇的重要手法。图画构图新奇,造型稚拙、夸张、变形,色彩鲜艳等,都能使儿童感到有趣,但这种情趣不应是附加的,而是生活情趣和艺术情趣的融合。

2. 适合儿童的理解水平

儿童受思维水平的局限,对画面的理解与成人有很大不同。如他们的深度视觉尚未发展,很难理解画面的透视关系。他们知道房子的正面、侧面都有窗子,那么就应该把它们展现在平面的图画上。

3. 细节把握

儿童形象性的思维特征,使他们很善于"读"画,他们有时甚至比成人更能发现画面中的细节。有经验的画家,常在不影响故事主题线索的前提下,配上丰富的细节,给儿童更多发现的喜悦。例如,日本图画书作家林明子的《小根和小秋》[1]里的小根是一个会说话的狐狸布偶,小秋还没降生,它就已经等在摇篮边上了。这回,它陪小秋一起坐火车去外婆家,如果你留意,就会在小根和小秋的这趟旅行中邂逅我们熟悉的许多人物——有戏剧大师卓别林在向爱丽斯告别,《彼得兔的故事》里的麦克格莱高先生坐在车厢里。

4. 充分利用图画书翻页的欣赏方式

翻页是图画书欣赏的一大特点。儿童常按自己的感受和意识来翻页,他们既可以仔细阅读画面的细节,又可以因急于知道故事发展情节而往下翻页。这种快慢形成图画书欣赏的一种节奏。因此,将故事划分为每幅图画时,应该考虑到这一点,细心设计画面的结构。优秀的图画书往往能很好地利用这种翻页的方式让小读者爱不释手,因为欣赏图画书的小读者抱有期待,希望能在下一幅画面中找到满意的情节,而这满意有时是合乎情理的发展,有时则是意料不到的情节突转。例如,《古利和古拉》[2]中,每一个场面都有一个悬念,吸引孩子迅速翻页,早点知道答案,最后一翻页,一个又大又黄的蛋糕便出现了。在巧妙利用翻页上,这本图画书对我们很有启发。

第四节 图画书的讲读活动设计

图画书是图画的艺术,也是文字的艺术;是视觉的艺术,也是听觉的艺术(大部分的图画

---

[1] 彭懿:《图画书阅读经典》,二十一世纪出版社 2006 年版,第 34 页。
[2] 中川李枝子/文,大村百合子/图:《古利和古拉》,南海出版公司 2008 年版。

书是具有音乐节律的），更是感觉的艺术。图的线条、色彩、形状与文的流畅、优美，是奏响图画书乐章的乐谱，而长者的口诵，或妈妈的絮语，正是精彩而绝妙的演奏。因此，图画书的讲读需要掌握和运用一定的方法、策略和技巧。这些方法从实用性和操作性出发，分别关联着图画书作品的内容和表现方式、儿童的阅读心理和趣味以及讲读的观念、方式和技能。它们从图画书的讲读实践中产生，可在应用中不断调整和补充，只有保持其自由、个性、多元化、动态、创造性和活力，图画书讲读才会对儿童的阅读能力、智能发展及艺术鉴赏水平的提高发挥积极的意义和作用。

一、封面

一本书首先映入读者眼帘的是它的封面，所以向来讲究的书籍都是精心设计封面、版式、装帧的。一本书的封面同时也透露这本书的某些重要信息，甚至是这本书品味的一种象征。对于图画书而言，封面则更具意义。

一般而言，图画书的封面是取自书里面的某一幅画，而这幅画往往是这本书的精华所在。比如《爷爷一定有办法》的封面所展现的是一位慈祥而又睿智的老爷爷拉着自己的小孙子在小路上漫步。爷爷笑容里透出的慈爱和小孙子天真、活泼的可爱形象深深地印在读者的脑海中，让人难以忘记。

也有一部分图画书的封面是根据图画书的内容而单独创作的。它是对图画书主要内容的高度提炼与概括，乃至一个有力的补充。比如《小皮斯凯的第一次旅行》的封面，图画书里面没有，但却让读者猜测到图画书所讲的故事概况。这样的封面在阅读时，可让读者试着将封面的图画插入图画书中的某一页，以此来激发读者深入阅读的愿望。

封面上除了图之外，还要注意书名、作者、译者、出版社等信息。有一种精装书，在封面外面还有护封，这种护封前后都有一个向里折的折口，称为前后勒口。在勒口上往往印有这本书的内容简介及作者、绘图者的介绍。这些都是阅读者不可忽视的地方。

阅读封面，至少可以达到两个效果。

其一，猜测大意，产生期待。阅读心理学上有个名词叫"阅读期待"。读者在阅读期待的心理条件下会产生强烈的阅读效果。比如庆子·凯萨兹的《不要再笑了，裘裘！》的封面，看到封面可以猜测出正在笑的是裘裘，而在一旁看着它的是裘裘的妈妈。妈妈的表情为什么有些担忧？为什么不要再笑了呢？裘裘笑得多可爱啊！在阅读正文之前，有这样的阅读期待产生，极易理解这本书的主要信息，把握书的主旨。

其二，激发兴趣，乐于阅读。兴趣是种有意思的心理现象，当一个人对某事物产生兴趣以后，会乐此不疲，甚至废寝忘食，所以爱因斯坦说"兴趣是最好的老师"。

如果说兴趣的产生有时是有些偶然性的话，那么兴趣上升到热烈程度则更加坚定了兴趣，使之不易动摇、不易流失，从而产生稳固的心理趋向。这是阅读中一个不容忽视的重要环节。循循善诱者会由兴趣入手，渐渐把读者引入一个产生阅读快乐和热爱阅读的境地。比如在阅读托托和帕德系列《赶回家过圣诞节》这本书时，可先想想西方人过圣诞节是什么样子，他们会干些什么？和我们国家的哪些节日相似？然后再看封面，想一想"赶"回家可能会发生什么事，从而使读者迫不及待地打开图画书进行阅读。

也有的图画书，需要将封面与封底连起来看。比如在阅读《11只猫做苦工》这本书时，小孩子会很敏锐地指出只有10只猫,怎么是11只猫呢?打开封底连起来一看,原来还有一只猫在封底上,树后还藏着一个妖怪呢。

二、环衬——蝴蝶页

打开封面后,我们会看到封面与书芯之间有一张衬纸(简装本则没有),这就是环衬,又称蝴蝶页。这是成人最容易漏读的一页,一般读者会匆匆翻过,或者干脆与扉页连在一起一翻而过,这样往往会错过作者和编辑的独运匠心。

孩子一般不会漏过环衬,虽然他们可能说不出什么,但可能会有新奇的发现与联想。比如《爷爷一定有办法》中的蝴蝶页上是那条神奇的毯子,上面布满了闪烁的星星,给人一种神奇的梦幻色彩。蓝色是天空的色彩,也是梦幻的色彩,更是浪漫的色彩。在这样的环境中,演绎着一个温暖人心的故事,让人沉湎其间,感受爱的暖意。

也有前后环衬的图案是一样的,但阅读整本书之后,读者产生了不同的读图感受。例如《小皮斯凯的第一次旅行》的前后环衬,当孩子们看完后,感受完全不一样,前环衬充满神秘,隐藏着危险,让人有些害怕,又有些刺激;后环衬仍是那幅图,但却让人感到温馨,有一种战胜困难之后的喜悦。或许前后环衬又给读者提供了一个反刍阅读与深入阅读及演绎阅读的空间与平台。

环衬的内容一般不需要讲解,只是稍稍提示,让读者注意罢了。这样才会让读者有更深入的发现。作者与编辑有时在运用暗示手法传递一个小小的信息,让人值得玩味。所以在看到蝴蝶页时,不妨多停些时间,沉静下来品味品味。

三、扉页

翻过蝴蝶页之后,我们便看到了扉页。扉页上一般写着书名、作者和绘者以及译者和出版社。有的扉页上还有作者、绘者的简介以及本书的获奖纪录。读图画书,扉页一定要仔细地看,因为其中包含着丰富的信息。它会告诉你这本书的主人公是谁,大致发生了什么事。比如《活了100万次的猫》的扉页上就是那只威风的虎斑猫,它与封面上的姿态略有不同,扉页上的猫正张开双臂,仿佛在诉说什么。

大部分图画书的扉页即是阅读的起点。因为正文向前后延伸,使得故事跨越了边界,让人读出无穷的意味。扉页中的伏笔与暗示,仿佛大戏开演前的锣鼓声响,为正文做好了铺垫与情境的营造。比如那本让许多人为之感动的《猜猜我有多爱你》,它的扉页上一个个小小的画面绝不是多余的,这些画面传递了这样的信息:大兔子和小兔子在一起快乐地玩耍,小兔子在精神上特别满足之后才会有下文那天真的问题——猜猜我有多爱你?试想若没有这样的铺垫,一开始便产生这样的问题,让人觉得多么唐突,甚至让人觉得矫情,反而不能体现那份浓浓的爱意。

有的图画书的扉页上是一张阅读地图,也许刚开始阅读并不能有什么发现。当读完整本书之后,蓦然回首才发现扉页上已将故事中的重点一一指出,让我们产生再次阅读的欲望,比如佩特·哈金丝的《母鸡萝丝去散步》。还有《11只猫做苦工》,它的扉页上就是这11只猫旅行的地图。看完书之后,根据这张地图我们可以轻而易举地把故事复述出来。

翻过扉页,总算到了正文。一般人读书总是以为正文才是书的开始,对于纯文本类的读物也许是这样,但对于图画书而言,则只代表着书的主题部分开始逐渐呈现。

这里需要一提的是,图画书至少包括三种语言:

一是图画语言——由图画来表达;二是文字语言——由文字来传递;三是图文相结合、对照、碰撞产生的新的语言。

正因为图画书适合这样的语言,所以许多学者一直认为听读图画书和自己看图画书是不一样的。日本的松居直先生一直认为图画书不是孩子自己读的书,而是大人读给孩子听的书。他在《我的图画书》中阐述:图画书是通过优美的语言和图画表现出来的,这些语言和图画只有成为朗读者的感觉讲给孩子听,才能被接受。当朗读者把图画书所表现的最好的语言用自己的声音、自己的感受讲述时,这种快乐、喜悦和美感才会淋漓尽致地发挥出来。图画书的体验才会永远地留在聆听者的一生当中。这样的阅读,传递知识在其次,更重要的是能加深亲情。所谓的"亲子阅读",正是对现代人人际关系日益淡漠的一种矫正和补充。

如何读图画书给孩子听,图是重点,也是难点。如果把图看成形式,把故事看作内容,那么讲故事就可以了,图不用专门讲。可是图画书的图,不仅仅是形式,它本身就是内容,那么图就必然要讲,讲读者的问题是讲什么以及怎么讲图。

图画书以图叙事,有直接的展现描绘,也有间接的暗示表达,但大多时候两者其实是不能分割的整体,很多画面既是直观的具象呈现,同时也隐含抽象层面的意义表示。一般来说,儿童对直观的具象更有兴趣,更能够理会,其与故事本体的粘连也更为紧密,相关的讲图无论是并入故事的讲述,还是随机穿插于其中,讲读者都易于处理,难的是图像符号暗示的层面,其表达的内容趋于抽象,更以视觉艺术的元素与技法支撑,在成人讲读者看来,这些不被儿童关注不容易切近的部分,又恰恰是图画书艺术微妙及奥妙之所在。

给儿童讲读图画书,对讲图的方向、内容和方法进行研究和考察,首先应从图的意义入手——不单纯是图的叙事意义,还包括图对儿童的意义,图在图画书阅读中的意义。图画是儿童读书的起点和入口。如果将读图的快乐或通过看图读故事的快乐看做是吸引并支持儿童进入和完成图画书阅读的基础,如果首要依据儿童读图的过程中心理和情感的反应来确定讲图的方向和基调,讲图的重点还是要落在图画直观表现与表达的层面上。

四、人物形象

相比起文学作品的文字刻画和表现,图画书中的人物形象更为直观而生动,角色和人物的面貌、表情、动作、情态、服饰,无不历历在目。这些鲜明、生动的视觉信息,能迅速激活儿童的想象,成为儿童心中再现和重组故事的基本素材。儿童通常会将读图的重点投射到人物尤其是他喜爱并关注的人物形象上,关注图画描绘的人物的行为与状态,感同身受地进入人物所处的情境,揣摩体会人物相关的心理或情绪,进而深入理解和欣赏作品内容。比如李·伯顿的《小房子》,采用了拟人化的生动造型,儿童读者很快便通过小房子表情和形态的变化,注意到小房子周围四季物候、人们的活动及生活场景的变化,进而理解作品所表现的人类社会的日益工业化、都市化对大自然越来越严重的污染和破坏。同为环保题材和主题的《挖土机年年作响——乡村变了》,构图和造型有不一样的风格,儿童读者的关注程度与阅读反应也有相应的不同。再比如《活了100万次的猫》,虽然作品的内容和主题对缺乏人生阅历的儿童来说相当深奥,但孩子们在阅读中却能够部分感知作品所表达的思想和情感,这和那只虎斑猫栩栩如生、活灵活现的形象有着直接关系,儿童读者会因为喜爱它、同情它而努力体会它的喜怒哀乐。在图画书的讲图中，可以考虑以人物为核心和重点。

五、核心场景画面

那些以一对页放一大幅图的形式推出故事高潮的画面，儿童一般会同步进入阅读兴奋状态，他们阅读主动、观察仔细、想象积极、思维活跃，会以更敏锐的感觉和注意力捕捉图像信息，卓有成效地发掘出那些有心的作者刻意留给孩子们的"秘密记号"，成就感和愉悦体验又会进一步激发他们读图的欲望。这时成人的讲读可能已经滞后于儿童的读图速度，如果没有进行补充和推动的必要，也可以适时退隐或抽身，让位给儿童的自主读图或讲图。

六、图画细节

儿童其实有着敏锐的感知能力，寻找发现那些隐藏着的图画细节，能让他们的阅读充满惊喜，让他们体验到愉悦和成就感。儿童会注意那些奇异、鲜明、有情趣的或是他们生活中熟悉的细节时，即使这些细节处在读者视觉聚焦点之外的某个角落或者只是一个不起眼的物件。而儿童视而不见的那些在成人看来很关键的细节——甚至重复阅读也关注不到的，通常是他们不曾经历，或者过于依靠上述种种视觉技术手段的、儿童比较陌生的暗喻符码，这些细节如果又游离于儿童阅读的故事主干外，一般不需要进行解析，除非对后续故事情节发展有关键性作用，才有必要给予简明提示和指点。如《7号梦工厂》等有着比较多的暗藏细节的作品，还可以有意保留一些"玄机"和"密码"留待儿童在后来的重复阅读中自主发展。

不少讲读者困惑于要不要对儿童忽略或误读的细节进行即时的补漏与矫正，由于图画书细节本身非常丰富，表意体系又相当复杂，即便是成人包括专业工作者，初次或粗略的阅读都有可能出现失误。当儿童漏看错看一些图的细节时，如果重要到影响阅读的进展和基本的理解，可以提醒他们回看前面的画面，及时进行弥补和修正。一些生成趣味或效果的局部，可在以后的反复阅读中提示或供儿童自己发掘领悟。图画书都具有重复阅读的必要，这样可以给儿童预留一些探索与发掘的空间。

七、不同图文关系图画书讲图的处理

无字书的讲读完全指向了图画，文字量偏少的图画书的讲读也更依托于图的讲读，延伸到文字表达之外的图画故事，则通常是读图和讲图的重点，像《母鸡萝丝去散步》中狐狸追逐母鸡的线索，文字不曾覆盖，完全由图画描绘，是作品的核心与精华，集中了故事的戏剧冲突、喜剧性和幽默感。又比如《爷爷一定有办法》，地板下老鼠一家的生活，拓展了故事空间，增添了趣味，烘托了主题，儿童的注意程度并不亚于故事主干，讲图时应该注意同步兼顾到这样的附加故事，小图细微地方的阅读更需要特别的精细。

图的讲读最好能够感应和配合图画书的绘画风格。同样是表达爱的情感并以兔子为主角，《黑兔和白兔》与《猜猜我有多爱你》有着清晰的分际，讲读者讲图基调包括语气和口吻都应有所不同。《猜猜我有多爱你》中的大小兔子，它们的关系不确定，可以理解为亲子、兄弟或者伙伴，讲读格调可以处理为欢快、天真与活泼；《黑兔和白兔》明确表现了爱情、婚姻的浪漫、温馨美好，画风细腻，笔触轻灵柔美，色调清雅，毛茸茸的皮毛、纯净而温情的眼神，将两只兔子的形象和情感表现得格外甜美、动人，这部作品在讲读时，语言的运用甚至声调的控制，都应该配合和衬托出图画特有的情调和韵味。

需要指出的是,图画书的讲读,从本质上说,基本固定的模式和规定,所有的方法策略都没有绝对的应用范围和规定性,在讲读实践中可以有选择地采用、整合、调整,根据需要进行补充、生发、拓展和创新,以实现图画书讲读活动的针对性、丰富性、自主性和创造性。

例如,作品解读《猜猜我有多爱你》。

有只大兔子万万没有想到,小兔子有一天会问他,猜猜我有多爱你。我的手分得有多开,我就有多爱你。小兔子分得不能再分了,"我爱你有这么多。"大兔子也把他的手举了起来。一分就比小兔子多得多。小兔子站起来,我的手举得多高就有多爱你。大兔子的手长啊,两手一举好像到天空了。小兔子翻跟头。书上有七幅图,各种各样的姿势,拼命地跳。小兔子跳得再高也只有那么高……

现在,小兔子该上床睡觉了,可是它紧紧地抓住大兔子的耳朵不放,它要肯定大兔子在听它说话。它说:"猜猜我有多爱你?"大兔子说:"哦,我可猜不着。"小兔子说:"这么多。"它张开两只手臂,伸得尽可能的远。可大栗色兔子的手臂更长,它说:"我爱你有这么多。""嗯,这真是很多。"小兔子想。

小兔子又说:"我爱你到我的手能伸到的最高的地方。"大兔子说:"我爱你到我的手能伸到的最高的地方。"小兔子想,这真是够高的,我希望我的手臂也有那么长。接着,小兔子有了一个好主意。它打了个滚倒立起来,把脚伸到树干上,说:"我爱你,直到我的脚趾尖。"

大兔子把小兔子甩过头顶:"我爱你一直到你的脚趾尖。"

小兔子说:"我跳得多高就有多爱你。"它不停地跳上跳下。大兔子笑了,说:"我跳得多高就有多爱你。"它跳得真高,它的耳朵都碰到了树枝。小兔子想,这真是跳得太高了,我希望我也能跳得那么高。

小兔子叫喊起来:"我爱你像这条小路伸到小河那么远。"大兔子说:"我爱你远到跨过小河再翻过山丘。"小兔子想,那真是很远。这时,它看见了黑沉沉的夜空,没有什么能比天更远了。它说:"我爱你一直远到月亮那里。"说完它闭上了眼睛。

大兔子说:"哦,那真是很远,非常非常的远。"它把小兔子放到用树叶堆起来的床上,然后低下头来亲吻小兔子,对它说晚安。最后它躺在小兔子的身边,带着微笑轻声地说:"我爱你,一直远到月亮那里,再从月亮那儿回到这里来。"

我们真是想不到大兔子说出的这最后一句话。它是我们想不到的,可是它在任何一个已经长大的人的记忆和感念之中,因此一旦说了出来,我们就在心的很深之处受到触动。很少有小孩会有和我们相同的理解和感情,这没有关系。因为他们会对这两只兔子的故事有兴趣,会记住它们的爱的表达,记住小兔子的挖空心思和大兔子的深情,小兔子的天真可爱和大兔子的母爱的诗意。记住那些比喻,那些联想,那一句句巧妙、睿智的话和里面的温暖。

记得住这些,在一个孩子慢慢长大的精神里,就栽下了美丽的花,是在一张很白的纸上画了一棵会长得很大、发出香气来的树。

这是一个故事,这是一首诗,这是一种爱。这里有很多的感动,很多的想念。对成年人的想念比孩子更多。它会让我们想念母亲,想念父亲,想念那个远到月亮再从月亮上回来的那种爱,这样的想念在以往的日子里,我们早已忘却了。这不只是一个给孩子的东西,更是给大人的。它简单,却触及了人类内心最深层和永恒的东西——爱、友谊、诚实、勇敢,甚至生死。它已经不仅仅只是语言符号的传递了,而是以撼动灵魂的方式在与人沟通。这样的阅读和沟通的过程,会产生直指人心的坚定力量,会不断地与你的心灵碰撞,碰撞,再碰撞。将一本五彩斑斓的图画书握在手里,体味阅读,就犹如在我们的灵魂深处,将这世界的真善美重新品味。

附儿童图画书推荐书目
一、有关妈妈形象的图画书
(1)《我们的妈妈在哪里》
(2)《妈妈的红沙发》
(3)《永远爱你》
(4)《莎莉,离水远一点》
(5)《让我安静五分钟》
(6)《猜猜我有多爱你》
(7)《我妈妈》

二、有关爸爸形象的图画书
(1)《爸爸,你爱我吗》
(2)《爸爸,我要月亮》
(3)《我爸爸》

三、可以引导儿童学习面对死亡的图画书
(1)《爷爷没有穿西装》
(2)《我的外公》
(3)《我永远爱你》
(4)《獾的礼物》
(5)《一片叶子落下来》
(6)《小鲁的池塘》
(7)《再见,爱玛奶奶》

四、可以引导儿童学习面对情绪的图画书
(1)《生气的亚瑟》
(2)《生气汤》

(3)《菲菲生气了》

五、可以引导儿童学习面对害怕与恐惧的图画书
(1)《床底下的怪物》
(2)《讨厌黑暗的席奶奶》
(3)《我好担心》

六、可以引导儿童学习面对身心失能者的图画书
(1)《祝你生日快乐》(癌症)
(2)《先左脚,再右脚》(中风老人)
(3)《小纸箱》(流浪汉)

七、可以引导儿童了解与珍惜友情(谊)的图画书
(1)《月亮,地球,太阳》
(2)《我最讨厌你》
(3)《我喜欢你》
(4)《玛德琳》
(5)《你是我的朋友吗》
(6)《为什么》

八、可以引导儿童了解读书真好的图画书
(1)《最想做的事》
(2)《我讨厌书》
(3)《米爷爷学认字》
(4)《谁怕大坏书》

九、可以和儿童一起分享共同记忆或共同体验的图画书
(1)《我们的树》
(2)《想念》
(3)《挖土机年年响》
(4)《爷爷一定有办法》
(5)《花婆婆》(改变与希望)

十、可以鼓励儿童勇于做自己的图画书
(1)《爱花的牛》
(2)《蜡笔盒的故事》
(3)《我就是我》

【思考与练习】

1. 图画书的概念是什么？试比较其与儿童图画书的不同。
2. 图画书的作用是什么？举例说明。
3. 图画书的种类和特征有哪些？结合具体的图画故事书说一说。
4. 为儿童创编、绘制一本可以阅读的大图画书。

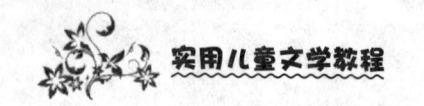

第七章　儿童散文

第一节　儿童散文概说

一、儿童散文的概念

散文是与韵文相对的一种古老的文体,经过漫长的文学演进,散文的概念不断发展、变化。当代的散文概念,具有广义和狭义之分。所谓广义散文,是指与小说、诗歌、戏剧等并列的一种文学样式,包括抒情散文、随笔、杂文、报告文学和史传文学等;所谓狭义散文,即抒情散文,或称艺术散文,注重叙事、抒情和议论"三体并包",是一种长于观照写作者的内心世界、抒发主体情思的内向性文体。儿童散文属于狭义散文的范畴。

儿童散文是写给儿童,适合于他们阅读欣赏,其内容多是成年人对自己儿童、少年时期生活的回顾,适宜于儿童阅读、欣赏的作品。中国可称为对儿童散文十分重视的国家,但就中国自身的格局而言,儿童散文仍然是一只小小的偏师,同时,儿童散文在写人、叙事方面远远无法与小说和童话相抗衡,而人与事,又是儿童感性思维的最根本依托。散文的特点在于表达内心情绪,议论人生,烘托出作者本身的精神世界。但这样的艺术境界却很难在儿童读者那里得到回应。因此,我们发现,在儿童散文领域里,叙事性散文占大多数。

二、儿童散文的分类

（一）儿童叙事散文

儿童叙事散文是用散文笔调向儿童描述生活中的人物、事件等,它可以有完整的情节,也可以只写事件的片段,不一定要有事件的全过程。儿童散文毕竟是散文,不是小说,所以在必要的时候,叙事必须简化淡化情节,使情节为抒情服务。叙事散文所涉及的内容很广,可以是娱乐、玩伴、旅游等各个方面的事情及所见所闻所思,因而儿童叙事散文往往充满现实和生活气息。例如《谁会脸红》:

猫会脸红么?它东跳西跳,撞坏了一只花瓶。明明是它不好,做错事,却不认错。好像花瓶"乒"一声吓到了它,"喵呜"一叫,溜掉了。

猫呀猫,没点儿责任心。

狗会脸红么?黑狗黄狗追追打打,撞倒了一桶水。明明是它不好,做错事,却不认错。好像这桶水是冲着它俩泼的,"汪汪"一叫,不高兴地摇摇尾巴,都溜了。

狗呀狗,没点儿责任心。

小孩会脸红么?迎面走来一个男孩,一个女孩,急匆匆,在门口相撞,各自摔坏了一只茶杯。他俩顿时红了脸,脸蛋红得像快要落山的太阳。两人抢着说:"怪我不好,请原谅!"一转身,男孩拿来了扫帚,女孩拿来了畚箕,把茶杯碎片打扫得干干净净。男孩女孩相对一笑,脸更红了,红得像初升的太阳。

（二）儿童抒情散文

儿童抒情散文重在抒发孩子们对生活中人、事、景、物的纯洁、善良、美好的感情。它可以第一人称即儿童的眼光来写，以实现两种情感的沟通和融合。它可以直接抒情，也可以间接抒情，前者通常是融情于景，后者通常是借景抒情。但无论哪一种抒情方式，都重在将儿童隐约感知到的自然美、生活美显现出来，让孩子们受到美感熏陶，以引起他们对大自然和生活的热爱。例如《会唱歌的森林》：

有一座会唱歌的森林。

森林的歌，清逸而悠扬。仿佛好多好多歌手在歌唱，有的轻悠悠的，有的高亢激昂……

是大树在唱歌吧？森林里最多的是树。

我走进了这片森林，走进了歌声里。歌声如细碎的阳光，在枝头跳跃，在林中飞翔，走走，看看，听听。当我发现森林里最多的不是树时，我找到了真正的歌手。

瞧，每一棵树上，都有许多许多小鸟。每一只小鸟，都爱唱歌。

小鸟的歌，从树梢洒下，在枝叶的缝隙里流泻成金色的阳光瀑布。

小鸟的歌，挂在枝头的叶片上，结成晶莹的露珠。

小鸟的歌，落在地上的红草莓、圆蘑菇和各种漂亮的花朵上。

小鸟的歌，跳进溪水里，变成了欢蹦乱跳的小鱼、小蟹、小虾……

小鸟的歌，汇成了森林的歌。

哦，每一座森林都会唱歌。

（三）儿童写景散文

儿童写景散文往往像散文诗一样聚焦于一个小景点，并努力从小景点里挖掘出诗情画意，让孩子们从中受到潜移默化的美感熏陶。例如薛卫民的《五花山》：

'春天'，绿色是浅浅的，许多树叶儿刚冒出芽儿来，嘴角上还带着嫩嫩的黄色呢。'夏天'，绿色是深深的，……连雨点儿落上去，都给染绿了。'秋天'，有的树林变成了金黄色，好像所有的阳光都照到那里去了。有的树林变成了杏黄色，远远地看去，就像枝头上挂满了熟透的杏和梨；有的树林变成了火红色，风一吹，树林跳起舞来，就像一簇簇火苗儿在跳跃；还有的树林变得紫红紫红，那颜色就像剧场里的大幕布。只有松树不怕秋霜，针样的叶儿还是那样翠绿翠绿的。总之，山变成五颜六色，一层金黄，一层翠绿，一层火红……

作家以丰富的视觉语言描写了美得如此鲜艳的一座山，让小读者在美的语言情境中感受大自然的色彩美。

又如夏辇生的《项链》：

大海，蓝蓝的，又宽又远。沙滩，黄黄的，又长又软。雪白雪白的浪花，哗哗笑着，涌向沙滩，悄悄撒下小小的海螺和贝壳……小娃娃嘻嘻笑着，迎上去，捡起小小的海螺和贝壳，串成彩色的项链，挂在自己的胸前。快活的脚印，串成金色的项链，挂在大海的胸前。

《项链》一文中所说的"项链"不仅指孩子用海螺和贝壳串成的项链,还将孩子踩在沙滩上的脚印想象成挂在大海胸前的金色项链,这种新奇的想象生动地传达了孩子在海边嬉戏的快乐,以鲜明的意象营造了童趣盎然的世界。

(四)儿童童话散文

儿童童话散文是把童话形式移植到散文创作里的儿童散文,它往往借助童话的意境与情节、童话的想象与幻想,用散文的形式来描写拟人化了的童话形象。它是有情节的,但比童话里的情节淡化。它也是有矛盾冲突的,但其矛盾冲突相对于童话中的人物关系来说要简单得多。童话散文给人的感觉是语言新鲜活泼,形象亲切可爱。

例如,《雨中的森林》和《蒲公英的吻》是两篇很美的幼儿童话散文,在《雨中的森林》中,作家把两只鹁鸪鸟拟人化为兄弟,让它们像人一样关心着周围的环境,并为了改善环境付出很大的努力:鹁鸪鸟兄弟为了解除森林的干旱,飞向天空寻找云彩,告诉云彩森林是如何需要它们;它们不顾别的鸟儿的嘲笑,不顾饥渴劳累,"找到了一片又一片的云彩,它们把云彩带领到森林上空。云彩结成了云朵,云朵又集成厚厚的一层乌云",当雷声响起时,鹁鸪鸟兄弟已经又累又渴地昏倒在草丛里了。旱得快要冒烟的森林,喜逢甘霖,"森林、草地、鸟儿、兽儿们,都为雨点儿的降临拍手欢笑。大伙儿们说:'谢谢你们——乌云、雨点……'"但是没有人知道这场雨和鹁鸪鸟兄弟有什么关系,也不知道鹁鸪鸟兄弟累得还在草丛里躺着。作品最打动人的一个情节是,当鹁鸪鸟兄弟恢复过来以后,它们一点也没诉说自己有什么功劳,没有居功自傲,而是与别人一起欢呼:"谢谢你们——乌云、雨点……"并以此作为结尾,至于鹁鸪鸟兄弟的行为与精神是什么,让小读者自己去思索。

《蒲公英的吻》是用第一人称写的散文,文中把小鹅拟人化为没有伙伴而感到孤单的小朋友,把鹅妈妈拟人化为一个有知识的妈妈,它了解蒲公英的秘密,把蒲公英拟人化为能听懂小鹅许的愿——"蒲公英,蒲公英,请你带给我小伙伴……"当蒲公英听到小鹅的愿望,"噗"的一下,绒毛变成了许多飞翔的小伞。鹅妈妈把这些小伞称之为:能为我们带来快乐小伙伴的"蒲公英之吻"。当小鹅还在怀疑"蒲公英的吻真的会为我带来小伙伴吗"的时候,作者描绘了一个美丽的情景:"……有一只小鹅跑来了,它的额头上,粘着一个'蒲公英之吻'。"然后,"又来了一只、两只、三只……""每一只小鹅的额头上都粘着一个'蒲公英之吻'。"孩子们欣赏到这里,他们会为小鹅找到了头顶都带着"蒲公英之吻"的伙伴而高兴,会为一群头顶"花冠"的小鹅组成的美丽画面,感到愉悦。

两篇散文虽短,但浓缩着丰富的内容。它们除具备幼儿散文语言优美、意境清新、富于幼儿情趣的一般特点外,还渗透着浓郁的情感——它含蓄地赞美鹁鸪鸟兄弟的高尚行为,抒发了小鹅渴望友谊的美好心愿。

(五)儿童知识散文

儿童知识散文以向儿童介绍知识为宗旨,是一种寓知识于形象描写之中的儿童散文。它不同于科学小品文,也不同于生活常识介绍文,它写法灵活,常以生动、活泼的语言和颇有抒情气息的笔调来传达一些知识。常以拟人的手法描述情境,抒发情感。例如薛卫民的《月亮渴了》:

天空渴了,月亮和那些小星星渴了。太阳说:"我给你们舀些水来喝吧。"太阳从大地上、河里、江里、大海里,蒸起无数的小水珠儿;小水珠成帮结伙地升到天空,就这样,天空喝到了水,月亮和星星喝到了水,它们不渴了。喝剩下的水,月亮和星星又还给大地,还给江河和大海,它们泼呀、泼呀——亮晶晶的雨丝从天上飘下来了,小朋友们看见了,他们拍着手喊:"下雨喽!下雨喽!"

这篇散文,作者用拟人的手法,将雨的形成这一知识描述得欢快、活泼,易于幼儿接受,也给幼儿带来了愉悦。

第二节　儿童散文的美学特点

儿童散文虽然具有散文的一般特点,但由于它要适合儿童生理、心理需求和知识水平需要的各种特征,所以在内容选择、意境营造、语言表达等方面,与成人散文有很大区别。儿童散文更多的是以真实、自由为核心,表达儿童的率真和童趣。其美学特点主要有以下四点。

(一)真实性:秉性率真,描写真切,贴近儿童生活

真实性在散文中呈现的状态是开放、多元的,它与虚假相对抗,表征为表象的真实和心理真实。不管是客观、物化的真实,还是主观、抽象的心理真实,只要是因"我"的情感涌动而吟唱出的"心底的歌",就无碍于散文的"真"。儿童散文的真实大体为客观的真实,即"我"亲历(耳闻目睹),"我"所叙述的场景,经由记忆可以还原,甚至可以找到见证人。事件具有纪实性,这样的散文多为"我"所见、所闻和所感,且多采取"叙述、抒情、议论相结合"的表现方式。如郭风的《初次的拜访》写一群花的孩子和土蜂去小野菊家做客;韦苇的《小松鼠,告诉我》写"我"对失去自由的小松鼠的同情和关爱;《花儿像谁》写儿童园评好孩子活动;乐美勤的《布鲁塞尔铜像》写撒尿的小于连;胡木仁的《圆圆的春天》写孩子眼中的春天景象和孩子心中的春天感受等。

(二)自由性:意境优美,充满灵动自由的想象

自由自在是儿童的天性,儿童喜欢天马行空地想象,而无拘无束也是散文的特点。它的结构没有严格的限制和固定的模式,这种自由灵动,给散文带来了独特的文体魅力。

儿童散文往往通过作者出奇灵动又自由稚嫩的想象,用活灵活现的形象营造优美的意境,其简明而不深奥、晦涩,充分体现了儿童散文的自由性。

如望安的《夏天》,意境是通过场院、村子、小路三个镜头和场院洒的金雨、村里飘的香风、爱唱歌的小路三种富有象征意义的景色来表现的。作品生动地描绘出孩子眼中山村夏天生机勃勃的景象,并融进了他们对生活的观察和感受,表达出丰收的喜悦心情。

(三)趣味性:明丽清纯,渗透儿童情趣

儿童生活的本色是生机盎然、色彩斑斓的,充满童真、童趣。儿童散文不论写人、记事,还是抒情、言志,都注重生动、活泼、有趣和有意味,要将生活和人生中的诸多真谛自然而然地沉潜于字里行间,从而使文章具有超越于生活的理趣,既提升了文章的境界,又能陶冶儿童性情。儿童散文的趣味性突出表现在情、理、趣的融合上,而这三者都是符合儿童的心理

要求和阅读兴趣的。

如夏辇生的《抬轿子》，作品写乡村常见的孩子玩抬"新娘"出嫁游戏时的情景，表现的是孩子们天真无邪、两小无猜的纯真情谊。孩子们模仿成人社会的生活，其游戏本身就充满趣味，通过作者用浅显易懂、明丽清纯的语言再现出来，作品更是生动、童趣盎然。特别是一些动词的使用，准确勾勒出游戏情景，渗透了浓浓的儿童情趣。

（四）诗意性：纯真清丽的意境和语言

儿童散文同成人散文一样具有诗的特质，讲求诗的凝练、诗的意境、诗的情调、诗的韵味。所不同的是，儿童散文的诗意美总是渗透着浓郁的儿童情趣。儿童散文用优美、清纯、简洁的语言表现童话般优美的意境，用儿童特有的想象来写景抒情，使作品自然而然地显现出儿童情趣。例如吴然的《珍珠雨》：

"下雨了！下雨了！"小鸟扇着潮湿的风，飞过河去，向朋友们报告下雨的喜讯。淡蓝色的、温暖的夏雨呵，紧跟着小鸟的飞翔，笼罩了河面和水塘，笼罩了田野，笼罩了我们的山村和村后的树林。

一片雨的歌唱。万物都在倾听……

"雨停了！雨停了！"

小鸟扇着雨后的阳光，从一道彩虹里飞出来。

天多明净，遍地阳光。珍珠般的雨点，一颗一颗挂在草叶上，挂在花瓣上，挂在柳条上，挂在一匹刚从雨里撒欢回来的小红马身上，挂在房檐口上……哦，下了一场太阳雨，下了一场珍珠雨呵！

蜜蜂说，金盏花、牛眼菊、山玉兰们更香了。

小马驹、小牛犊和小山羊说，奶浆草、狗尾巴草、三叶草们更嫩了。

草莓说："还有我，更甜了！"

通过具体、形象的描写，达到情景、物我的和谐交融，儿童散文追求诗意美，就是追求像诗里表达的那样富有儿童情趣的给小读者以美感的意境。

第三节　儿童散文的创作

儿童散文创作总的要求，必须打破用成人眼光来思维的定式，从儿童的角度出发，用儿童的耳朵去听，用儿童的眼光去观察，用儿童的心灵去感受、去体会。

儿童散文的创作，应该考虑四个方面：选材、构思、开篇、语言，具体情况如下。

一、选材

从儿童角度感受生活，确定内容。选材就是"写什么"的问题，内容应该是儿童熟悉或感兴趣的。采取的方法是和儿童"心理位置互换"，即"设身处地""将心比心"。所谓从儿童角度去感受生活，就是以儿童的眼睛和心理来观察体味客观事物。正如教育家苏霍姆林斯基所说："要进入童年这个神秘之宫的门，就必须在某种程度上变成一个孩子。"这是一种写作的姿态，也是对题材的取舍。不能低估儿童，儿童和成人是平等的。儿童散文的选材是没有禁区的，许多问题是可以和孩子谈的，除了日常生活的故事，还可以用他们能够理解和接受的方式,谈他们经历的和没经历过的话题,比如幸福和快乐的问题。"幸福是一口很深很深的井,快乐是一桶水","快乐是嘴唇在哈哈大笑,心在微笑;幸福是嘴唇在哈哈大笑,心也在哈哈大笑"。

二、构思

用儿童想象构思作品,创造意境。构思就是"怎么写"的问题,即创设儿童能够领会的意境。儿童散文的意境是情趣和诗意,它们像儿童散文的两只翅膀,没有翅膀散文就飞不起来,它所描绘的生活多半是粗糙、乏味的。

构思要考虑儿童的理解能力和接受水平,形象具体可感。用发现的眼睛去描绘与儿童有关的生活,用具象新鲜的比喻带儿童走进自然。作家可以像画家那样工作,向画家学习直接认识周围事物的方法(这也是儿童的典型特点),用初次的眼光准确地观察和记忆,然后充满新鲜感地用文字去表现。带着强烈的兴致去描写生活,每件生活琐事里都会蕴含着让儿童感到有趣的内核。儿童散文的语言是一种境界,在最浅白的语言里,却能看到色彩的层次、生活的趣味与提炼、诗意的想象,它是一件真正的艺术品。我们要把一些人间美好的东西通过文字去传递给儿童,情趣与诗意可以成为儿童生命初始的底色。

三、开篇

根据儿童心理找到合适角度,准确切入。一般说来,孩子们对冗长、拉杂的景物描写不感兴趣,因为景物描写反映着作者对客观存在的景物的一种主观感受,实际上也是作者对于生活的一种美学评价。可是,儿童由于知识的贫乏和理解力的限制,因此要他们理解文学作品里那复杂、细腻的景物描写是很困难的。所以,儿童散文一般简明、精练,忌讳拉杂拖沓,所以一般开门见山、直接入题的比较多。

叙事散文和游记经常采用简略交代的方法切入,写景散文和抒情散文往往开门见山,直接切入,很少铺垫。

例如望安的《夏天》:

夏天的雨是金色的,不信,你看:场院里,脱粒机扬撒着麦粒,千颗、万颗,造成金色的雨。

夏天的风是喷香的。不信,你闻:村子里,家家户户磨了面,在蒸甜糕,飘出一阵阵香味。

夏天的路爱唱歌。不信,你听:小路'吐吐吐',大路'滴滴滴',拖拉机、大卡车,一辆接一辆,忙着运送公粮。

四、语言

按儿童水平斟酌语言,落笔成文。儿童散文写作还应考虑使用语言要有儿童味儿。可使用比喻、拟人、反复、排比等修辞方法,做到用词浅显、准确,以及动词、形容词重叠恰到好处。

优秀的作家总是了解和掌握儿童的语言特点,因此当他们以儿童的口吻叙述时,它的语言的浅显质朴、生动活泼就成为作品的特点,这些语言完全没有成人语言中惯用的那些关联词语,也没有那种冗长的修饰形容。它时常出现的重复与跳跃,颇富有近似音乐的节奏和韵律,它的简洁与朴素,却又鲜明地表露出儿童的感情倾向。

下面分析泰戈尔的《金色花》。

假如我变成了一朵金色花,为了好玩,长在树的高枝上,笑嘻嘻地在空中摇摆,又在新叶上跳舞,妈妈,你会认识我么?

你要是叫道:"孩子,你在哪里呀?"我暗暗地在那里匿笑,却一声儿不响。

我要悄悄地开放花瓣儿,看着你工作。

当你沐浴后,湿发披在两肩,穿过金色花的林荫,走到做祷告的小庭院时,你会嗅到这花香,却不知道这香气是从我身上来的。

当你吃过午饭,坐在窗前读《罗摩衍那》,那棵树的阴影落在你的头发与膝上时,我便要将我小小的影子投在你的书页上,正投在你所读的地方。

但是你会猜得出这就是你孩子的小小影子吗?

当你黄昏时拿了灯到牛棚里去,我便要突然地再落到地上来,又成了你的孩子,求你讲故事给我听。

"你到哪里去了,你这坏孩子?"

"我不告诉你,妈妈。"这就是你同我那时所要说的话了。

分析:《金色花》这首散文诗是作者的心灵之美与艺术技巧完美结合的产物。它的意境恬静、优美,格调轻柔、和谐,自然清新的语言,描绘出有声、有色、有香、有情致、有灵气的那样一种境界,达到了情景交融、物我合一的效果,给人以无限的审美愉悦。它以孩子的口气,表现了对母亲的爱,颇具儿童情趣。

第四节　儿童散文的阅读活动设计

一、儿童散文阅读活动的主体设计

传统散文阅读活动的基本思路是把散文作品的题材、主题、结构、语言、风格等作为阅读活动的主体框架,新理念散文阅读同样也依据体裁特征建构,但不再一概在作品中都采用基本板块叠加的偏重阅读能力训练的模式,而趋向于针对文本的具体品质,重点选择1—2个层面进行有色的、偏重于散文艺术鉴赏的阅读活动。散文阅读活动主要的内容包括以下几点。

1. 儿童散文的情趣

许多儿童散文有浓郁的生活气息和饱满的儿童情趣,可以引导儿童结合自己的生活体验全身心投入散文的情境,领会作品在表现童心与童趣方面的艺术作为,引发情感的共鸣,在活跃的阅读气氛中,让儿童全方位感受散文的艺术魅力,建立和培养儿童对散文的阅读兴趣。

2. 作者的情感

散文中作家所抒发的情感可以采取直接或间接的不同方式,通常需要在整体把握文章的基础上感受和体味。作者的情感和文章的主题有内在的联系,是散文阅读活动的重点和难点,活动中应注意结合作家的人生经历、创作风格以及写作背景理解和感受。

3. 艺术表现

散文的表现方式多种多样,除了传统的托物言志、借景抒情、伏笔照应、意境烘托外,儿童散文会特别地使用一些表现手法,包括幻想和想象,包括拟人、比喻、象征、排比、对比等修辞手法。应引导儿童适当关注这些手法在整篇散文中发挥的艺术作用。

4. 语言表达

儿童散文的语言有示范作用,一般具备规范、明确、精练、生动、形象、优美等基本特点,讲求色彩、动感、情致和韵味,通过语言的表达,儿童散文可以实现音乐美、绘画美、情境美和意蕴美。散文阅读活动应结合具体语言风格,引导儿童充分领略和欣赏散文语言美。

二、儿童散文阅读的基本活动

散文阅读活动的关键是活动主体应该由传统的教师讲读贯穿的文本分析转向儿童阅读,最好以一项基本活动为主体配合1—2项其他活动,做出活动特色。散文阅读活动中应用比较广泛的活动有以下三种。

1. 朗读与背诵

许多儿童散文特别是诗化散文和散文诗兼具诗歌的艺术特征,反复诵读是达成散文艺术鉴赏的有效途径,在朗读中,儿童可以感悟作家表达的情感,领略作品情境中隐含的意蕴,更能够直接体会散文语言的音乐美和色彩美。背诵则在欣赏与思考中获得语言和艺术表达方面积累的功效。

2. 配乐、配画散文欣赏

将音乐、美学手段运用于散文阅读活动中能起到丰富活动形式、活跃阅读气氛的作用,更能够突出散文富于诗情画意的艺术特质,激发儿童通过视听手段调动感官,展开联想和想象,体味散文意境细微处的精妙。古典音乐和绘画艺术元素层次丰厚,风格典雅,可由教师推荐,让学生参与挑选效果更为理想。

3. 比较阅读和连接阅读

散文的同题创作比较丰足,不同作家的作品又往往有不同的立意和构思,在比较阅读中能领略散文艺术异曲同工之妙,同一作家不同作品的连接阅读则能帮助儿童理解作家的风格和创作潜力。

【思考与练习】

1. 比较儿童散文和一般散文的异同。
2. 以一篇具体的儿童散文为例,谈谈儿童散文的特征。
3. 阅读"儿童散文鉴赏"中选录的散文,自选其中五篇背诵。
4. 参考"儿童散文鉴赏"选录中点评的写法,自选一篇儿童散文,写一段200字左右的点评。
5. 阅读刘半农的《雨》和《秋天的雨》,比较它们的创作角度和内容侧重点的不同。

附作品

雨

刘半农

妈！我今天要睡了——要靠着我的妈早些睡了。听！后面草地上，更没有半点声音；是我的小朋友们，都靠着他们的妈早些去睡了。

听！后面草地上，更没有半点声音；只是墨也似的黑！怕啊！野猫野狗在远远地叫，可不要来啊！只是叮叮咚咚的雨为什么还在那里叮叮咚咚地响？

妈！我要睡了！那不怕野猫野狗的雨，还在墨黑的草地上，叮叮咚咚地响。它为什么不回去呢？它为什么不靠着它的妈，早些睡呢？

妈！你为什么笑？你说它没有家么？——昨天不下雨的时候，草地上却是月光，它到哪里去了呢？你说它没有妈么？——不是你前天说，天上的黑云，便是它的妈么？

妈！我要睡了！你就关上了窗，不要让雨来打湿我们的床。你就把我的小雨衣借给雨，不要让雨打湿了雨的衣裳。

——选自《中国当代儿童散文诗精品丛书》(湖南少儿出版社)

秋天的雨

秋天的雨，滴答滴答地唱着歌。

秋天的雨，是五彩缤纷的颜料。

它把黄色给了银杏，红色给了枫树，金黄色给了田野，橙红色给了水果，还把紫红的、淡黄的、雪白的……都给了菊花仙子。

秋天的雨，有非常好闻的气味！不信啊，你闻：苹果、生梨、烤山芋、糖炒栗子……小朋友的脚呀，常常被那香味勾住。

秋天的雨，有一支金色的小喇叭，它告诉大家，冬天就要到了。常绿树穿上了厚厚的衣裳，落叶树的树叶飘呀飘，飘到大树妈妈的脚下。小动物们都准备过冬了。

秋天的雨，带给大地的是一曲丰收的歌，带给小朋友的是一首快乐的歌。

秋天的雨，滴答滴答唱着歌。

——选自《中国当代儿童散文诗精品丛书》(湖南少儿出版社)

6. 从自己的角度尝试写一篇以《雨》为题的儿童散文，找机会念给身边的儿童听听。

第八章　儿童戏剧文学及儿童影视文学

第一节　儿童戏剧概说

一、儿童戏剧的概念

戏剧的含义通常有两种,其一,通常指以表演为中心,融合文学、音乐、美术、舞蹈等多种成分的综合性的舞台艺术。其二,指一种文学体裁,即戏剧艺术中的文学成分——剧本。它为舞台演出提供脚本,也为读者提供阅读。

儿童戏剧是戏剧的一个分支,是指以儿童为对象,采用舞台表演的形式为儿童创造的需要用视听和心灵去感受的艺术形式,并适合他们的接受能力和欣赏趣味,使其身临其境,获得独特的艺术享受。

儿童戏剧一般由文学脚本和艺术表演等组成,因此具有双重性,即具有作为演出脚本的戏剧性与作为阅读欣赏对象的文学性。儿童戏剧文学作品语言通常有两种形式:一是剧中的人物语言,包括对白、旁白、独白及唱词等;二是舞台指示语,是对舞台场景和戏剧人物及其心理活动、动作的一种叙事性说明。儿童戏剧文学作品的剧情发展往往是通过一系列的冲突来推动的,这是戏剧文学产生戏剧性的根本,从这个意义上说,没有冲突,就没有戏剧性,也就没有戏剧文学。因此营造冲突、表现冲突、化解冲突,就成了戏剧结构的构成要素。而儿童戏剧文学作品的戏剧冲突要在幼儿的生活经验范畴和审美期待视野之中去展开、去表现。

二、儿童戏剧的发展概况

最早的儿童戏剧大多以童话的内容和歌舞的形式呈现。1919年11月,郭沫若的第一个剧本、儿童独幕歌剧《黎明》拉开了中国现代儿童戏剧的序幕。20世纪20年代初,黎锦晖的儿童歌舞剧《麻雀与小孩》(1922年)、《葡萄仙子》《三蝴蝶》等则是中国早期儿童剧的代表作,黎锦晖成为我国儿童戏剧的开拓者、倡导者。新中国成立前还有郭沫若、郑振铎、叶圣陶等从事儿童剧创作。

新中国成立后的戏剧家及作品有张天翼的童话剧《大灰狼》、乔羽的童话歌舞剧《果园姐妹》《森林里的宴会》、包蕾的童话歌剧《小熊请客》、金近的童话歌舞剧《兔妈妈种萝卜》、柯岩的童话广播诗剧《小熊拔牙》、儿童歌舞剧《照镜子》《红灯绿灯和警察叔叔》、沈慕垠的木偶剧《老公公种红薯》。

三、儿童戏剧的作用

儿童戏剧在儿童的成长过程中有着重要的作用:

(1)儿童戏剧可以给儿童以艺术熏陶,让他们获得娱乐和美的享受,并能丰富儿童的精神世界,给他们增添生活的乐趣。

(2)儿童戏剧活动能让儿童们的身心获得多种满足感,并提高他们的思维、想象、表演、创造以及认识、审美等能力,在儿童素质教育中起到积极作用。

（3）儿童戏剧的教育意义一目了然,能引导儿童明辨是非,区分真善美与假丑恶,潜移默化地培养他们高尚的品格、情操以及良好的行为习惯。

（4）儿童在被丰富多彩的戏剧形式和内容吸引的时候,能获得不少生活的粗浅知识。

（5）儿童戏剧还有助于儿童学习和发展语言。

第二节　儿童戏剧的艺术特征

一、戏剧的基本艺术规律

戏剧艺术是一种综合艺术,它融文学、美术、表演、音乐、舞蹈等多种艺术于一炉,由语言、动作、场景,道具等组合成为表现手段,通过编剧、导演、演员的共同创造,把生活中的矛盾冲突十分尖锐、强烈、集中地再现于舞台之上,使观众犹如亲眼目睹或亲身经历戏剧中发生的事件一样,从而获得具体生活的艺术感受。当把戏剧和诗歌、散文、小说并列时,戏剧则单指一种文学题材。戏剧文学则是这种综合艺术的题材,是供演员和其他艺术部门再创造的剧本,是戏剧艺术的文学成分。

儿童戏剧是以儿童为对象,作为戏剧的一个分支,它必须遵循戏剧的基本规律,同时适合儿童接受能力和欣赏趣味的戏剧。儿童戏剧文学——剧本,是儿童戏剧的文学因素,也是儿童文学的一种重要体裁样式。儿童戏剧文学主要为舞台演出提供脚本,同时也供儿童阅读。

优秀的儿童戏剧能把真、善、美的种子播撒在儿童的心田,并将伴随小观众一起成长,令他们终生难忘。

二、儿童戏剧的艺术特征

儿童戏剧要遵循戏剧的基本艺术规律,但是,由于儿童观赏心理和表演方式的特殊性,它从内容到形式又具有其自身的特点。

（一）儿童戏剧活动极富游戏性、自主性和自娱性

高尔基说:"游戏是儿童认识世界的方法,也是他们认识世界的工具。"戏剧艺术之所以为儿童所钟爱,是因为戏剧与游戏中有着较强的戏剧因素有关,因此幼儿欣赏戏剧艺术,容易进入戏剧情境之中,容易因剧情产生强烈的感情效应。作者在创作戏剧文学时,比较注重在作品中体现其游戏性,这也形成了儿童戏剧文学的显著特征。

与游戏性相关联的是戏剧文学中处处体现出的儿童趣味,它们或是在戏剧事件中,或是在戏剧冲突中,或是在戏剧语言中,或是在人物形象上,作者往往采取幼儿喜欢的有趣方式加以表现。

《学前儿童文学概论》中指出:"儿童戏剧的演出,是一种经过组织训练,具有戏剧艺术特征的高级游戏。"如柯岩的《小熊拔牙》、孙毅的《五彩小小鸡》、包蕾的《小熊请客》等。

包蕾认为"对儿童的游戏加以丰富,寓教育意义于日常游戏之中",是写儿童戏剧,特别是创作供儿童欣赏的戏剧值得重视的艺术方法。

儿童发挥想象与创造,通过虚构不同的情景和活动、扮演不同的角色,表达他们对世界

的理解。在表演活动中,儿童获得充分的愉悦感,并且在身体、社会性、认知和语言等方面得到充分发展。如根据童话改编的《大象救小白兔》,将大象用长长的鼻子送小白兔到岸边终于虎口逃生的情节改编成:老虎追赶小白兔,小白兔却故意绕着大树兜圈,老虎追到河边,大象用鼻子吸水喷击老虎,卷起树枝抽打老虎屁股,使老虎起伏跳跃,嗷嗷乱叫,使整个剧情由紧张激烈变为幽默生动,增添了幼儿审美的情趣。

(二)塑造真实可信、个性鲜明的舞台形象

戏剧中的矛盾,常常表现为是情节中人物性格的冲突。儿童剧同样要致力于创造典型环境中的典型人物,通过戏剧的矛盾冲突来展现人物的形象。儿童剧中的主人公可以是儿童,也可以是成人,但无论是谁,人物性格特征必须鲜明,人物形象必须鲜活感人。事实证明,许多优秀的儿童剧目之所以有强大的艺术生命力,其根本原因就在于成功地塑造了真实感人的舞台艺术形象。

如童话剧《"妙乎"回春》,通过小猫"妙乎"先后几次误诊,把"妙乎"不懂装懂的鲜明性格特点生动地刻画了出来。剧情很简单,有小猫"妙乎"和其他来就诊的小动物之间的矛盾冲突,更有小猫"妙乎"不肯老老实实学本领,又要自以为聪明的自身性格心理的冲突。这些戏剧冲突从幼儿的日常性格行为和内在心理特点出发设计构思,符合幼儿的审美心理特点,效果极好。

由于年龄特征,儿童看戏、认识人物往往直接从人物的行动去感受他们的思想感情。因此,儿童戏剧文学塑造生动且鲜明的人物形象、刻画人物性格,首先要借助于人物的舞台行为,也就是要牢牢把握住人物特殊的内心追求和特殊的外在动作。

在童话剧《马兰花》中,老猫的形象充分运用了夸张变形的舞台手法。老猫是由四个演员扮演的,在舞台上不时扑腾闪现。一方面,四个演员扮演猫,可以突破独人扮演所带来的冷清、孤单的局限,而与森林众灵、马兰花及人的热闹场面形成量上的均衡;另一方面,巧妙突出表现了猫的移动迅速的特点。同时,四个演员发挥各自的表演特长,可以将老猫无所不能的特点表现得淋漓尽致。

(三)戏剧冲突单纯而有趣,紧凑,剧情合理

儿童戏剧在剧情安排上具有重视情节开端、线索明晰、迅速展开冲突的特点。因为戏剧是在有限的舞台空间上表现广阔的生活内容,因此,从戏剧文学的接受对象来看,由于儿童对事物有意注意的维系时间有限,儿童戏剧必须营造独特的戏剧场景,设计有利于情节展开并能推进剧情发展的人物对话和动作,以使剧情快速推进、张弛有度,各个环节的衔接要紧凑,层次要清楚。

戏剧冲突是生活中的矛盾冲突在戏剧文学中的艺术反映和艺术表现。戏剧冲突有三种类型:一是人在自己意念间的冲突,如矛盾或者犹豫的两难抉择;二是人与人之间的冲突,如两种相对力量的对抗等;三是人与环境之间的冲突,如社会、命运、超自然的力量对人的影响与冲击等。戏剧冲突发展的过程中,相对立的力量会发生强弱互换、转换的情况,直到结束为止。冲突的存在使戏剧产生了一定的张力。这种张力使观众在情境中不断产生"欲知后事如何"的疑问,从而推动着人们更加关注剧情的发展。

由于儿童的年龄特征、审美心理以及接受能力与成人大不相同,儿童戏剧的矛盾冲突不

可能尖锐复杂,其常常反映一个核心事件,很少出现复杂的人物关系和错综的情节。剧情的推进、人物性格的发展和矛盾冲突的展开都围绕着这一核心事件。儿童剧具有快速展开情节、迅速而集中地表现戏剧冲突的特点,表现为:

(1)戏剧冲突是由角色的生活经验和认识水平的不足而引发的,表现为他们自身性格的心理冲突。例如柯岩的《照镜子》、日本作家坪内逍遥的《回声》。

(2)戏剧冲突是由对立的角色引起的,表现为儿童能够理解的真假、善恶、美丑之间的矛盾冲突。例如包蕾的童话歌剧《小熊请客》、孙毅的《五彩小小鸡》。矛盾对立构成戏剧冲突的儿童戏剧,常以童话剧的形式出现,而且角色大多有些脸谱化。

(3)儿童戏剧冲突的单纯,还体现在儿童戏剧的结构上,一般入戏快,情节展开迅速,而且只有一条主线,还可以设置悬念。

(四)戏剧语言动作化、形象化

戏剧语言由两部分组成:角色语言(台词)和提示性语言。具体情况介绍如下。

1. 角色语言

角色语言有对白、旁白、独白和唱词等。对白是戏剧的主体,它的作用是形成台词,建立情节,传达事实、意念与感情并显示出人物的性格和戏剧的主旨、节奏与速度。好的对白必须在语态、语调与内容方面切合剧中人物的身份、特质与情境。儿童戏剧台词最好朗朗上口,合辙押韵,便于儿童记诵。

由于儿童观众的特殊性,儿童戏剧语言应浅显易懂,富有儿童情趣和动作性的特点。它没有大段的抒情性或者叙事性的内心独白或者纯理性对白,而是浅显活泼,充满儿童情趣,符合儿童的口语表达习惯,如张天翼的儿童剧《大灰狼》,写狼想吃羊,有这样一段台词:

谁都对我不怀好意,连我的肚子也不跟我好了,只要我躺下,我的肚子就"咕咕咕"地叫,把我吵醒,我对它还是挺和气的。

我问它:"肚子,肚子,你闹什么?"

我肚子说:"哼,还问呢,你不摸摸,看我瘪成什么样儿!我要吃羊,没羊;我要吃牛,没牛。跟你当肚子可真倒了霉,还不如去跟小耗子当肚子哩。"

这段台词将狼的凶狠本性表现得非常彻底,非常具有幽默感和儿童情趣,短小、简单的句式,口语化的表现,显得非常生活化。

力避大段对白,注意对富有儿童情趣的动作进行提炼,是儿童戏剧语言的重要特点。在《丑小鸭和鸭蛋超人》这部戏中,作者对这种技巧的运用极为圆熟。比如,森林深处丑小鸭陷入两只狼的陷阱,两只狼用计欺骗丑小鸭,想要吃掉它,丑小鸭趁两只狼正在争论如何吃鸭子的时候赶快逃命,作者在剧本中写到:

丑小鸭:啊?你们是谁?

笨太狼:你不是在找朋友吗?我们就是你的朋友。

灰太狼:(得意地说)你是我们餐桌上的好朋友。嘿嘿……

丑小鸭:(害怕)我不明白你们在说什么。

笨太狼:你不用明白,等会儿把你变成鸭汤,你就明白了,嘿嘿。

灰太狼:(过来踢了笨太狼一脚)笨蛋,谁说要炖着吃,我的口味比较重,我要

吃烤鸭，烤鸭。(大声喊)

　　笨太狼：哦，是，是，是，大哥听你的。

　　丑小鸭：啊？你们要吃我，我长得又小又瘦，肉肯定不好吃。

　　笨太狼：嘿嘿，这个就不用你操心了，吃鸭子我们是很有经验的，多放点盐就行了。

　　灰太狼：笨蛋！(过来踢笨太狼)你懂什么，盐吃多了对身体可不好。

　　笨太狼：哦，是，是，是，大哥听你的。

　　(两只狼向丑小鸭扑去)

　　丑小鸭：你们要干什么？救命呀！

　　(两只狼坏笑)

　　灰太狼：别浪费力气了，叫再大声也没用。这可是森林深处，离农场还很远呐，就算你叫坏了鸭嗓，也不会有人来救你。

　　(丑小鸭趁机逃跑)

　　这里的台词将两只狼既凶狠又蠢笨的形象刻画得栩栩如生，演出时，两只狼大幅度的舞蹈动作，激起了小观众亢奋的情绪，使他们感受到了人物之间的紧张关系，也使小观众在观赏演员表演的同时得到了艺术的享受。

　　2. 提示性语言

　　提示性语言，特别是提示角色表情动作的语言在戏剧中占有相当的篇幅，往往要求演员做出大幅度、夸张性的动作，生动形象地表现角色的思想情绪和性格。

　　(五)儿童戏剧多种艺术手段的综合性

　　儿童戏剧是一种舞台艺术。舞台景观构建起剧中人物存在的环境。所有的技术都以剧中人物为主，配合导演与演员的需要，使戏剧表现上有更完美的诠释与搭配。舞台的景观一般都要求自然地融入剧情发展之中，以增强戏剧的感染力，构造起特定的戏剧幻觉。

　　舞台景观包括的项目很多，如布景、灯光、道具、化妆、音乐和舞蹈等。布景主要是显示戏剧故事发生的时代、地点与情景，也可显示剧中人物的社会地位、心理倾向等情况。运用多种艺术表现手法，共同营造出一种非日常化的美的艺术幻境，让小观众如同身临其境，获得美的享受。

　　儿童戏剧由于观众对象的特殊性，其综合性的艺术特点往往比戏剧的其他样式更为强烈。在通常情况下，儿童剧的音乐和舞蹈成分比较多，有时还包括杂技、魔术等一般戏剧样式中很少采用的艺术成分。

　　儿童戏剧不仅采用歌舞形式来增强感染力，还经常采用其他艺术形式的表现手法来增强表现力。上海儿童艺术剧院创作和演出的童话剧《大森林里的小故事》包括《百灵鸟之歌》《龟兔赛跑》《猴子的屁股》《狐狸吃老牛》四个小戏，在表现形式上，不仅加重了音乐、舞蹈的成分，还吸取了戏曲、滑稽戏乃至杂技、魔术等表现手法，收到了良好的效果。

　　(六)演出过程中的观众参与性

　　观众参与是儿童戏剧的特征。儿童天性喜欢模仿，喜欢体验他人的处境、行为和感受。在儿童戏剧的演出过程中，儿童会全身心地投入到富于情趣的艺术幻境中，对剧中角色的行为和内心活动产生强烈的认同和切身的感受。应该说,在儿童戏剧演出的过程中,无论是否有现场台上台下的互动,小观众的内心世界都会与演员产生互动。在童话剧《丑小鸭和鸭蛋超人》的结局部分,当丑小鸭从鸭蛋超人那里学到了发射超级鸭蛋波的本领后,回到森林,解救了自己的家人,打败了两只大灰狼时,台下的小观众情绪亢奋跑上舞台帮助丑小鸭痛打大灰狼。还有《魔山》的结尾部分,当来自世界各地的熊要返回家园时,剧场就是整个地球。在各个观众区,由观众拼版起自己的区域,动物们就这样找到了自己的故乡,并且走向自己的故乡,走向欢腾的观众席。小观众的参与,使舞台的空间得到了极大地扩展。

观众参与到剧情中,尤其在儿童戏剧中,是非常常见的。在幼儿园,教师也可以组织儿童表演戏剧,也可以由教师演出让儿童观看,此时的儿童参与就显得尤为重要,因为在观看戏剧表演时,从儿童观看的经验得知,小观众皆有不同程度的智商、情绪与精神上的参与感存在于主要的活动之中。尽管观众参与的情况和教师的预期不同,但小观众却从心智、情绪或精神上的参与中得到某种收获。

第三节　儿童戏剧的种类

儿童戏剧文学有多种不同的分类:按其容量、场次来分,有多幕剧和独幕剧、活报剧(不分幕,以简便的戏剧形式报道当前发生的重大事件);从题材内容分,有现代剧、历史剧、神话剧、童话剧、民间故事剧等;从演出条件分,有舞台剧、街头剧(也称"广场剧")、广播剧、学校剧、课本剧;就其艺术表现形式来分,又有儿童话剧、儿童歌舞剧、儿童舞剧、儿童木偶剧、儿童皮影剧、儿童诗剧、儿童哑剧等。

下面采取综合分类的方法,介绍几种常见的儿童戏剧种类。

一、儿童歌舞剧

儿童歌舞剧是以唱歌和舞蹈为主要表现手段,不用台词或辅以少量台词,适宜于儿童观赏的小型歌舞剧。其中,以动物拟人形象为角色的是儿童童话歌舞剧,如金近的儿童童话歌舞剧《兔妈妈种萝卜》;以人物形象为角色、表现儿童现实生活的为儿童生活歌舞剧,如柯岩的《照镜子》《办家家》。

二、儿童话剧

儿童话剧是以角色形象的台词、表情、动作等为主要表现手段的一种儿童戏剧。其中以拟人形象为主要角色、用幻想形式来表现的叫儿童童话话剧(童话剧),如柯岩的《小熊拔牙》、方圆的《"妙乎"回春》等;以人物形象为角色、表现儿童现实生活的叫儿童生活话剧(生活剧),如日本坪内逍遥的《回声》、凌舒的《"小祖宗"和"小宝贝"》等。

三、儿童木偶剧

儿童木偶剧是由人(演员)操纵木偶来表演故事内容的一种儿童戏剧,又叫傀儡剧。木偶是用木头做成各种形象,但关节可以活动。表演时,演员在幕后一边操纵一边说唱,并配以音乐。木偶剧真正的演员是人。

由于木偶形体、制作方式和操作技术不同,木偶可以分为布袋木偶、枕头木偶、提线木偶等。

（1）布袋木偶又叫指头木偶、掌中木偶、手掌木偶，又因布袋上只画角色头部五官，也叫头木偶。这种木偶制作简单，很容易操作，因而广泛运用于幼儿园各种教育活动中。不仅儿童教师可以操作，稍加指点，大、中班的孩子也能操作表演，它既可以作为教具，又可以成为儿童自娱自乐的玩具。

（2）枕头木偶是表演者举着木偶表演的木偶剧。操作难度大一些，但木偶形体比较大，很醒目，表现力强，也可以运用于幼儿园。

（3）提线木偶是表演者提着木偶表演的木偶剧。木偶形体多在一尺上下，关节部分用细线连接，分别拴在不同的小棍上。表演难度大，儿童难以把握，只适合观赏。

鲁迅说："游戏是儿童的最正当的行为，玩具是儿童的天使。"儿童喜欢游戏，喜欢玩具，他们常把布娃娃和动物玩具当作有生命的东西，和它们说话、玩耍，甚至导引它们做各种游戏。这种现象反映在儿童戏剧里就成了儿童木偶戏。

儿童木偶剧能表演人难以在舞台上做到的动作，最适合表现神话、童话、民间故事的内容。如孙毅的《五彩小小鸡》、沈慕垠的《老公公种红薯》。

四、儿童皮影戏

儿童皮影戏是人通过操纵用兽皮或纸板做成的人物、动物剪影来表演故事内容的一种儿童戏剧。

皮影戏是我国独创的一种民间艺术，也是一种图案艺术。其特点是展现角色的侧面影像，有影无形，给人朦朦胧胧、雾里看花的感觉。正是这种若隐若现的朦胧美，才让人感到新鲜、好奇，对儿童有着天然的亲和力。

五、儿童广播剧

儿童广播剧是一种专供广播电台播出、诉诸儿童听觉的儿童戏剧。它和一般意义上的儿童戏剧不同，是通过刺激儿童的听觉来产生视觉感受的。儿童广播剧的听觉效果非常明显。它能引起儿童心灵的震动，并拓展儿童的想象空间，让他们获得精神上的愉悦和满足。例如包蕾的《小熊请客》，儿童可以参与演出。

六、故事表演

故事表演是在儿童多次听了故事讲述并学会复述故事的基础上，由教师组织、指导他们参加的一种演出活动。这种表演是一种文学和游戏相结合的活动，在幼儿园语言教育活动中比较常见。它的目的是让儿童进一步感受和理解故事，认识和体验角色，在玩耍当中得到身心快乐，受到文学熏陶，增长表演才能。例如方轶群的《萝卜回来了》。

第四节　儿童戏剧的创编与表演

一、儿童戏剧的创编方法

（一）恰当地选择原作

首先，要慎重选择原作，这是决定能否改编成功的前提。用于改编的原作应当是线索比较单纯、情节完整连贯、人物形象鲜明、矛盾冲突较为紧张、适宜舞台演出的童话故事或儿童叙事诗，把它们改编、搬上舞台容易成功。改编是一个再创作的过程，改编时既要尊重原作的主题、情节、人物,不随意增删,又要根据舞台演出的要求做必要的改动。如《小蝌蚪找妈妈》《龟兔赛跑》《没有牙齿的大老虎》等。

（二）按儿童戏剧要求进行创作

首先表现在依据戏剧冲突设计角色台词、动作和舞台提示。儿童戏剧不能写得太长,角色台词要朗朗上口,最好是韵文,以便儿童容易读、容易记,能够配上音乐,作为小歌剧的形式最好。另外,语言的动作性对于儿童戏剧而言特别重要,台词和唱词必须为人物连贯的动作提供可能性,而且要使动作多变化,有意义,有趣味。其次还体现在为角色设计典型化的戏剧动作,穿插必要的游戏歌舞。儿童戏剧往往载歌载舞,有优美的音乐伴奏,活泼热闹。儿童戏剧中为刻画角色的性格,往往戏中的动作较多,而且戏剧中的动作设计很接近儿童的游戏,这样才能让儿童感兴趣,也容易理解。他们在游戏中是很认真的,在游戏中,有他们自己的想象,作者在创编时,要把儿童的想象更加丰富,把他们的趣味更加美化。

（三）剧本文面的书写要得体、规范

剧本语言分舞台提示和台词两部分。

1. 舞台提示

舞台提示一般包括人物提示、场景提示和角色提示。

（1）人物提示（包括介绍角色的姓名、性别、舞蹈、身份、个性特点）放在标题下面。

（2）场景提示（确定时间、地点、布景、人物,角色上下场的说明）常用"【 】"表示。

（3）角色提示（是对人物对话、吃、演唱、道白时代表情动作、内心状态的具体提示）常用"（ ）"表示,放在对话、唱词、道白前面、中间或后面。

2. 台词

（1）话剧

A. 对白:角色对话。

B. 独白:台上无人,角色独自说,用"独"提示。

C. 旁白:台上有人,避开角色说,用"旁"提示。

（2）歌舞剧中:对唱、独唱、旁唱等。

（3）注意:角色称呼与台词之间不加冒号,用空格表示即可,台词不必加引号。

二、戏剧表演

每组演出完,教师和孩子一起评价,并给出分值。

（1）比较童话诗《雪狮子》（片断）和改编成剧本后的《雪狮子》（片断）,分析剧本写作的特点。

童话诗《雪狮子》（片断）:

　　小朋友,

　　小朋友,

　　雪地里,

　　滚雪球。

　　雪球堆个大狮子,

　　狮子,狮子,开大口。

少条尾巴怎么办?

有了,插上一把破扫帚。

改编成剧本后的《雪狮子》(片断):

时间:冬天

地点:老爷爷家院内

人物:小朋友四人,小猫、小狗、雪狮子、老爷爷

幕启后,在音乐声中,小朋友、小猫、小狗在雪地玩耍

小朋友甲(唱):北风呼呼叫,大雪飘呀飘。(白)哎,堆一个雪狮子好不好?

众(唱):堆一个雪狮子,好,好,好。(雪狮子站起)

小朋友甲:真像,真像,哎,怎么没有尾巴?

小狗(提一提扫帚):汪汪,尾巴在这。

(众把尾巴插好)

(2)组织儿童表演儿童剧《小熊请客》。

第一场

在树林中

[太阳透过树丛,照射着绿油油的草地,草地上开着各种颜色的野花,树上小鸟快活地叫着。在一阵怪里怪气的音乐声中,狐狸顺着林中小路一颠一拐地走了过来]

狐狸:我的名字叫狐狸,一肚子的坏主意,人人见我都讨厌,说我好吃懒做没出息。(抬头看了看太阳)(白)太阳升得高又高,肚子里还没吃东西。唉!真倒霉!到现在连一点吃的还没弄到手,饿得我两条腿一点劲都没有了,我还是先在大树背后歇一会儿吧!(狐狸靠着大树懒懒地眯上了眼睛)

[一阵轻快的音乐由远而近,小猫提着一包点心,连唱带跳地跑了过来]

小猫:(唱第一曲"到小熊家里去")

喵喵喵,

真呀真快活,

今天过节,小熊请客。

我们到它家里去,

又吃又玩又唱歌。

喵喵喵,喵喵喵,

真呀真快活!

[狐狸听见小猫的歌声,就从树后跳了出来]

狐狸:喂!小猫咪!你到小熊家去吗?带我一块去吧!

小猫:你?(唱第二曲"我才不带你!")

狐狸,狐狸,你没出息!

你自己不做工,还想白白吃东西。

我呀,哼!我才不带你!

(小猫头也不回,连蹦带跳地渐渐走远了。狐狸看着小猫的背影气呼呼地骂了起来)

狐狸:哼！真气死我啦！小猫咪真是个坏东西！(他伸了伸懒腰,打了个哈欠)
唉！我还是在这儿躺一会儿吧！

［狐狸靠着大树,两眼刚刚眯起来,远远又传来一阵愉快的音乐。小花狗带着给小熊的礼物,蹦蹦跳跳地跑来了］

小花狗:(唱第一曲"到小熊家里去")

汪汪汪,

真呀真快活,

今天过节,小熊请客。

我们到它家里去,

又吃又玩又唱歌。

汪汪汪,汪汪汪,

真呀真快活！

［狐狸等小花狗走近了,又从树后跳了出来］

狐狸:小花狗！你今天打扮得真好看,上哪儿去呀？

小花狗:今天过节,我们到小熊家去玩！

狐狸:小花狗,你带我一块去吧！

小花狗:你？(唱第二曲"我才不带你！")

狐狸,狐狸,你没出息！

你自己不做工,还想白白吃东西。

我呀,哼！我才不带你！

(小花狗瞪了狐狸一眼,蹦蹦跳跳地走远了)

狐狸:哼！小花狗也是个坏东西！我还是在这儿再歇一会儿吧！

［狐狸又伸了个懒腰,垂头丧气地靠在树背后。这时远远传来了小鸡的歌声］

小鸡:(唱第一曲"到小熊家里去")

叽叽叽,

真呀真快活,

今天过节,小熊请客。

我们到它家里去,

又吃又玩又唱歌。

叽叽叽,叽叽叽,

真呀真快活！

［狐狸又从树后跳了出来,满脸含笑地迎着小鸡走过来］

狐狸:哎呀呀,亲爱的小鸡呀！我简直都不敢认你了！你今天打扮得多么漂亮,你这是上哪儿去呀？

小鸡:今天小熊请客,我到小熊家去玩！

狐狸:这可太好了！我们可以在一块儿好好地玩玩啦！我跳舞给你看。(狐狸把两眼眯成一条缝,声音特别柔和地)小鸡,你带我一块去吧？

小鸡:(上下看了狐狸一眼)你?(唱第二曲"我才不带你!")

狐狸,狐狸,你没出息!

你自己不做工,还想白白吃东西。

我呀,哼!我才不带你!

(小鸡也是连头都没有回一下,就一跳一跳地走远了。狐狸可真气死了,它看着小鸡的背影,狠狠地骂起来)

狐狸:哼!又是一个坏东西!(想了想)好哇,你们不带我去,我自己去。到了小熊家,我就把好东西一口气都吞进肚子里,你们等着吧!

(狐狸眨了眨眼睛,舔了舔舌头,一颠一拐地朝小熊家走去)

[音乐也随着渐隐下去,幕落]

第二场
在小熊家里

在一间用石头堆起来的屋子中间,放着一张木桌子,四个小木凳,桌上摆着小熊给小朋友准备好的小鱼、肉骨头和小虫子。一盆开得非常好看的红花放在桌子中央。

小熊:(唱第三曲"朋友来了多高兴")

把地扫干净,

桌子凳子擦干净,朋友来了多高兴,多高兴,

啦啦啦,啦啦啦,朋友来了多高兴呀多高兴!

[嘭嘭嘭,响起了敲门声]

小熊:谁呀?

小猫,小花狗,小鸡:是我们!

[小熊高高兴兴地跑过去把门打开,亲切地把伙伴们让进来,又把门关好]

小熊:欢迎你们,欢迎你们,好朋友,欢迎你们来做客!这里有骨头、小虫和小鱼,随便吃点别客气!

[在欢乐的音乐声中,大家把给小熊带的东西放下,围在一起高兴地吃起来,忽然响起了几下重重的敲门声]

小熊:谁呀?

狐狸:快开门,我是大狐狸!

小熊:(惊讶地)哎呀!原来这个坏东西来了!

[门敲得更厉害了]

狐狸:快开门!把好吃的东西都拿出来!

[大伙很快凑在一块儿,小鸡、小猫不停地问:"怎么办?""怎么办呀?"]

小熊:(低声地)别急!我有办法啦!

小鸡:快说呀!

小花狗、小猫:什么办法?快说!

小熊:我盖房子的时候,还剩下好些石头,我把它分给你们。等一开门,咱们就一起拿石头砸它!

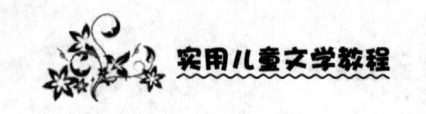

小花狗、小猫、小鸡:好,快点!

［小熊很快就把石头分完了］

小熊:(轻声地)好了吗?……我去开门。

［门"吱呀"一声开了,狐狸一步就跨进了门］

狐狸:快把好吃的东西拿来,别惹我生气!

小花狗、小猫、小鸡、小熊:好吧!给你!给你!给你!

［大伙儿一面喊着,一面把石头狠狠地朝狐狸扔过去。狐狸抱着头,狼狈地叫起来］

狐狸:哎哟,哎哟……疼死我了!……快点逃走吧!……

(狐狸夹起尾巴,想夺门逃走。它猛一转头,一下子碰在石头墙上,疼得它倒退了两步,才看准门口,一溜烟跑了出去)

［紧接着响起一阵快乐的笑声］

小熊:现在咱们大家可以好好玩啦!

［大家一边唱歌一边跳舞］

(唱第四曲"赶走大狐狸")

啦啦啦啦啦啦啦!

啦啦啦啦啦啦啦!

赶走大狐狸!

心里多欢喜!

跳起舞来唱起歌,

高高兴兴来游戏!

啦啦啦啦啦啦啦!

啦啦啦啦啦啦啦!

［欢快的尾声音乐清脆地响起来……幕慢慢地落下］

点评:这是一出脍炙人口、深受几代孩子喜欢的童话剧。剧本的情节很简单,爱劳动的小猫、小花狗、小鸡在去小熊家做客的路上,分别遇到懒而馋的狐狸,并先后拒绝它也要去做客的要求。当小动物们礼貌地来到小熊家,并受到主人热情招待时,狐狸蛮横霸道地闯进屋,要吃掉所有好东西,但最终被小动物们齐心协力地用石块打跑了。由于作品采用游戏性质的方式表现角色之间的矛盾冲突,整出戏便纯净明快,气氛热烈,充满浓郁的儿童情趣。其中,情节的两处反复,小动物们和狐狸到小熊家的不同言行造成的对比,加上朗朗上口的台词、极富个性的音乐和对狐狸的脸谱化处理,使角色性格鲜明,能让儿童加深印象,加强记忆,让他们在享受游戏快乐的同时受到思想教益。

附作品一:

《丑小鸭和鸭蛋超人》(节选)
西安文理学院幼师学院编写

地点:一个漂亮的农场,鸭太太家里

人物:鸭太太　红小鸭　灰小鸭　蓝小鸭　丑小鸭　猪医生　灰太狼　笨太郎　鸡大婶　大黑猫　鸭蛋超人

(鸟鸣、流水的音乐响起,幕启)

鸭太太:你们看,小宝贝就要出生了!(鸭蛋在响)

丑小鸭:(跑出来)啊?你们好啊!呵呵,呵呵……

众小鸭:啊!有鬼呀!

红小鸭:妈妈,它怎么是个怪物呀!

丑小鸭:妈妈,它们不喜欢我!

鸭太太:啊,它们跟你开玩笑呢!(走到众小鸭面前)去跟弟弟说喜欢它。

众小鸭:(带拖音)我们喜欢你……才怪!

丑小鸭:(哭)呜……哎,哎!

鸭太太:孩子们,不要这样。来,我教你们学跳鸭子舞,先跟我学,我说左,你们就向左转,我说右,你们就向右转。听明白了吗?

(音乐起,Let's go turn round)

向右转,丑小鸭你转错了!

好,向左转,丑小鸭你又转错了!

(众小鸭努力学习)

左右,左右,拍拍手,啊,你们表现得好棒呀!

(猪医生哼着小曲儿上场)

猪医生:洗刷刷,洗刷刷,嗯?(摔倒)

咦?鸭太太,你们家怎么了?这么热闹。

鸭太太:哎哟,还不扶猪医生起来。真不好意思,你看我们家这几个顽皮的孩子,它们的弟弟刚刚出生,它们不仅不听话,还几个联合起来欺负弟弟,真是太不像话了!

蓝小鸭:它可不是我弟弟。

灰小鸭:对,它是个怪胎!

红小鸭:丑小鸭,丑小鸭。(指着丑小鸭)

(丑小鸭伤心地哭了)

猪医生:我今天来是给你们的宝宝打预防针的。

蓝小鸭:啊?我们怕疼。

(众鸭子一哄而下,剩下丑小鸭一人)

(两只狼上场)

灰太狼:这个叫高科技!知道什么叫高科技吗?

笨太狼:不知道。

灰太狼:高科技就是用最小的成本获取最大的收益。你看。(拿起一张大大的网,唱《鸭鸭真好》,套住笨太狼)

笨太狼:大哥,你怎么把我套住了?

灰太狼:我试试这网好不好使。(拉下)

笨太狼:大哥你看,一只鸭子!

灰太狼:哦?嘿嘿嘿,你躲起来,看我的!(坏笑着,头上蒙了一块头巾,走向丑小鸭)小朋友,你怎么了?

丑小鸭:(抬头看看灰太狼)没人跟我玩,没人喜欢我,呜,呜。(哭起来)

灰太狼:哦,这样呀,我告诉你一个地方,那里有很多朋友,它们一定都喜欢你。(一边说,一边掏出一张名片)你看,这是地址,你可一定要来呀,朋友们等着你呢!嘿嘿!(说完跑下台)

丑小鸭:(手里拿着名片念着)森林深处,大木桩旁边。哦,太好了,谢谢!(跑下台)

(音乐起,两只狼蹿上台)

灰太狼:名片上我写得清清楚楚——森林深处,大木桩旁边。咱们赶紧躲起来,它一会儿就要来了。

丑小鸭:嗯?森林深处,大木桩旁边。唉?奇怪,怎么一个人也没有呀?老奶奶不是说过有很多可爱的动物吗?

喂!有人吗?我是丑小鸭,你们在哪儿呀?

(两只狼慢慢从树背后蹿上来)

两只狼:(蹿上来,狰狞地笑着)嘿嘿,我们来了!嘿嘿。(坏笑)

丑小鸭:啊?你们是谁?

笨太狼:你不是在找朋友吗?我们就是你的朋友。

灰太狼:(得意地说)你是我们餐桌上的好朋友。嘿嘿……

丑小鸭:(害怕)我不明白你们在说什么。

笨太狼:你不用明白,等会儿把你变成鸭汤,你就明白了,嘿嘿。

灰太狼:(过来踢了笨太狼一脚)笨蛋,谁说要炖着吃,我的口味比较重,我要吃烤鸭,烤鸭。(大声喊)

笨太狼:哦,是,是,是,大哥听你的。

丑小鸭:啊?你们要吃我,我长得又小又瘦,肉肯定不好吃。

笨太狼:嘿嘿,这个就不用你操心了,吃鸭子我们是很有经验的,多放点盐就行了。

灰太狼:笨蛋!(过来踢笨太狼)你懂什么,盐吃多了对身体可不好。

笨太狼:哦,是,是,是,大哥听你的。

(两只狼向丑小鸭扑去)

丑小鸭:你们要干什么?救命呀!

(两只狼坏笑)

灰太狼:别浪费力气了,叫再大声也没用。这可是森林深处,离农场还很远哦,就算你叫坏了鸭嗓,也不会有人来救你。

(丑小鸭趁机逃跑)

灰太狼:(踢笨太狼)你个笨蛋,连个鸭子都看不住,还不快追。(音乐起,两只狼和丑小鸭在舞台上跳着舞步跑)

(当两只狼抓到丑小鸭,要张嘴咬,丑小鸭昏倒在地,这时候,鸭蛋超人上)

鸭蛋超人:住手,你们两个大坏蛋,看招!超级鸭蛋波——发射!

(两只狼逃走,鸭蛋超人继续追赶两只狼。这时候,鸡大婶和大黑猫上场)

鸡大婶:诶?我说黑猫兄弟,我刚刚明明听见有人喊救命。

大黑猫:是啊,我也听见了。哦?那有人晕倒了。

鸡大婶:是鸭太太家的丑小鸭,我们快扶它起来。

(这时候,丑小鸭醒来)

丑小鸭:(哭着说)鸡大婶,我要学本领,这样就不会被吃了。

鸡大婶:别难过,大婶给你介绍一位新师傅。(鸭蛋超人上场)

大黑猫:对,这位可是森林里大名鼎鼎的鸭蛋超人,是真正的大英雄。你跟着鸭蛋超人会很有发展前途的。

丑小鸭:嗯?鸭蛋超人,我听说过你。

鸭蛋超人:哦?真的?

丑小鸭:你为了保护森林家园,打败了很多的坏蛋。

鸭蛋超人:哦!哈哈……

丑小鸭:鸭蛋超人,我跟你学。

鸭蛋超人:跟我学可以,第一,要有耐心,第二,要有毅力。丑小鸭,你能做到吗?

丑小鸭:嗯,只要能学到本领,我一定能做到!

鸭蛋超人:好,那我们从明天起就开始上课。

鸡大婶:太好了,我给你们做点好吃的去。

大黑猫:(开玩笑地说)那你就下几个鸡蛋给我们吃吧!

鸡大婶:猫嘴里吐不出象牙来。

(一天早晨,在森林里……丑小鸭和鸭蛋超人一起上场)

丑小鸭:哎呀,超级鸭蛋波真的好难学呀!超人老师,您还是教我别的本领吧!

鸭蛋超人:那可不行!做事情就要有恒心,坚持到底,来,我们再来一次。

丑小鸭和超人(一起拿着电波棒):超级鸭蛋波,发射!

(结果失败了)

鸭蛋超人:这样吧,让现场的朋友和你一起来努力。亲爱的小朋友们,我数一、二、三,大家一起喊:"超级鸭蛋波——发射!"

一、二、三,超级鸭蛋波,发射!

丑小鸭:成功了,太好了,成功了!小朋友们谢谢你们!

附作品二:

《五个煎饼卷》(改编)

地点: 大森林里,野猪大嫂家附近

人物: 野猪大嫂 山羊 猴子哥哥 猴子弟弟 大胡子(老虎) 大胖 二胖 三胖 四胖 小胖 狐狸

(鸟鸣、流水的音乐响起,幕启)

旁白:在一个美丽的大森林里,住着野猪大婶和她的五个猪娃。

(野猪大婶上)

野猪大婶:今儿个可真倒霉,腿都跑酸了,连一点便宜都没占到。不过,幸亏我机灵,喏!一根小葱到手了。(东张西望)呵!(闻)真香啊。(进屋)

(山羊挑着扁担吆喝着上)

山羊:(唱着上场,配《卖汤圆》的曲子)卖黄瓜!卖黄瓜!又嫩又脆的小黄瓜啰!我这黄瓜,大姑娘吃了能养颜,小伙子吃了身体壮,大娘大嫂吃了,我保证您啊!今年四十,明年啊——十四!

(野猪大婶走出家门)

野猪大婶:哎哟——!

山羊:哎哟,大嫂哇!

野猪大婶:(瞧了瞧黄瓜)我说啊,你这哪是小黄瓜啊!是小黄瓜的爷爷吧!

(山羊生气了,拿了根黄瓜对着大伙说话,野猪大婶趁机往围裙里塞黄瓜)

山羊:啊!你们瞧瞧,你们瞧瞧,这么嫩的黄瓜,她还说老,这黄瓜啊!是我今儿早上,从藤上摘下来的,她还说老,哼!……(走过去,笑着问野猪大婶)怎么样啊?

野猪大婶:不怎么样,你说的比唱的好听。

山羊:嫩的,这嫩的。

野猪大婶:唉哟!(转身离开)

山羊:(挑起担)唉……气死我了!唉……呸!真是白猪黑肚肠!

野猪妈妈:(拿着黄瓜走出来)哎哟,这老家伙的黄瓜还真嫩呵,回去给我那五个宝贝吃。(进屋)

(两个猴子拉着一车西瓜走来)

猴子弟弟:(蹦蹦跳跳上场,配《甩葱歌》的曲子)哥,休息一会吧!

猴子哥哥:好吧!(停下车)

猴子弟弟:(翻跟头,摔了一跤)哎哟。

猴子哥哥:(扶起弟弟)弟弟,你可别光顾着玩,给哥哥吆喝吆喝去。

猴子弟弟:Yes,Sir。(跑东跑西地吆喝着)卖西瓜啰!卖西瓜啰!又大,又圆,又甜,又便宜的西瓜哩。

(野猪大嫂从屋里出来)

野猪大嫂:(悄悄地说)又来一个。(走上前去)哎呀,我说猴子兄弟啊。

猴子哥哥:哎!大嫂啊!

野猪大嫂:(拿起一个西瓜)这西瓜可怎么卖啊?

猴子哥哥:五毛。

野猪大嫂:啊?五毛?这么贵啊?

猴子弟弟:嘿!你这话可就不对了,(拿起一个西瓜)你看看这西瓜可多大啊!(拿起一块西瓜)你瞧,瞧瞧这西瓜。

(猴子兄弟拿着西瓜对着众人大夸,野猪大嫂趁机滚了一个回家)

猴子哥哥:(唱)好大的一个瓜。

猴子弟弟:(唱)红瓤,那个黑籽,味道真叫美。

猴子弟弟:你不相信啊!可以尝一尝,保证你啊一辈子也忘不了。

(野猪大嫂连吃了两块,猴子兄弟凑上前)

猴子弟弟:味道怎么样?

野猪大嫂:(一抹嘴)也不过如此嘛。

猴子弟弟:(敲一敲)这,这个怎么样?

野猪大嫂:(敲一敲)这个啊,太熟了。

猴子哥哥:这个,这个,这个。

野猪大嫂:(又敲了一敲)这太生了。(挥一挥手)唉——不要了。快走吧,快走吧。

猴子兄弟齐:(走到车旁,一跺脚)呸!白猪黑肚肠!

(猴子兄弟吆喝着下)

野猪大嫂:(走过去拿着瓜)嘿!我说啊!姜还是老的辣,这不,一个西瓜又到手了,我的宝贝,又可以大吃一顿了。(抱着西瓜往屋子里走,一边走一边叫)大胖、二胖、三胖、四胖、小胖,来吃西瓜吧!(进屋)

(音乐响起,过渡音乐)

旁白:从此之后,挑担,拉车,卖水果的都远远的,从野猪大嫂家门口绕过,没有哪个敢停下。可今天却有个大胡子挑着担煎饼在野猪大嫂门口吆喝。

(音乐停,大胡子上场)

大胡子:(吆喝着在野猪大嫂门口停下)卖煎饼喽!香喷喷的煎饼喽!卖煎饼喽!

野猪大嫂:哟!怎么那么香啊,不知道味道怎么样。

大胡子:你尝尝,你尝尝。(野猪大嫂拿起来就吃)怎么样?

野猪大嫂:嘿,怎么一箩筐大,一箩筐小啊!

大胡子:嗐!你不知道我卖煎饼跟别人不一样。

野猪大嫂:不一样?怎么个不一样法?(吃一个扔一个)你倒给我说说。

大胡子:人家怕大欺小,我正好相反,那大个儿来买,我给小块的,那小个儿来买,我给大块的,喏!上回一只小耗子来买,我给它好大一块,搞的它吃一年呢!

野猪大嫂:(对众人)嘿!碰到了个傻瓜!哎!孩子们快帮妈妈买煎饼去,小猪(一个接一个说)嗯,不嘛,我还要睡呢,我在做梦呢。

野猪大嫂:哎哟!那大胡子说,小孩买大个的。

小猪齐比画着大个的,那是小胖的份。

小胖:(跺脚)哼!谁那么多嘴。

野猪大嫂:哎呀,别吵了,快去吧。

(小猪们排着队出场,音乐响起《三只小猪》的音乐,小猪们跳起舞)

(音乐停,小猪们猛然想起什么,一起喊)

小猪齐:哎呀,买煎饼,买煎饼,妈妈要我们来买大煎饼的!

小胖:(走向大胡子,到跟前闻,抢着闻)真香!我们要买煎饼。

大胡子:(看看小猪,摇摇头)No,No,你们身上那么脏,得回去洗洗再来买,我在那大树下等着,快——!

(小猪排着队走回家,音乐作为背景音乐)

野猪大嫂:哎呀,宝贝,煎饼买回来啦!真不错。

一只小猪:哪能有那么容易呀,那个大胡子要我们回来洗个澡。

另一只小猪:就是呀,我们去买大煎饼,又不是去做客。

野猪大嫂:哟,傻孩子,你别吵,大胡子叫你们怎么着,你们就怎么着,只要有便宜占就行。

(野猪大嫂帮猪娃娃准备洗澡的东西)

(小猪齐洗澡,音乐响,跳洗澡舞,洗完澡。)

(小猪到大树下)

(一只小猪上):煎饼,煎饼,来吧,来吧。

(第二只小猪上):煎饼,煎饼,来吧,来吧。

(最后两只小猪上):煎饼,煎饼,来吧,来吧。

大胡子:(看了一下小猪,闻了闻)唉,No,No,No,你们身上这么臭,得回去抹点香油再来买,我在这儿等着。快——

(小猪回到家,拉住野猪大嫂)

小猪齐:妈,妈……

野猪大嫂:又怎么啦?

小猪齐:大胡子说我们臭,让我们抹香油,又没买成。

野猪大嫂:好,行了,行了,抹点香油,抹点香油。行了,行了,你们抹过香油了,快点去吧。

(这时,大胡子放了五个大煎饼,小猪走过来瞧见了)

小猪齐:哇噻,这么大的煎饼。

小胖:(走上前)这么大的煎饼我们怎么搬回家呀。

小猪齐:就是呀。

大胡子:嘿,小傻瓜,我倒有个好办法。

小猪齐:什么好办法?

大胡子:你们躺在煎饼上,我把你们卷在煎饼里面,再用箩筐送回家去怎么样?

小猪齐:(拍手)好,好,快点,快点。

(大胡子将小猪用煎饼卷好,脱掉衣服,《命运》的音乐突然响起)

大胡子:(悄悄地对众人说)这回可栽到我大老虎的手心里了。(走过去对小猪)好了吗?

小猪齐:好了,好了。

大胡子:Go。(大胡子跳着街舞得意地下场,配恐怖音乐)

(音乐起,配《黄昏组曲》的前一段曲子)

(音乐停,猪大嫂上场)

野猪大嫂:(出门看)哟,我五只猪娃,买了五个大煎饼,多合算呀,就不知这煎饼有多大(东张西望地看)咦,大胡子不见了,扁担不见了,我的五只猪娃也不见了。(周围找了一下)大胖、二胖、三胖、四胖、小胖……喂,小胖,你出来吧,我已经看见你了,你跑不了,出来啦。(走到桌前拉)咦,是根绳,……唉……这根绳还不错,可以带回家去用用。(左顾右盼出门找)不会出什么事吧,这么晚了,怎么还没回来。(焦急地看表)

(狐狸一扭一摆唱着歌上,唱《小芳》)

狐狸:村里有个姑娘叫小芳,长得好看又善良,一双美丽的大眼睛,辫子黑又长,啦啦,啦啦……(与野猪大嫂撞)

狐狸:哎哟,——哎呀,老嫂啊,天儿都这么晚了,这么着急是去哪儿啊?

野猪大嫂:不见啦!

狐狸:什么不见啦?

野猪大嫂:我的五个宝贝疙瘩,买个煎饼就全不见啦,找了这么长时间都不见影子,唉哟,真急死我了。

狐狸:老嫂子,我就说是谁家的孩子! 你别急,跟我来。

野猪大嫂:哎呀,好小子! 这些馋嘴的小东西,是不是躲在你们那儿偷吃煎饼呢。真是,把老娘给急的哟。

狐狸:嫂子,你再别提煎饼啦! 你那五个宝贝都快成人家的煎饼了。刚才一个大胡子挑着五个大煎饼喜滋滋地朝老虎家走去,我仔细一看啊,煎饼外露出五条小尾巴发抖着呐。

野猪大嫂:啊? 我的宝贝啊!

(野猪大嫂昏倒,狐狸上前扶)

狐狸:你别急啊,我问那大胡子,他说小猪是从猪妈妈那里买来的,我觉得他们怪可怜的,编了个谎,跟他说,哪用花这冤枉钱,那边丛林每天傍晚都有个动物集市,遍地的小猪。我帮你看着煎饼,你快去捡吧,要不就迟了。(掩着嘴笑)他一听担子一扔就往那边跑。哪有什么集市啊,只有陷阱!

野猪大嫂:太谢谢你了! 我哪能那么狠心卖孩子呐,还不是那个老东西骗走的! 多亏你机智。

狐狸:嗐,什么机智,贪婪的人,随随便便给他个小便宜就自己往陷阱里钻喽! 嫂子,宝贝们是怎么被骗走的呀? 你可得当心呐。

野猪大嫂:这……唉。

(幕落)

——改编苏州幼师集体创作的《五个煎饼卷》

第五节 儿童戏剧的教学活动设计

儿童具有天生的戏剧性,在戏剧的世界里儿童能随兴所至,且不受外界的约束。戏剧教学为儿童的戏剧表演提供了舞台,但它不是才艺教育,不是为了训练演员,而是要激发儿童创作的潜能,让儿童在虚拟的游戏世界里重新建构自己的经验世界,让儿童在活动中受到艺术的熏陶,体验艺术创作的喜乐,进而更加敢于表现、乐于表现。另外,通过戏剧活动儿童解决问题的能力也能得到发展。戏剧教学有着重要的价值,教师应该采用恰当的教学策略来实现这些价值。

一、集体角色扮演和分组角色扮演

在戏剧教学活动中,教师让儿童进行角色体验时,可以采用集体角色扮演和分组角色扮演两种形式。

(一)集体角色扮演

集体角色扮演是指全体孩子共同扮演一个角色。这种方式可以消除儿童的紧张心理,使其可以学习他人的经验,弥补自己的不足,从而在宽松的环境中进行体验和表达。这种方法易使儿童产生参与感,不觉得自己只是旁观者。

例如,在幼儿园大班"遨游太空"主题式戏剧教学活动中,幼儿根据自己从视频资料中获取的信息集体模仿宇航员在太空中的活动。全体幼儿扮演同一个角色,但是幼儿是根据自己对这一角色的理解来表达自己的感受的,他们的体验是属于他们自己的。在中班"小鸭的故事"主题活动的"小小蛋儿把门开"活动中,每个孩子对"鸭妈妈抱着小鸭"的动作的体验是需要他们亲身感受的。因此,教师请全体幼儿都扮演鸭妈妈的角色,亲身体验对"抱着小鸭(假想的动作)"这一动作的感受。

在集体角色扮演这个环节,教师首先要考虑的问题是空间的分配。如果空间分配不好,活动室内难免会出现秩序混乱的现象,而且儿童之间可能会互相干扰,使活动难以进行下去。因此,教师要划分好区域,可以用指示语提示幼儿活动的范围,也可以事先用指示线标示出幼儿的活动范围。

(二)分组角色扮演

分组角色扮演也是戏剧教学中常用的方法,它有自由分组和固定组两种形式。

1. 自由分组角色扮演

自由分组有三种形式:一是好伙伴结组;二是根据角色结组;三是随机分组。好伙伴结组是指教师在运用分组角色扮演设计时,使用"找自己的好朋友"的指令,让儿童找到自己的好朋友结成小组,一起讨论故事情节的发展,再把讨论的内容表演出来。例如,在"小熊请客"活动中,教师是这样组织幼儿进行戏剧表演的:"小朋友们,这是我们之前编的故事,你们喜欢哪一段呢?找自己的好朋友把这一段演出来好不好?"在运用好伙伴结组时,教师应该在表演之前引导好朋友之间充分沟通。好伙伴结组的对象过于单一,孩子们的相互交往可能会受到限制,因此教师不宜频繁使用这种分组方法。

根据角色结组是指儿童选择自己喜欢的角色,并与选择同一角色的儿童结成一组。这样就组成了一个"角色圈"。例如,在幼儿园小班"三只蝴蝶"戏剧教学活动中,教师就采用了"角色圈"的方式把全班幼儿分成三组,第一组扮演红蝴蝶,第二组扮演蓝蝴蝶,第三组扮演黄蝴蝶。

还有一种分组方式是教师随机把孩子们分成几组进行表演,这样的分组方式可以在年龄稍大一些的孩子中运用。

2. 固定组角色扮演

为了管理的需要,每个班级都会分成几个固定的小组,有时教师也会运用这样的小组开展活动,教师采用固定组时需要划定活动区域并告知儿童,固定组中的孩子一般座位离得较近,方便讨论,也便于教师管理。

无论采用什么分组方式,其目的都是为了便于儿童充分交流、自由创作和表达,便于教师很好地指导每个小组。教师在分组时要考虑儿童的年龄特点和他们的经验准备,并在实践中不断探索和选用合适的组织形式。

二、教师入戏和教师出戏

教师入戏是指教师扮演戏剧中的一个角色,教师出戏是指教师从戏剧中的角色身份回归到教师身份。

(一)教师入戏和出戏的具体做法

在戏剧教学活动中,教师应根据不同情况,采取适宜的方式,自然地参与角色扮演。最后再以适宜的方式回归到教师身份,来调整或结束教学。教师在扮演角色时要让儿童明白自己所扮演的是什么角色,不能使他们处在混淆不清的状态。所以,教师入戏和出戏时要自然而明显。另外,教师要让儿童明白自己是戏剧中的人物还是教师,这一点也很关键。

教师进入角色可以采用以下三种方式。

一是直接介绍,教师直接说明自己扮演的是什么角色,或者请儿童扮演什么角色。例如,在"丑小鸭"主题式戏剧教学活动中,教师在扮演"丑小鸭"时是这样说的:"我现在是一只很丑很丑的鸭子,有谁愿意跟我做朋友啊?"这就是一种由直接介绍进入角色扮演的方式。

二是通过某种标志物辅以叙述和描述,这个标志物或是一顶帽子,或是一件披风,或是一根魔法棒,或是一只小动物,等等。例如,在"大树与小鸟"主题式戏剧教学活动中,教师在扮演小魔仙时采用了这种入戏方式:"这里有一根魔法棒,当我举起这根魔法棒的时候,我就是小魔仙;当我放下这根魔法棒时,我就是你们的老师了。"在"我的幸运一天"渗透式戏剧教学活动中,教师用一个醒目的猪鼻子作为小猪的标志,并说:"当我戴上这个猪鼻子时,我就变成小猪了;当我放下猪鼻子时,我就是你们的老师。"这就是一种通过标志物并辅以叙述和描述进入角色扮演的方式。

三是指定说明,以某一情况代表某一角色。比如,当我坐在椅子上的时候,我就是皇后;当我离开椅子时,我就是老师,可以以类似这样的语言进入角色扮演。但是,对于年龄较小的幼儿,教师运用直接介绍或辅以标志物的入戏方式可能效果会更好一些。

(二)教师入戏的教学效果

教师入戏常常是最容易引导儿童进入戏剧创作状态的方法。儿童消除了对教师的紧张感或服从心理后,更愿意参与角色扮演。教师入戏的状态会对幼儿的表演和创作产生影响。不要求教师像演员一样表演,而是要求教师学会引导儿童、激发儿童表现的欲望。例如,在"五个煎饼卷"戏剧教学活动中,教师问幼儿:"谁来扮演卖煎饼的大老虎呢?"没有儿童愿意表演大老虎。这时,教师就可以惟妙惟肖地扮演大老虎来激发儿童的表演欲望。

（三）教师入戏和出戏的注意事项

教师停止角色扮演的时机应视活动进行的需要而定，一般是在活动结束、维持秩序或转换身份的时候。在戏剧教学活动中，教师的入戏和出戏是不断转化的。因为受年龄特点的限制，儿童对一个角色的扮演可能持续时间不长，也可能在角色扮演过程中出现秩序混乱或经验不足的情况。这时就需要教师适时出戏，及时调整，以保证戏剧活动的有序进行，不一定是在活动结束时教师才出戏。

教师在引导儿童扮演角色时，自然地进行入戏和出戏的转换是很重要的。例如，在"大树与小鸟"戏剧教学活动中，教师选择魔法棒作为小魔仙的标志，教师举起魔法棒时就很自然地变成了小魔仙，放下魔法棒时就变回了教师。又如，在"我的幸运一天"戏剧教学活动中，教师用一个醒目的猪鼻子作为小猪的标志，并把这个起着关键作用的猪鼻子用一根绳子系好套在脖子上，将猪鼻子戴在自己的鼻子上时，教师就进入角色扮演，成为一只小猪，以小猪的语气说话，这时儿童会自然地以狐狸角色来体验和回应；教师把猪鼻子放下时，就很自然地完成了入戏和出戏的转换，从小猪变成了教师。

第六节 儿童影视文学

一、儿童影视文学的含义

儿童影视文学是指为拍摄儿童影视片所创作的文学剧本，它是儿童影视创作的文学基础，是导演再创造的依据，儿童影视要把它提供的文学语言转化为银幕、屏幕语言，把它提供的间接形象转化为视觉形象。电影和电视剧虽然摄制方法不同，但电影剧本和电视剧本写作的方法是基本一致的，因此二者被统称为影视文学。影视文学具有独立的阅读价值。例如，伊朗儿童电影《天堂的孩子》（又名《小鞋子》），以儿童的视角讲述了一个关于鞋子的故事，平静地讲述了两兄妹怎么想尽一切办法解决鞋子的问题，所有小孩子能想到的办法他们都想到了，都尝试了。导演没有把他们表现得和两个难民一样地乞讨观众的同情，从头到尾他们都在努力，观众只是无法停止关切之情，迫切地想知道他们的努力是否能够成功，而不是在散场后哭着捐献慈善款。电影很单纯很干净，自始至终都流淌着西亚明亮的阳光，照在孩子身上。于是，他们的脸上再也看不见因为贫穷而带来的抱怨和自卑，穷苦人之间没有互相敌视，而是相互的帮助、相互的同情。小兄妹俩是幸福的，因为他们心里有天堂。天堂不在虚幻之中，也不在富裕繁华之中，城里的孩子身在深宅高墙之内，他们想要什么就有什么，可是，他们的童年快乐吗？就像那个拉着阿里缠着他要跟他一起玩的城里小孩，他家有一个大花园，可是，他显然是不快乐的，高墙的四角天空锁着童年的幻想。不管大人的世界规则是如何的，可是，天堂就在孩子的心里面。

二、儿童影视文学的基本特点

儿童影视文学产生在影视艺术和儿童文学的交叉地带，具有与生俱来的两重性，这决定了儿童影视文学具有如下基本特征。

1. 视像性

儿童影视是视觉艺术，它是供儿童在影院或在家中观赏的艺术作品。因此，为其拍摄提供脚本的儿童影视文学,在用语言塑造形象时,必然不同于一般文学作品的形象化文学描述,而是按照影视艺术的要求,创造出能给人以鲜明视觉感的形象。这种视像性要求作品的形象具有明确、具体、富于造型的表现力等特点,只有这样,儿童影视文学才能顺利地转化为银幕、屏幕形象。

2. 趣味性

趣味性是儿童影视文学作品的审美特征之一,也是其区别于成人影视文学之所在。儿童乐于游戏、向往快乐,对事物的注意多因兴趣而引起。从这个意义上讲,以儿童为主要读者对象的儿童影视文学,必然要符合儿童的审美心理,以体现充分趣味性的、格调明朗和轻松幽默的作品去引起儿童的阅读兴趣。在很多情况下,儿童影视文学的趣味体现为作品的喜剧性。在文学表现上,多采用幽默、夸张、揶揄、倒错、误会等手段。然而不论以何种方式,采取何种手段,其着眼点都在于张扬童心,在美学追求上则是要实现作品内容与儿童审美情趣相适应。儿童影视文学是张扬童心和充满儿童情趣的。例如,日本电视动画片《樱桃小丸子》的第一集"姐姐成日欺负我",小丸子和姐姐争抢一个笔记本,为了得到笔记本,小丸子想出了各种办法,但观者看到的都是童真和情趣。

3. 情节性

情节是儿童影视文学的主要构成元素。鉴于儿童不能像成人那样对故事发展进行适当的推理和演绎,且具有注意力易分散、自控力较弱等特点,因而儿童影视文学情节的建构一般都注意单纯的线索和悬念的设置,以不断激起小读者对人物命运的关注。《小孩不笨》这部影片的情节性较为突出,叛逆的青春期少年的心理和现代家庭矛盾的描写都非常真实而典型。剧本将家庭成员间的代沟和矛盾放在两个青春期少年的身上,这便使观众在内心认同影片的情节,并产生共鸣。经历过类似情景的观众都对此有着深刻的体会。影片把这种体会放到银幕上,便使得观众容易接受。

4. 形象性

同所有叙事性文学一样,儿童影视文学也是以塑造形象为己任,成功的形象必然应具有鲜明的个性。优秀的儿童影视文学作品离不开成功的形象,而成功的形象又必然具有鲜明的个性。正是因为儿童影视文学作品中有了富于独特性格的人物形象,才有了我国儿童电影中的张嘎子、潘冬子、孙悟空,日本动画片中的一休、机器猫、樱桃小丸子,美国动画片中的米老鼠、唐老鸭、史努比、加菲猫等鲜活的影视人物形象。

5. 幻想性

儿童影视剧中,有许多根据童话、科幻小说、魔幻小说改编的,比如《白雪公主》《外星人ET》《哈利波特》《查理和巧克力工厂》等;也有一些是用影视的形式表现幻想的故事,如《猫和老鼠》《侏罗纪公园》《恐龙》《狮子王》等。这些影视作品的内容均具有虚幻的超自然超现实的成分,所以,儿童影视文学有着明显的幻想性,这也是儿童影视文学有别于成人影视文学的一大显著特征。

三、儿童影视片教育活动的指导策略

作为儿童影视片教育的观看活动,儿童对"作品"的把握的质量会直接影响到其后续延伸活动的开展。提高儿童观看质量,则需要教师灵活地去运用一些有效的方法来加以指导,

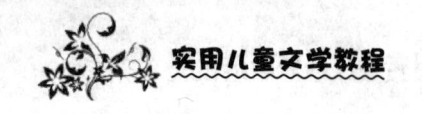

一般有五种方法。

1. 完整观看指导法

完整观看指导法指教师事先向儿童提出一定的观看要求后,连贯地放映整部影片,让儿童连续观看。观看后,再组织儿童展开讨论,并体验参与分享的快乐,这有利于儿童对影片获得完整印象。它一般适用于儿童初次接触影片,让儿童对影片的故事情节有个概貌性的认识。教师在运用此方法时应该注意,播放的时间长度要适宜,比如,幼儿园小班的时间为10分钟,中班的时间为20分钟,大班的时间为30分钟,这就要求教师对现成的录像资料依一定的目的进行合理剪辑,使之符合儿童的身心发展。

2. 分段观看指导法

分段观看指导法指将整部儿童影视作品有机地分成若干段落播放给儿童观看。一般适宜两类儿童影视片,一类是段落层次较清晰,内容情节发展有较多悬念;另一类是影片本来较长,不适宜让儿童进行一次完整观看。分段观看的指导方法往往要求儿童要根据上一段所观看的内容,去合理猜测下一段可能发生的事。这种指导方法虽有利于培养儿童的逻辑推理能力和创造性思维能力,但同时也要求儿童具有一定的观看经验、推理能力和较丰富的想象力,因而较适合年龄大一些的儿童。

运用此方法进行指导应注意的是:第一,分段的"点"要准确,能为儿童提供足够的推理或想象的线索;第二,所提出的问题要有较强的指向性和启发性,以利于儿童进行高质量的思考。

3. 回放观看指导法

回放观看指导法指将儿童影视作品进行全部或部分重复播放,让儿童对回放的部分再次观看。其主要目的是让儿童更好观察、理解动态画面的连续过程,或对作品中某一部分的重点、难点内容进行有目的的突破,帮助儿童加深对影片内容的理解。

运用回放观看方法进行指导时,应该注意:一是应提出恰当的问题,提示儿童抓住动态画面中忽闪而过的动作、语言、表情等,让儿童明确重复观看的目的;二是运用回放观看的次数要适度,既要重点突出(达到回放观看的目的),又要保持观看的连贯性。要充分考虑到儿童的兴趣,切勿在短时间内因回放的密度过高,影响到儿童对影视作品内容的整体感知,并使儿童失去观看的兴趣。

4. 定格观看法

定格观看法指使某个影视画面处于相对静止的状态,再引导儿童仔细观看。定格观看有利于帮助儿童将某一动态画面的表情、动作、心理活动情况等转化为语言,有利于儿童把握某一关键情节,为理解整篇内容打下基础。

运用定格观看方法的注意事项:一是该知道方法较适宜儿童进行第二次观看时使用,让儿童在对影视作品内容已有一定印象的基础上,再进行有目的的观看;二是由于定格观看指导法使影片的播放处于"暂停"状态,这从客观上会影响儿童观看的连贯性,因而在一次观看活动中定格的次数不宜过多,所选的定格画面应该有较强的典型性,以免影响儿童观看的情绪;三是由于儿童影视的画面一闪而过,而所要定格的仅是变化中的某一瞬间画面,在具体指导中,对所要定格的画面要做到心中有数,在定格时间的把握上要准确,以免多余的无关动作影响儿童整个观看活动的情趣;四是向儿童提出问题后,要留有足够的时间让他们带着问题进行有目的的观看。

5. 提问与讨论指导法

提问与讨论指导法指教师在指导儿童观看影视作品时必然要运用的方法。提问与讨论既可以引导儿童明确观察的目的,理解影片的内容,又可以帮助儿童完成从动态音画符号形象到语言符号形象的转译过程,引导儿童用语言与同伴进行有关影视内容的交流。因而,精心设计提问和有效地组织讨论就显得尤为重要。

在提问与讨论这一指导方法的运用上应该注意的问题:要依据作品的主题线索,每一层次的重点难点,每一活动的主要目标和年龄班儿童的思维特点来设计提问,应尽量做到目标明确、层次清晰、重点突出、启发性强,所组织的讨论要充分而深入,要尽量创造条件让每个儿童都有机会参与,共同发表个人看法。

【思考与练习】

1. 分角色朗读儿童戏剧《"我知道"》,分析评价其中的人物形象和语言。
2. 选择一则故事或童话,改编为儿童戏剧的剧本。
3. 学生分组活动,将改编的剧本排演出来,在班级内表演,并评定出成绩。

参考文献

[1] 王泉根.现代中国儿童文学主潮[M].重庆:重庆出版社,2000.
[2] 王泉根.儿童文学的审美指令[M].武汉:湖北少年儿童出版社,1991.
[3] 王泉根.中国当代儿童文学文论选[M].南宁:接力出版社,1996.
[4] 黄云生.人之初文学解析[M].上海:少年儿童出版社,1997.
[5] 黄云生.儿童文学教程[M].杭州:浙江大学出版社,1996.
[6] 刘晓东.儿童精神哲学[M].南京:南京师范大学出版社,1999.
[7] 汤锐.现代儿童文学本体论[M].南京:江苏少年儿童出版社,1995.
[8] 韦苇.世界大作家儿童文学集萃[M].合肥:安徽少年儿童出版社,1996.
[9] 韦苇.世界童话史[M].福州:福建教育出版社,2000.
[10] 鲁兵.中国幼儿文学集成[M].重庆:重庆出版社,1992.
[11] 鲁兵,圣野.幼儿文学的创作和加工[M].重庆:重庆出版社,1990.
[12] 郑光中.幼儿文学精品导读[M].成都:四川民族出版社,2002.
[13] 郑光中.幼儿文学教程[M].成都:四川民族出版社,1998.
[14] 浦漫汀.外国儿童文学作品选[M].济南:山东文艺出版社,1997.
[15] 浦漫汀.中国儿童文学作品选[M].济南:山东文艺出版社,1997.
[16] 浦漫汀.儿童文学教程[M].济南:山东文艺出版社,1997.
[17] 张美妮、巢扬.幼儿文学概论[M].重庆:重庆出版社,1996.
[18] 张美妮.小小的船:幼儿歌[M].北京:北京师范大学出版社,1996.
[19] 巢扬.智慧草——中外幼儿童话评论集[M].重庆:重庆出版社,1993.
[20] 王晓玉.儿童文学引论[M].北京:高等教育出版社,1997.
[21] 祝士媛.低幼儿童文学[M].北京:北京师范大学出版社,1994.
[22] 陈帼眉.学前心理学[M].北京:人民教育出版社,2003.
[23] 张继楼.儿歌的写作修改和欣赏[M].香港:新天出版社,2003.
[24] 人民教育出版社中学语文室.幼儿文学[M].北京:人民教育出版社,2005.
[25] 罗培坤,左培俊.儿童文学创作与研究[M].上海:华中师大出版社,1994.
[26] 陈模.儿童文学创作艺术论[M].成都:四川少年儿童出版社,1994.
[27] 陈晖.通向儿童文学之路[M].广州:新世纪出版社,2005.
[28] 刘洁彰.格言与寓言365[M].北京:文化艺术出版社,1989.
[29] 孙毅.五彩小鸡[M].上海:少年儿童出版社,2004.
[30] 黄郁英.幼儿学概论[M].台北:光佑文化事业股份有限公司,2002.
[31] (美)华特·索耶尔,戴安娜·考默尔.学前儿童文学——在文学中成长[M].台

北:扬智文化事业股份有限公司,1998.

[32]杨焕才.绕口令100首[M].沈阳:辽宁少年儿童出版社,2005.

[33]梁秉堃.独幕剧写作漫谈[M].重庆:重庆出版社,1983.

[34]圣野.新编谜语365[M].杭州:浙江少年儿童出版社,2004.

[35]圣野、吴少山.新编儿歌365[M].杭州:浙江少年儿童出版社,2004.

[36]朱自强.儿童文学概论[M].高等教育出版社,2009.

后 记

2009年是个值得记忆的年份。那年在北师大，我有幸作了一回当代儿童文学领军人——王泉根老师的学生，也有幸认识了几位同行——从事儿童文学教学的老师们，她们是哈尔滨学院的杨庆茹副教授和河北师范大学的梁慧娟副教授。我们曾一起聆听王泉根教授的儿童文学理论课，也因我们有着对儿童文学共同的喜爱与执着、共同的困惑和质疑，以及对儿童文学共同的憧憬，所以我们经常交流教学心得，感慨颇多。现在想想，编写这本教材的想法其实在那一年就有了。时隔四年，王老师对于儿童文学的六句话依然萦绕在脑海中，成为我们编写这本教材的指导思想，那就是：第一，儿童文学是大人写给小孩看的文学；第二，爱看童话的孩子不会变坏；第三，什么年龄段的孩子看什么书；第四，儿童观是成人社会如何理解儿童与如何对待儿童的观念与行动；第五，"以善为美"是儿童文学的基本美学特征；第六，大作家都是有童心的。王老师总结的这"123456"让我们奉若经典。

当今社会，出现了一个非常奇特的现象：一方面，在文学领域，儿童文学被认为是小儿科而被边缘化；另一方面，社会对儿童文学的需求却越来越多。因而，儿童文学的教学研究也越来越受到各方面的重视。无论如何，儿童文学研究的新观念、新成果、新趋势在不断涌现。本书就是在此基础上，广泛吸纳了国内儿童文学界前沿学者的理论研究成果与经验，例如王泉根教授的《儿童文学教程》、朱自强教授的《儿童文学概论》、陈晖教授的《通向儿童文学之路》等书中的观点和例据，紧密结合各自的教学实践，力求具时代精神、集理论性和应用性于一体，让使用者能从多方面把握儿童文学课程的基本框架，建立完整系统的儿童文学知识体系。编写中尤其照顾到学前教育专业的儿童文学课程的设置特点，以基础知识为指导，以体味阅读经典作品、技能训练为目的，力求在技能上突出实用性，注重学生专业技能的训练和在教学实际中的运用，所以在实践部分的每一章里特别增加了一节阅读活动设计，让学生将所学知识得以实践。

本教材由我和杨庆茹副教授主编，分为上部和下部两部分，上部分主要内容为儿童文学基础理论讲解，由杨庆茹、韩歌萍老师执笔编写，下部分实践编由我和郭惠玉、余庆丹老师编写完成。她们是西安文理学院幼儿师范学院的一线儿童文学教师，具有多年的教学经验。编写中，我们得到了咸阳师范学院许军娥教授的指导，她是王泉根教授的博士生，在儿童文学领域已有多篇论著；儿歌部分的搜集和整理还得到擅长歌曲演唱的蘧得芳老师的帮助，在此深表谢意。编写过程中，我们参考、借鉴、引用了国内许多专家学者的著述、读物，其中部分作品的著作权人未能及时联系上，此稿酬暂存出版社。敬请相关著作权人看到后与出版社联系，届时将按地址奉呈稿酬。

在电脑前敲完最后一个字时，稍稍松口气的同时我又深深感到无限的责任和无形的压力。在本书即将付梓之际，我要深深感谢陕西师范大学出版总社王东升编辑对我的信任和支持，是他的再三催稿才使我有信心将这部教材完成。由于水平有限，编写过程中难免存有不足和疏漏之处，敬请大家在使用中多提宝贵意见，以便我们进一步改进和完善。

王晓翌
2013年4月21日